Radicales libres

Rosa Beltrán

Radicales libres

ALFAGUARA

El papel utilizado para la impresión de este libro ha sido fabricado a partir de madera procedente de bosques y plantaciones gestionadas con los más altos estándares ambientales, garantizando una explotación de los recursos sostenible con el medio ambiente y beneficiosa para las personas.

Radicales libres

Primera edición: junio, 2021
Primera reimpresión: octubre, 2021

D. R. © 2021, Rosa Beltrán
Publicado bajo acuerdo con Antonia Kerrigan

D. R. © 2021, Penguin Random House Grupo Editorial, S. A. de C. V.
Blvd. Miguel de Cervantes Saavedra núm. 301, 1er piso,
colonia Granada, alcaldía Miguel Hidalgo, C. P. 11520,
Ciudad de México

penguinlibros.com

ISBN: 978-607-380-348-9

Impreso en México – *Printed in Mexico*

Para mi madre y mi hermana
Para Casandra, Olivia y Eva

Una escritora es esencialmente una espía.
ANNE SEXTON, *THE BLACK ART*

No fue producto de un plan: sucedió. *Nos* sucedió. Yo tenía catorce años y encontré a mi madre fuera de la casa. Estaba sonriente, preciosa, con cola de caballo, montada en la parte de atrás de una motocicleta Harley-Davidson, abrazada a un hombre, diciéndome adiós con la mano. Se iba a Guatemala, se fue. Nos dejó. La historia debiera terminar ahí. Sería una novela perfecta, con todas las de la ley. Hay enigma inicial, hay personajes, hay situación climática, hay drama. Pero no hay conclusión ni razones que expliquen por qué. No hay un "esto es consecuencia de esto otro", la mínima advertencia de que tu mamá se va a ir. A veces pienso que todo lo que vino después es la verdadera novela.

El hombre era su amante. Recuerdo que después de verlos partir me quedé pensando en la palabra amante. La conocía en teoría pero no en la práctica. Pensé: tengo catorce años, no soy fea ni bonita, tengo barros en la cara y el pecho casi plano. Me entusiasma la idea de huir abrazada a la cintura de un hombre, montada en una Harley-Davidson. Recuerdo que también pensé: con esos indicios no voy a llegar a ninguna parte.

Hasta entonces yo había sido una adolescente en vías de transmutar en algo mejor, o eso pensaba. Pero un viaje, cualquier viaje, supone convertirse en otro y a veces convierte en otros a los que se quedan. Su viaje me obligó a actuar en un teatro ajeno y por eso desde su partida empecé a vivir una vida que no era la mía: mi madre me convirtió en Sherlock Holmes. De pronto, todo lo que me rodeaba se volvió un posible indicio. ¿Qué de todo lo que había ocurrido en mi infancia era ya un síntoma de que se iría? Y sobre todo: ¿qué de lo que hallara a partir de ese momento me serviría para encontrarla?

Esto último me dio una cierta esperanza.

Sin pensarlo dos veces entré en la casa y subí al piso donde estaba el cuarto en que dormía, cuarto que dejó hecho un caos. Ropa tirada por todas partes, el alhajero revuelto, sus llaves —¿por qué las llaves?—, el cajón de las medicinas abierto. Por dónde empezar. Sé que debí actuar de inmediato pero algo me paralizó. Una orden extraña me dijo: hazlo y no te quites siquiera los zapatos, así que me metí en su cama y me dejé envolver en su exquisito aroma que todo lo impregnaba, Courrèges de Printemps. Cubierta hasta la barbilla, mirando desde esa atalaya recordé su forma de sonreír a medias, como si dijera: sí que me doy cuenta del desastre pero eso ¿qué importa?, su manera de sostener el cigarrillo y su predisposición única a la fantasía que la hacía llevar cualquier argumento hasta el absurdo. Yo no sabía aún hasta qué punto es importante sostener una ficción, obligarla a rebasar la vida cuando ésta se ha vuelto tan pesada que no hay otro lugar posible donde refugiarse. Pero sabía que imitar a quien admiras es haber hallado la mitad del camino hacia su encuentro, de modo que tomé una resolución: me convertiría en ella. Usaría su maquillaje, leería sus libros apilados por todas partes al grado de tener que saltarlos si querías pasar de un lado a otro de la casa, son mis libros de cabecera, te decía, aunque no la hubieras visto abrir algunos por años, los *Diálogos* de Platón, *Los trabajos y los días*, de Hesíodo, *Las palabras*, de Sartre, y de Nietzsche, *Más allá del bien y el mal*. "Lo que no me mata, me hace más fuerte" escribió con lápiz en la primera página. Los leería en desorden, abriéndolos al azar, como un horóscopo o como el *I Ching*: ¿qué me depara el día de hoy?, entremezclando su lectura con las cartas que le había escrito su amante, incluidos unos papeles prendidos con alfileres en un corcho que colgó en un muro, junto a su cama. Una idea excelente, porque mientras yo fuera ella estaría ahí, conmigo, y porque nadie podría culparla por habernos dejado, a mis hermanos y a mí. Tenía algo muy claro: que mi madre se hubiera ido no era su culpa, ni siquiera era algo malo, todo lo contrario: era excitante. Con un añadido: su vida maravillosa sería ahora mía. ¿Cómo podía equivocarme? A mis catorce años era yo inteligentísima y tenía una lógica implacable. Pensaba: cómo no va a ir todo mejor si su vida es apasionante y la mía aburrida. Cómo no voy a ser feliz. Y tenía razón, desde mi punto de vista. No hay nadie en su sano juicio que no sea feliz si está convencido de serlo.

Estaba en la idea del plan, o muy cerca, cuando sonó el teléfono que estuve tentada a no responder, fiel a la costumbre de mi madre de nunca contestar por la mera convicción de que la mayor parte de las veces la gente sólo habla para interrumpirte.

—¿Cómo están?, ¿bien? —era la tía Paula que hablaba para preguntar.

O casi preguntar, porque invariablemente afirmaba lo que quería oír, sólo que lo hacía en forma de pregunta. No me quedó más remedio que copiar los diálogos oídos a otros, convertirme a partir de ese día en la copiona que ahora soy:

—Muy bien, gracias, tía, y ustedes qué tal, ¿bien también?

Fue un alivio sentir que las frases aprendidas sirven para seguir adelante, aunque no digan nada.

Silencio.

Cómo se enteró de que mi madre se había ido no tenía idea. Por supuesto no lo habría revelado ni a ella ni a sus otras hermanas, todas vecinas.

—¿Tienes ya quién pase mañana por Francisco y por Miguel? —soltó de pronto.

Cómo iba a tener si ni siquiera sabía que mi madre iba a irse.

—Bueno, es que no hay quien…

—Yo le hablo a tus primos para que lleven a tus hermanos a la escuela.

Me quedé pensando unos instantes cómo seguir. Esa parte del guion ya no estaba escrita ni tenía palabras oídas que pudieran servirme.

—¿Espero aquí a que los recojan? —dudé.

—Tú no esperas nada, tú te vas a la escuela, como siempre.

Casi no lo pude creer. De modo que tendría que seguir mi vida de siempre, además de convertirme en mi madre, lo que no era poca cosa.

—Está bien, tía. Te vemos aquí mi hermana y yo.

Cuántas veces, cuántos días nos iba a llevar a la escuela. No lo podía saber ni me atreví a preguntarlo.

Tal vez mi tía no se había enterado aún que mi madre se había ido para siempre.

Hoy llamo a esto "aprendizaje acelerado". Cada frase no dicha, cada alusión a la que a partir de ese día estaría expuesta encerraba un guiño, un código nuevo: sólo sobrevivirás si eres capaz de guardar el secreto. Como si una voz desde el más allá te dijera: nadie tiene que saber que tu madre se marchó, la vida no es una telenovela. Junto a éste, vinieron nuevos conocimientos, como la certeza de que habría muchas cosas que los demás se empeñarían en ocultar y de otras que por más que me esforzara en saber yo misma no sabría. O no entonces, al menos. Por ejemplo: no sabía que cuando yo pensaba en huir en una Harley-Davidson abrazada a un hombre era porque estaba enamorada no de él, sino de ella.

De mi madre me gustaba todo. Los ojos verdes rasgados, la nariz delgada y recta con la piel tirante en la punta, las manos largas y huesudas. Es muy raro ver que las manos de tu madre acaricien la cara de su amante. Que le peinen la barba. Es raro también que los ojos que antes vigilaban todo hayan renunciado al mundo como si le dijeran: puedes seguir sin mí. Lo que un día pasó con los ojos sucedió después con todo el cuerpo; estoy pensando que en realidad pasó con cada parte de ella y mis hermanos y yo no nos dimos cuenta de cuándo empezó todo esto. No supimos cuándo dejó de vernos. Pero era claro que ahora sólo lo veía a él. Más raro todavía pensar en que desde que se fue, ya sólo vería *a través* de él. En su cuarto, donde antes hubo un crucifijo y su retrato de novia ahora había un póster del Museo Cluny con la

Dama del unicornio sobre la cabecera. Cuando lo clavó ahí, su amante nos contó que el unicornio es una criatura que sólo inclina su cuerno ante una joven virgen. También, que mi madre tenía la piel tan delicada que se irritaba al menor roce y por eso él le daba lencería. Yo no conocía la palabra lencería, ni siquiera sabía que hubiera brasieres que se abrocharan por delante. En éste y otros sentidos el amante de mi madre fue un dechado de educación superior. Me clavó la curiosidad de saber cosas que no sabía y saber siempre más. Y de querer vivir eso que sabía en carne propia.

Un día entré al clóset de mi madre a escondidas y me probé el brasier. Las copas quedaron vacías, como bolsas desinfladas. Intenté repetir dicha operación el día que se fue, pero el brasier, un delicado y minúsculo paño de encaje blanco no apareció. No fue un indicio propiamente, tampoco, pero casi.

Como la vida de mi madre era lo más interesante que hasta entonces me había ocurrido decidí empezar a vivirla cuanto antes. Hice lo que ella habría hecho si hubiera tenido el menor atisbo de que alguien pudiera llegar. Me puse a hacer montones con las cosas y a esconderlas, como cuando ella hablaba de poner orden en la casa. Con que haya un orden visual que nos permita pensar con claridad, todo está resuelto, ése era su lema. De más está decir que nunca hubo un orden visual: cuando no fallaban la sala y un baño, fallaba el comedor. Hoy que te digo esto me doy cuenta de que tal vez aquello fue otro indicio, pero indicio ¿de qué? Es demasiado tarde para saberlo. Entonces me limité a poner los zapatos bajo la cama, las cajas y alhajeros en el clóset, y metí todo lo que estaba en la encimera dentro de los cajones. En realidad, metí lo que cupo. Pero quedaron fuera muchas cosas: dos bolsas de lino con lavanda, el repuesto de las llaves —¿pensará no volver, de veras?—, monedas sueltas sobre el tocador y en el buró, y sobre la base de la lámpara un gato miniatura con pelo natural, regalo de su profesora de francés, del que me deshice en seguida. Cuidado. Cuando dos cosas entran en contacto, dejan rastro. La pista se encuentra en la relación que hay entre ellas. Lección número uno de Sherlock Holmes. ¿Qué tenían que ver el horrendo regalo de su maestra parisina, el gusto de mi madre por la música de Georges Moustaki, mayo del 68 y la idea tantas veces repetida de que el amor sólo podía venir de París?

En ese momento creí que estaba a punto de saberlo.

Éramos ocho primas entre todas. Los primos mayores eran tres. Había otros chicos, pero a ésos no los cuento de momento porque no vienen al caso en esta parte de la historia. Vivíamos en la misma cuadra. Mi abuelo, que era un visionario, compró a precio de centavo unos terrenos pantanosos y fundó además de su casa una escuela. El colegio Espíritu de México, que si alguien quiere saber dónde está, basta con que vaya al lado de Médica Sur, a un terreno bardado, dentro del cual todavía está su estatua, aunque están a punto de demolerla. Dicen que pronto será la Ciudad de la Salud a la que accederán los ricos porque este complejo médico compró los terrenos con todo y escuela. Lo raro es que hasta hace poco estaba en manos de un patronato encargado de no venderlos y de cuidar que el colegio asistiera a niños sin recursos o huérfanos. Mi abuelo fue un benefactor pero no tuvo buen cálculo futurista. Hizo muchas cosas mal, por ejemplo, morirse. Y dejar los terrenos en manos de un patronato que se apropió de ellos.

Pero entonces, en 1968, el año que el mundo nos cambió, vivíamos todos muy cerca y nos pasábamos las tardes y las vacaciones juntos. De modo que la vida de los primos, como si se tratara de la propia proyección en distintas edades, era la de todos y la de cada uno de nosotros. Y como la ilusión se funda en lo aspiracional, las menores suspirábamos por volver de la escuela y estar con las primas grandes, y oírlas.

Mis primas mayores habían sido elegidas como edecanes de la Olimpiada del 68 y las cinco menores mirábamos arrobadas sus vestidos cortísimos blancos, con rayas verticales ondulantes formando la frase "mexico 68", como si ilustraran lo que años después nos dijeron en la escuela que eran las ondas del sonido y que aquello se llamaba efecto *doppler*. Padrísimo. Parecía que al usar los minivestidos mis primas se movieran aunque no se estuvieran moviendo. Los peinados eran también fabulosos: pelo largo y liso, que se alaciaban con el "turbante": un par de tubos gigantescos arriba de la cabeza y alrededor de ésta, muy apretado y húmedo, el resto del pelo. Así que cuando tras una noche de sueños intranquilos como la de Gregor Samsa mis primas de dieciséis, diecisiete y dieciocho años se levantaban a despojarse de aquel tormento y las cabelleras caían como tres cascadas perfectas, las menores las volvíamos a observar, pensando en qué suerte habían tenido y cómo a nosotras ya no nos tocaría maquillarnos los ojos con sombras blancas y centro oscurísimo, con el diseño del huevo, ni usaríamos esos zapatos tan modernos que les habían dado con el uniforme, un estilo no visto en México. Por no hablar de la misión que cada una tenía y que ellas nos referían con deleite: acompañar a los atletas y sentarlos en sus lugares en la Alberca Olímpica. No a todos los atletas, nada de los pesistas ni los de lucha grecorromana, por ejemplo. A ellas les habían asignado los clavadistas y los nadadores, los hombres con mejores cuerpos y mejor carácter y los más guapos de la creación según nos decían y les creíamos. Nos imaginábamos a las primas grandes yéndose a recorrer el mundo tomadas de la mano de jóvenes espectaculares y tiernos, hablando lenguas extrañas en las que las palabras significarían cosas más grandes y mejores. Era emocionantísimo tener cinco, seis, siete, ocho y nueve años y ser tan precoces. Era muy bonito vivir cerca de los primos en casas distintas en la misma cuadra, aunque todo lo que hoy se llama *bullying* y acoso y violencia de género y doméstica también existiera y tampoco nos diéramos cuenta. Los mismos primos que competían a escupir nada más para escupirnos al menor descuido y el amigo de ellos que le lanzó un chayote con espinas a una de mis amigas diciéndole "piensa rápido" y que ella cachó a tiempo y se espinó, ese mismo que decía a las mujeres de más de dieciséis años: tienes la p en la frente fue el que, junto con los demás, se salvó por los pelos de ser encarcelado en el 68. Es raro, ¿no? Es raro cómo alguien puede ser un villano y un héroe a la vez. Es tremendo cuando te das cuenta de que algunos de esos primos acudieron a la primera marcha y caminaron hasta Félix Cuevas en la misma fila del rector Barros Sierra y después, en la Marcha del Silencio, lo hicieron con una cinta adhesiva en la boca. Y saber que estuvieron en la Plaza de las Tres Culturas y huyeron a tiempo junto con un amigo y un taxista los subió y los llevó hasta Tlalpan sin preguntarles nada ni cobrarles nada a los cuatro. Es rarísimo darte cuenta de que los mismos que te hacían ver tu suerte estuvieron allí diciendo: "un dos tres por mí y por todos mis compañeros". Pero esto lo entendí hasta después. Entendí que se puede ser criminal y víctima en la misma historia.

Aunque mi madre se fue seis años más tarde, antes del 2 de octubre ya habían sucedido algunas cosas. Por ejemplo, la comida en casa de mi tía Paula, a la que, cosa rara, fuimos invitados todos los primos. Yo tenía ocho años, la edad en la que crees que entiendes absolutamente todo porque puedes oír las conversaciones de los mayores sin que te consideren un peligro. A cambio, cuando te sientan a la mesa o te mandan a jugar lejos sólo hay que soportar a los más chicos con estoicismo. Los ocho años son la edad del *voyeur*. Cuando tienes esa edad, algo sospechas: la infancia no es el mundo feliz que te prometieron, pero hay otra cosa mejor esperando detrás del sentido convencional de las palabras, en las interlíneas:

Que las faldas eran muy rabonas, que si las compraron en rebaja o qué, porque quién pagaba 180 pesos por treinta centímetros de tela; que cómo se van a sentar sin que se les vean los calzones. Que se las dieron así, con el resto del uniforme de edecán de los Juegos Olímpicos, pues qué raro, esas modas avaladas por el gobierno, y por este gobierno además. La época había engendrado una juventud sin rumbo, sin presente ni valores y la culpa era de todos, pero de todos por qué. Por tolerar, por eso. Que sean hippies. Que anden con sus tonterías del amor libre. Que fumen marihuana. ¡Pero cómo! ¿Fumar marihuana?, no, no lo creo, eso no. Tranquilos.

Para sospechar los adultos tenían razones de sobra, los primos con sus lentes de espejo, los misterios en las conversaciones a medias donde nunca se sabía bien a bien dónde iban después de las clases en la Universidad, la prohibición estricta de entrar a sus cuartos y la peor: una negativa rotunda de los dueños de los cuartos a arreglar sus chiqueros. Los letreros recortados por ellos sobre sus clósets: "Prohibido prohibir", "Ceder un poco es capitular demasiado" y la calcomanía de una carcacha puesta en el espejo del baño: "Estoy bien pasado… de moda".

Los adultos no habían llegado aún a una conclusión, pero mientras lo hacían, tras una semana terrible de trabajo mi tío Fermín y mi papá en sus respectivas oficinas, mi tío Paco en los tribunales y las tías llevando y trayendo niños de la escuela, llegaba la satisfacción de las comidas del domingo, si a eso se le podía llamar una satisfacción. Algo de gusto tendría reírse un poco entre tequila y tequila o sosteniendo un jaibol, fumando uno tras otro cigarros comprados por paquete. Algunos traídos de contrabando, gringos. Marlboro, Dunhill. Hasta unos cigarros que eran para dejar de fumar, cigarros Vintage, hechos con hojas de lechuga. Mi papá compraba los Vintage y los ocultaba de sí mismo, para evitar la tentación. Por alguna causa que ignoro, lo podría llamar destino, coincidía el momento en que él los escondía y yo lo estaba viendo, así que cuando le entraban esas ganas insoportables de sucumbir, no tenía más que preguntarme dónde, levantando las cejas, y yo le señalaba detrás de sus zapatos, en el clóset. Los ocho años son también los del testigo mudo que puede ser útil a la humanidad, a veces.

Ese día, después de preguntarme él y yo de contestar, sacó dos cajetillas del paquete. Con sigilo guardó de nuevo la caja de su crimen, ahora entre los pañuelos, y salió tan campante al pasillo a avisarle a mi madre que era hora de irnos. Sé que la comida fue en domingo en casa de la tía Paula porque era el único día en que hacía comidas y sé que fue en agosto porque hacía dos años que habían cambiado las vacaciones de la escuela y ahora entrábamos en septiembre. Esa vez estuvieron todos, los tres primos grandes incluidos. Por nada del mundo hubieran cambiado de plan a última hora, como hacían a veces. Pasara lo que pasara, en esta ocasión necesitaban cerciorarse de que les dieran el permiso que pedían. No era cosa de saludar, tomarse unas cubas y hacer como que convivían. De obtener dinero para ir a una fiesta de paga en una casa del Pedregal o en un frontón o para comprar gasolina y llevar a la novia del momento al cine. Como dijo el tío Fermín, papá de Guillermo, Fermín y Luis Carlos, los primos que llegaban a pedir el permiso de hacer la fiesta en casa de los tíos vecinos: ese día no iban nada más a estirar la manita y dar las gracias. Querían la autorización de hacer una fiesta de disfraces, o como los oímos comentar: de armar tremendo reventón donde mientras durara, nadie se conociera. A qué le tenían miedo sus papás y mis tíos, los que iban a prestar la casa: a la sospecha de lo tremendo. Y qué temían en caso de decirles que no: que lo tremendo se trasladara a otro sitio.

Con todo y el miedo a lo desconocido, los adultos les llevaban ventaja: mayores en edad, saber y gobierno. ¿O ya no le decía nada a nadie una frase como ésta? Se veía que no. O tal vez sí, a las menores sí, el tío Fermín nos estaba señalando, pero lo que es ustedes los grandes ya se pasan los principios por donde mejor les conviene. Y por la cara y la actitud de los primos mayores se veía que para ellos era nada más cosa de esperar: esperar a que pasara la hora del sermón, de la filípica dominical y hacer cuentas mentales, entretenerse contando posibles asistentes a la fiesta. Estaban invitados un montón: los amigos de mis dos primos de la Facultad de Ciencias de la UNAM y de Ciencias y Técnicas de la Comunicación, alias CTI, de la Ibero, los de Ciencias Políticas en general y los de Filosofía y Letras. Con eso ya era un mundo, y ahora se unirían, aunque no lo dijeran, algunos de Veterinaria, donde la menor de las primas grandes, Mau, había ingresado hacía poco. Unas semanas atrás, oímos a mi prima comentar con otra amiga por teléfono que no le había parecido tan difícil el examen de admisión, que lo que pasaba era que su amiga Cesia era tapada de veras. El profesor que la ayudó a preparar el examen les dijo a mis tíos que Cesia era "ignorante de respeto". A las menores nos extrañó saber que el profesor le hablaba por teléfono a escondidas. Que la había invitado a ir en su Volkswagen rumbo a Cuernavaca a ver las luces desde el mirador de la carretera. Ideaban un plan mediante el cual el profesor presentaría de nuevo el examen de ingreso de ella, apoyado en la idea de que llamándose así, nadie sospecharía que Cesia no era un hombre.

—Es lógico que si vienen los de Veterinaria vayan a venir también los de Chapingo —oyó mi tía Paula que le decía Mau por teléfono a Cesia.

Ahí estaba la razón: los tíos tenían causas suficientes para decirles que no. No se hacía la fiesta.

No habían llegado los invitados de mis tíos y ya se había puesto muy difícil la cosa: el tío Fermín empezó a hacer preguntas que a las chicas, sin saber por qué, nos ponían nerviosas. Dejarse la greña ¿era o no era síntoma de mariconería? Y hablar de la lucha de clases ¿no se contradecía con que les pidieran dinero a ellos? Y la formita de hablar, qué era eso de decirles Viejo carca. Rucos. Cadáveres vivientes. La momiza. Y los peinados con crepé de ellas y las botas. ¿Qué pretendían en realidad? Y si no lo pretendían ¿para qué lo aparentaban entonces? Unos sulfurándose y otros levantando los ojos al cielo, ya sin lentes. Pero es que no veían por qué. Por qué, qué. Cómo que por qué. ¿Qué no se daban cuenta?

Lo que estaba pasando en el país era peligrosamente serio. Y ellos iban a meter a su propia casa (es decir, al terreno de junto), hordas completas de greñudos, de mariguanos que quién iba a controlar. Que no había que controlarlos si eran estudiantes, todos conocidos, amigos. Ni siquiera llegaban a cincuenta. Y sin saber por qué entró mi madre en la conversación a representar al bando contrario, y se soltó con aquello de que estaban en su derecho a organizar la fiesta. Que eran jóvenes y eso era lo normal. Ser joven, ir a fiestas. Mis primas se sintieron tan halagadas que hasta la invitaron, qué importa que no seas universitaria, tía, ven. Vaya, tenían una tía que las defendía. Al paso de los años consideraron una trampa esa defensa, aunque yo misma aun hoy no entienda por qué. A mí me pareció fantástico tener una mamá que era la única adulta invitada al reventón del siglo. Los ocho años son la edad en que puedes oírlo todo pero eso no quiere decir que no sientas que las palabras conspiran en tu contra, muchas veces.

La cosa estaba ya muy mal, divididos en dos bandos y sin obtener el permiso los primos, cuando empezaron a acudir las visitas: un muy amigo de mis tíos que era cardiólogo, su esposa y una pareja más que no recuerdo bien salvo que venía acompañada de un señor al que le decían Lopitos que era abogado agrarista. Éste dijo traer noticias frescas sobre lo que realmente había pasado en la Plaza de la Ciudadela el 23 de julio pasado y las empezó a soltar: que no habían sido estudiantes de las vocacionales 2 y 5 contra los de la prepa Isaac Ochoterena los que ocasionaron el conflicto. Habían sido Halcones, criminales a sueldo entrenados para ir a golpear, provocadores. Corona del Rosal y Echeverría eran los responsables. Eso no podía ser. Pues era. Pero qué quiere el gobierno entonces, yo no entiendo nada, yo menos, dijo mi tía Paula, levantándose de la silla y yendo a la cocina porque pensaba que trayendo otro plato cambiaría el tema de conversación. Pero no cambiaba. Quieren aplicar mano dura y están encontrando pretexto para hacerlo, dijo Lopitos como si fuera lo más natural del mundo, pues con menos razón tenían los primos permiso de hacer la dichosa fiesta.

Qué tenían que ver los pleitos entre las vocacionales y la prepa con todo esto que les estaban haciendo a Fermín, Luis Carlos y Guillermo, hubiéramos querido preguntar las cinco testigos menores, pero nos limitamos a mirarnos y callarnos la boca. Qué tenían que ver, sobre todo, con hacer o no hacer el famoso reventón de disfraces al que, desde luego, no estaríamos invitadas.

—Ustedes acérquense y pongan cara de huérfanas, dijo Maripaz. Necesitamos refuerzos.

Nos acercamos cada una por su cuenta, hasta rodearlos, pero no logramos la mínima atención: parecíamos ser transparentes. Ni los tíos, ni mis papás, ni las visitas se dieron cuenta de que estábamos cerca, interpretando nuestro mejor papel. En la discusión, de pronto, sucedió algo raro, empezó un juego como el Turista Enloquecido, donde se decían nombres de ciudades que no habíamos oído nombrar y que nadie habría comprado de ser parte de ese juego porque en ellas estaban pasando cosas horrorosas. Lo que estaba pasando en Nanterre, por no hablar de las manifestaciones del Mayo francés. ¡Pues que renuncie Charles de Gaulle, y ya!, dijeron los dos primos mayores. Mira, si no sabes no opines, dijo el tío Fermín, eso es en París, de acuerdo, pero es lo mismo en Berlín, en Múnich, en Hamburgo, en Frankfurt, en Praga. Los estudiantes en la Universidad de Columbia o de Berkeley y lo que estaba sucediendo en Belgrado, y en Zagreb ¿qué? y para qué te sigo diciendo: lo que hay detrás de todo esto es un puro afán de desestabilizar.

Que eso no tenía que ver, que sí, que los jóvenes se habían desquiciado. Que se habían puesto a quemar periódicos frente a las instalaciones del *Bild Zeitung* y en frente de su dueño con una crueldad que espanta, ¡qué poca sensibilidad!, ¡qué descaro! Que las huelgas de miles de estudiantes de las normales rurales organizadas en la Federación de Estudiantes Socialistas de México eran la causa palpable, el foco de infección. Que el mundo estaba hecho un caos: llamaban movilizaciones al borlote de la Unión Nacional de los Estudiantes de Brasil, que ahora pretendían desestabilizar a distintas ciudades de Estados Unidos con motines e incendios por el asesinato de Martin Luther King.

Y del otro lado qué. Qué de qué, contestaba el tío defensor de la libre empresa al tío Paco, dueño de la casa y del terreno, abogado también, defensor del ejido y muy lector quien sacó a cuento, como hacía todo el tiempo, un libro. Lo de la publicación del *Diario* del Che asesinado en Bolivia, dijo.

Lo que pasa es que tú crees todo lo que te dicen porque eres un rojillo. No mezcles.

Y qué tenía que ver todo esto con una fiesta.

Como no entendíamos ni tuvimos ya esperanza de entender, las chicas nos fuimos a una hondonada que había al fondo del terreno a tirarnos de un extremo a otro colgadas de una liana gruesa y de paso esperar el veredicto. Para cuando se hizo de noche y los invitados se empezaron a ir, sucedió otra cosa rarísima. Un vecino que vivía dos calles atrás, al que sólo conocíamos de lejos porque decían que mi abuelo fue amigo de su padre, eminente cirujano que tuvo que dejar de operar porque se arruinó los huesos de las manos con los rayos equis, entró con una solicitud para todos los presentes. Estaba recabando firmas para que no talaran los árboles de Tetlameya. Árboles endémicos, muy necesarios para proteger el medio y hasta para cuidar que siempre tuviéramos agua. ¿Árboles epidémicos? dijo la esposa del cardiólogo que tenía problemas de audición y de alcoholismo, y para qué quería alguien proteger árboles así, rio con una carcajada de las que acostumbraba soltar cada tanto. Que luego le explicaba su esposo, dijo el tío Paco, haciendo una seña a su amigo el cardiólogo, que se sentara y se tomara un café, y le sirvieran algo al recién llegado ¿qué le servían? El vecino agradeció la invitación a quedarse pero dijo que no, que tenía que llevarse el documento ese día. Se hizo un silencio como de cuando a alguien algo le parece sospechoso o le da pena ajena y por no dejar, todos firmaron la petición en silencio.

Menos mal, dijo Maripaz, con eso se había terminado la trifulca.

Por las caras de ella y de Mau supimos que bien a bien no se terminó. Estuvieron discutiendo el resto de la tarde, sobre todo sus papás, nos dijeron a mi hermana y a mí, aunque no por la fiesta. Después comentaron que tras varias rondas de acusaciones, todo a causa de lo que pasaba en el país, mis primos juraron y perjuraron que ellos no tenían que ver. Cómo iban a apedrear comercios, a andar quemando camiones. Admitieron sus pecados. Dejarse la greña sí, faltar a las buenas costumbres, sí, faltar al respeto a los mayores, sí, usando cierto lenguaje pernicioso para ellos o para otros, sí. Beber y robarse las botellas de tequila y de ron, sí, y hasta a veces robarse el dinero escondido donde lo encontraran. Pero nunca admitieron saber de brigadas ni manifestaciones ni volantes, ni conocer cuáles eran los famosos seis puntos y aseguraron que ellos no iban a botear sino a cobrar la entrada como hacía cualquiera que organizara una fiesta de paga, que era, sin dobles intenciones, cualquiera.

El recuerdo de ese día que quedó en mí, por años, antes de que pudiera citar los nombres que sólo ahora, años después, te digo, fue algo como: saludos, llegada de los primos grandes, inquietud de los papás y los tíos, gritos, gente que se para y se sienta, lugares y situaciones incomprensibles, enojo de casi todos contra todos y en particular contra Lopitos y contra el tío que leía, llegada de un vecino raro que entró con unos papeles y se los llevó firmados, molestia de mi papá primero y al final franco enojo de mis dos tías a las que les arruinaron la comida, según dijeron, traición de mi madre a los mayores y complicidad con los primos que pedían la fiesta, sobre todo con las primas, quienes acabaron invitándola a escondidas porque finalmente el permiso se los dieron.

Lo que yo me pregunto ahora es qué tuvo que ver mi madre con las verdaderas intenciones de esa fiesta y qué hacían los volantes viejos que encontré en su clóset el día de su partida. En cierta forma, el mensaje podría haber estado dirigido también a mí: "Compañero estudiante, no estás solo".

Después de aquel 2 de octubre, metidos en la troje, mis primos cavilaban: Luis González de Alba, El Lábaro, no era un hombre feliz. Salvador Martínez della Rocca, alias El Pino, con todo y que hacía deporte, no era un hombre feliz. Raúl Álvarez Garín y Eduardo Valle no eran hombres felices. Marcelino Perelló, conocido del primo que estudiaba en la Facultad de Ciencias era quizá un poco feliz porque a él no lo arrestaron el 2 de octubre sino que fue detenido cuando la policía allanó el local del Partido Comunista y liberado después; por estar en una silla de ruedas lo confundieron con Juan García Ponce, el escritor, y más tarde salió huyendo al extranjero. Eduardo Valle Espinoza, conocido como El Búho, por miope, no era un hombre feliz y cuando lo detuvieron y le rompieron los lentes para dejarlo preso dos veces, según dijo el guardia de las manos blancas del Batallón Olimpia, lo volvieron un hombre doblemente infeliz. Para Fermín, Luis Carlos y Guillermo, no había ya gente feliz en el mundo, ni ellos pensaban serlo ni lo sería ya nadie jamás. Así no, así cómo. Con un gobierno opresor.

Desde julio hubo varios estudiantes presos y a partir del 2 de octubre muchos más, algunos de los que fueron en agosto al magno reventón, pero ni siquiera muchos, ni remotamente la mayoría. Fumando cigarro tras cigarro y haciendo que nosotras, Popi, Mosco y yo fuéramos a la tienda del bizco por los refrescos, mis primos comentaban, negando con la cabeza, que seguro a otros los habían metido presos por pertenecer al CNH o por no pertenecer; que detuvieron a unos debiéndola y a otros sin deberla ni temerla. No tratándose de los líderes arriba mencionados, a los demás detenidos mis primos no los conocían. Que si se los llevaron al Campo Militar primero y luego a Lecumberri. Que para qué volver a la universidad si eso era hacerle el caldo gordo al gobierno.

—¿Por qué ninguno es feliz? —se atrevió a preguntar Popi, que además de ser la mayor de las chicas era la más intrépida.

—Cómo que por qué. ¿No oyes?

La música de fondo, que no era ningún fondo sino una presencia total a todo volumen dejaba oír a los Rolling Stones. *I can get no/ satisfaction/ and I try, and I try and I try.*

—Un día lo vas a entender, niña.

Te decían niña como si te dijeran tonta; te decían tonta como si te dijeran disfuncional; te decían disfuncional como si te dijeran mujer. Chava. Galaxia de otros espacios a años luz de distancia de la gente normal siendo la gente normal ellos. De modo que antes de la partida de mi madre y más exactamente, antes del día en que mi madre me miró sonriendo de *ese* modo y me dijo, oye tú serías una perfecta modelo, ¿sabes?, yo estaba resignada a que un día viniera lo peor, el día de tener que cerrar los ojos recargada en la troje, fume y fume, y sentir toda esa insatisfacción que ellos sentían porque eso era ser joven y crecer. No me quedaba claro, eso sí, cómo podía ser mejor mi destino infantil de desplazada, teniendo que traer a los primos grandes más Coca-Colas para sus cubas o ir a comprar cigarros o a verme obligada a robarle los cigarros a mi tía si a los primos se les acababa el dinero con tal de que me dejaran entrar a ratos con las demás a la troje, alfombrada de morado, a oírlos proferir frases proféticas.

La troje era una construcción de madera de dos pisos, con una balaustrada pequeña, armada a mano y ubicada al fondo del jardín. Mi tío, el dueño del terreno que leía y leía, la mandó traer de Michoacán, lugar donde había nacido, quizá como pago por algún trabajo hecho, quizá para recordar al verla tiempos idos. Lo cierto es que los primos peleábamos por estar en ella. Los más chicos para curiosear, nosotras para repartirnos áreas elegidas y jugar a la casita —una forma siempre eficaz de ocultarnos de los demás— y los primos grandes para fumar, oír sus interminables discos, y luego del 2 de octubre hablar de la desesperanza. Después de la manifestación y sin el menor atisbo de volver a la universidad, lo más natural para los primos grandes fue arrancar los plásticos de la tintorería que dispusimos nosotras como muros divisorios de nuestras distintas casitas, despojarnos de nuestra propiedad y reunir sus tres cuerpos flacos junto a los de unos cuantos amigos (el Tierras, el Mejillón, la Camota, Carlitos Traslosheros y no me acuerdo quiénes más) a cavilar sobre lo ocurrido. Que si habrían atrapado a Leobardo y al Chale, que al Chale sí, seguro. ¿Y a Susana la otra? La llamaban así para distinguirla de mi prima mayor, Susana Patricia, a quien en realidad le decían Patricia pero a Susana le pusieron así y así se le quedó. Que no sabían nada del Chapa ni de Valentín, menos del profesor ese de las prepas al que alguno oyó que lo detuvieron aunque antes lo destrozaron a patadas.

Bueno: si era cierto que golpearon hasta a los que salían de un festival en la Prepa 2 que ni a la manifestación habían ido, cómo no iba a ser que los granaderos atraparan a todos los que asistieron a la Plaza de las Tres Culturas de Tlatelolco a pedir un gobierno más justo. Y a otros que ni a la manifestación fueron, desde los que conmemoraban el 26 de julio, hasta a alguna de las señoras que se pusieron a arrojar objetos pesados (macetas) contra los granaderos desde los balcones de sus casas en el Centro.

Como ya habíamos llevado lo llevable y no había pretexto para entrar a la troje a oírlos, Popi decidió subirse a un tronco rebanado y husmear desde ahí por una ventana para oír a los primos.

—Qué están diciendo —preguntó Mosco de parte de todas.

—Que el gobierno les está aventando a las señoras macetas en la cabeza.

Nos miramos atónitas. Vivíamos en un país donde no sólo nos esperaba lo peor por crecer, sino que salir a la calle se había vuelto un peligro. Te aventaban macetas. Sin contar con que a veces algún señor, un *viejo puerco*, de pronto se abría el cierre del pantalón y te enseñaba, por increíble que pareciera, el pito. Nos tocaron dos. Uno que manejaba una camioneta y nos llamó para obsequiarnos unos sobres de café Legal y otro al que entre más le gritábamos más parecía alegrarse. Caray. Cómo íbamos a vivir con todo eso.

Un mundo de absurdidad y grisura se abría, como un mal sueño, ante nuestros ojos. Al ver a las dos menores, Alma e Isa, jugando resorte y riendo a carcajadas al tratar de subirlo más allá de segundas (la rodilla), Popi y yo pensamos: pobres. No saben lo que viene.

No sabíamos tampoco qué había sucedido en la fiesta tras la cual mis tías comenzaron a mostrarse frías con mi madre y mis primas las mayores dejaron de considerarla su amiga. O a considerarla su amiga, a veces, pero nunca más su cómplice. Después de la fiesta se oyeron todo tipo de historias, pero el vértigo de los acontecimientos políticos y la manifestación del 2 de octubre, posterior a la fiesta, impidió que lo supiéramos. Mi tío Fermín lo resumió en repetidas ocasiones en dos palabras: "un aquelarre". Y cuando preguntamos a mi madre qué era un aquelarre, ella contestó con esa sonrisa con la que los ojos se le volvían dos rayas verdes: "una sesión de brujas".

Nos quedamos en las mismas. ¿Por qué, si podíamos oírlo todo o casi todo, entendíamos tan poco? Los ocho años son un sometimiento irrestricto al oráculo de Delfos: la Pitia no te deja de hablar pero casi nunca le entiendes. Los adultos vivían en un mundo de obstáculos que parecían sortear estresados, mis primos sólo hablaban de seres infelices, mi tío Paco, el lector, cuando nos veía, nos recordaba que aprovecháramos porque estábamos en la edad en que aún no se pierden las ilusiones y yo pensaba: si ésta es la edad feliz, la que me espera.

Yo resentía los cambios, no sólo los míos sino los de los demás y empecé a creer que oír otras conversaciones, lejos de ser el privilegio imaginado, era más bien una catástrofe.

—Es que ya te hiciste mujer —oí que mi tía Popi le decía a mi prima Mau, en el baño, con una tristeza infinita.

—¿Y eso qué quiere decir? —preguntó la prima.

—Que a veces lloras sin saber por qué, como ahorita.

La vida, *otra* vida, empezaba de nuevo, a cada rato. ¿Por qué teníamos que sufrir este infortunio? ¿En qué sentido era útil aprender si ese conocimiento se volvía obsoleto en seguida? ¿Por qué de todas las desgracias me había tocado la de nacer en un país donde apenas crecías algo espantoso ocurría? ¿Qué tenía que ver lo espantoso con ir a la universidad? ¿Qué había llevado a mis padres a quedarse en este país y si era cierto que iguales o peores cosas estaban pasando en otros, qué los había llevado a tenernos a nosotros, sus hijos?

Hasta ahí me atrevía a pensar. Creo que si hubiera podido llegar más allá me habría hecho atea. Pero en esos días yo a Dios le rezaba para que las cosas se compusieran.

Padre nuestro que estás en los cielos, haz que mis primos se vayan de la troje.

Padre nuestro que estás en los cielos, haz que no nos arrojen macetas.

Padre nuestro que estás en los cielos, haz que a mi madre la quieran mis tías.

Tal vez éramos un experimento de nuestros padres, dictado por órdenes superiores. Al fin y al cabo había cosas que ocurrían con todo y su conocimiento y que ellos no podían evitar. Como dar el permiso de hacer la fiesta y que mi madre asistiera a ella.

A veces, mi tío el abogado agrarista sacaba de su biblioteca un libro, lo blandía frente a mí y me decía: algún día podrás leerlo. Luego de la fiesta llamada "aquelarre" organizada en su terreno, el libro que me mostró fue *Grandes esperanzas*, de Charles Dickens.

¿Qué era lo correcto, volver a la universidad o no volver? ¿Qué era más revolucionario? ¿Hacerle caso al rector Barros Sierra, que apoyó a los jóvenes poniendo la bandera en Rectoría a media asta en protesta al bazucazo en San Ildefonso y quien marchó con ellos en silencio desafiando al gobierno, o mandar cualquier posibilidad de acuerdo al averno para que el *puto* Díaz Ordaz entendiera?

Los primos no dejaban de discutir, ni de recibir más gente en la troje, ni de hacer sus quinielas. Te apuesto que a Lobato no lo agarraron, que Lobato se largó a Acapulco y si vas te lo encuentras en la Costera. Te apuesto que sí lo entambaron igual que a otros que estaban en CU cuando entró el ejército. ¿Viste lo que salió en los periódicos? Salvo los caricaturistas, nada. Nada no, tampoco. Quiero decir que todo muy sesgado, ¿no? Como que aquí no pasó nada, ¿no? Que todo es un puro lío entre estudiantes, que están infiltrados comunistas, trotskistas y maoístas, sobre todo, y allá por allá, pero muy allá, la nota suelta. ¿Viste el artículo de *El Heraldo de México* de Ermilo Abreu Gómez "La rebelión de los estudiantes"? ¿Lo viste? Aquí les traje el recorte, maestros.

La troje se llenó de gente de todo tipo, otra vez, amigos y amigas de los primos, conocidos o anónimos conocidos gracias a otros amigos. Que nos mandaban a traerles de todo. Unos cigarritos, ¿sí? Unos refresqui-tos. Unos Gansitos Marinela, porque nos da el mon-chis, no sean así, unas papas Sabritas, unas pastillas Usher para ocultar el aliento a petate y a ver ustedes qué quieren. Nos daban comisión. Menos mal, porque es-tar de correveidile, como dijo Maripaz que nos traían, de mano de obra sin salario no debíamos tolerarlo si éramos o pensábamos ser unas verdaderas feministas. ¿Feministas? ¿Qué era eso de feministas? Miren, pri-mas, si no van a defender sus derechos no vale la pena ni vivir, nada más eso les digo, arriba el *women's lib* y nosotras confesando a la prima que la verdad sí reci-bíamos propina y que nos gustaba recibirla. A mí lo que más me gusta es el dinero, dijo Mosco. Popi y yo dijimos que el amor. Aunque lo que habríamos que-rido de haber podido escoger es que los primos y sus amigos se fueran de la troje y nos dejaran en nuestros antiguos dominios. Porque así ya no teníamos ni dón-de estar, las mamás nos tenían prohibido entrar en la casa, nos mandaban jugar lejos, donde no nos vieran y ¿dónde más íbamos a ir? Éramos unas expatriadas, unas nómadas chichimecas. Migrantes permanentes a la tienda. Pues yo peor, decía Maripaz, ¡imagínense!, nosotras mucho peor. ¡Si la troje es nuestra! y ponía los brazos en jarras, es mía y de Mau, bueno, de mi papá, y en cambio está en posesión de los sátrapas de sus hermanos, señalaba a Popi y a Isa que bajaban la cara un poco, no mucho, porque después de todo ellas qué. Pero la recuperaremos, ¿eh?, no lo duden. Ya tenemos un plan, y nosotras fingiendo sorpresa y en realidad, pensando: ya no podremos seguir haciéndonos de un guardadito. Ocultando cada una su dinero. Poseídas por la avaricia, totalmente. No sabíamos de la gravedad de lo que implicaba que los primos se reunieran con varios de los huidos de Tlatelolco, ni lo que realmente hacían, no sabíamos ni lo que era ponerse erizo, ni estar truchas con las bachas, ni por qué olía a lo que ellos llamaban petate ni a causa de qué razón mandaban un comando de nosotras —Popi y yo— a distraer a la tía Paula cuando llegaba a su casa en su Rambler, mientras las demás se quedaban en la troje con la bola de greñudos para ayudar a orearla, según decían. Lo que sucedía, fuera lo que fuera, ocurría en ese mundo paralelo que los jóvenes viven al margen de la esfera de los adultos, a años luz de aquellos y de los menores como nosotras, que no entendíamos nada, en medio de acaloradas discusiones, y tanto, que a los primos los discos se les olvidaban, la aguja del tocadiscos tenía siglos de haber llegado al final del LP de Moody Blues, de Sonny y Cher, de los Doors o de la banda Chicago, definitivamente mi favorita aunque entonces yo no lo supiera, porque uno cree que sólo le gustan las cosas que corresponden a su edad. La música, igual que un olor, como dijo Proust, no sólo te trae el recuerdo sino la emoción, y ambos quedan atrapados en un momento que se suspende en el tiempo aunque no sepas qué hacer con él. Preguntas 67-68. Ahí está la respuesta.

"Hay que estar ciego del espíritu para no ver esta realidad. Hay que estar ciego o vivir en el limbo. Los estudiantes de hoy viven en latente actitud de rebeldía. Todos los días podemos enterarnos de los actos de protesta que realizan (...) Los jóvenes sienten que algo no funciona bien en la organización social de los pueblos. Sienten que la justicia no se satisface con cabal justicia; que existen núcleos de privilegiados que disponen de toda riqueza y de todo poder, que a su lado yacen inmensas masas que carecen hasta de lo más indispensable". Todos de acuerdo con Abreu Gómez. Se hicieron votaciones. Levanten la mano los que estén con Pepe Revueltas. Una joven de pelo corto y falda hasta la rodilla empezó a leer un escrito de Rosario Castellanos; casi nadie le hizo caso.

Nosotras no entendíamos nada, salvo que mis primos estaban salvando al mundo.

Aparte de esto, sus conversaciones aburrían.

Los amigos de mis primos llegaban por la puerta principal y se iban directo al fondo del jardín a encerrarse en la troje. Venían en grupos de dos, de tres, con los ojos colorados y un andar como de gente cansada que no está cansada o bien algunos discutiendo con el rostro tenso y moviendo los brazos al aire como espantando moscos invisibles. Mis primos eran los primeros, desde tempranito se saltaban la barda del terreno. Nosotras ya estábamos dizque jugando a las casitas, porque dijeran lo que dijeran las primas grandes, para nosotras las chicas era interesantísimo verlos llegar y espiarlos, pero por otras razones. Porque se dejaban el pelo largo y se vestían a la moda. Sobre todo ellas, con crepé que quería decir nudos debajo de unas torres inmensas de pelo y las minifaldas, enseñando las piernas. Blusas de cuello Mao que les marcaban los senos. Guapísimas, aunque sólo las de negro, aclaraba Mosco, mi prima, que a la gente la juzgaba sólo en términos de guapísima o feíta, sobre todo a las mujeres. Durante su embarazo mi tía Paula había fumado una cajetilla tras otra por la desesperación de estar esperando a una cuarta hija y no un niño, como hubiera querido, según confirmó la vecina que le puso la moneda colgando sobre el vientre varias veces y la vio girar en círculo y no ir de un lado a otro, en movimiento vertical, no, no es niño ni de chiste, de modo que Mosco nació tantito chaparra, además de rara, como decíamos. Metro y medio. Pero sobre todo, con ideas extrañas. Extrañísimas.

Por ejemplo: que se iba a ligar a uno de los amigos de mis primos, ¡a los siete años!, que bastaba con que le compraran un suéter de cuello Mao negro y se pusiera la falda y las medias caladas de su primera comunión, que lo único más difícil era competir con dos de las amigas más guapas de mis primos, que la verdad, eran guapísimas.

Eran un poco tontas, eso sí, a juicio de Popi y mío. O más bien dicho, eran tontísimas. Cada vez se iban poniendo más, a medida que transcurría el tiempo, y ellos, los primos, ni se diga. Junto a ellos y sus amigas nosotras nos sentíamos Albert Einstein. No sólo nos sentíamos: éramos. Después de un rato de discutir, los primos y sus amigos se volvían lentos, leeentos. Se reían por cualquier cosa. Sus amigas, lo mismo. O peor. Acababan con las faldas levantadas, despatarradas todas, los suéteres manchados de ceniza de los cigarros que apagaban donde fuera. Les dábamos las cosas que nos habían pedido y hasta se equivocaban con las cuentas, por más que se las hiciéramos mil veces. Nos daban dinero de más, nos decían esss tu caaambioo, y nosotras insistiendo que no, que el cambio era suyo, y al hacerles ver esta obviedad se reían. ¡¡Propinaaa!!, decían atacadas de risa, ¡eso es! ¿Verdad, Juan Carlitoss? La propinaa.

Nos desesperábamos. Nos daban ganas de renunciar a hacernos ricas. Un día nos dimos cuenta de lo que pasaba: Alma e Isa ya se habían aburrido, Mosco no salía de lo mismo y Popi y yo estábamos más interesadas en saber lo que había ocurrido en aquella fiesta con las primas. ¿Por qué se habían separado tan tajantemente primos y primas? ¿Qué había hecho mi mamá para contribuir a ello? ¿Por qué se había roto eso que parecía una unidad?

No las habían dejado ir a la manifestación, eso era lo primero. Mis primas no acudieron a Tlatelolco el 2 de octubre, aunque apoyaran el movimiento, en primer lugar, porque mi tío Paco las mandó a Morelia con el cuento de acompañar a la abuelita de ellas, mamá de mi tío, que se estaba muriendo. Y sí, se murió. Pero la muerte de doña Amparo no tuvo que ver con las predicciones del tío, que las inventó todas, sino con una situación de *timing* celestial y de coincidencia. A la abuelita le dio un paro cardiaco que le pudo haber dado en cualquier otro momento, pues tenía un soplo y había ya tenido algún conato de infarto, pero que ocurrió en los días en que mis primas se fueron a pasar unos días con ella. Algo sospechó el tío Paco sobre lo que pasaría el 2 de octubre que no sospecharon ni mis papás ni mis otros tíos, mi tío Eduardo y mi tía Popi, quienes creyeron lo de que mis primos grandes irían al cine con sus novias. Tanta discusión en aquella comida y todo para que los roles se invirtieran. El liberal que prestó el terreno se inventó un pretexto que no les permitió ir a Tlatelolco a las primas. Y el conservador, más escandalizado por el préstamo del terreno y la susodicha fiesta, el 2 de octubre los dejó ir con sus compañeros hombres a donde quiera que fueran. ¿Quiénes resultaron mejores padres, al final? ¿Qué es mejor, creer o no creer a los hijos? ¿Tenerles confianza irrestricta? Muchos, muchísimos años después, mi tío Paco, lector, me dijo que si él no creía en nada, ni en Dios, cómo iba a creerles a sus hijas. No era desconfianza, no, me aclaró. Era una cuestión de principios.

Mis primas volvieron de Morelia pronto, porque tenían que fungir de edecanes en los Juegos Olímpicos. Y lo hicieron con desgano, pues ya no tenían ganas de apoyar nada, ni de hacer nada ni las entusiasmaba su participación en los juegos. Ya no pensaban en la ilusión de los nadadores ni en huir locas de pasión con los hombres más guapos del mundo, quizá porque para huir loca de pasión con alguien hace falta tener ánimo y creer en el futuro. Tener ánimo, alma. Y ahora ellas se habían vuelto desalmadas, igual que todo mundo.

—¿Todo mundo? —pregunté yo.

—Todos.

Las primas chicas tuvimos que empezar a vivir con esa verdad. Las cinco sentadas en el piso del cuartito de la tele, las cinco ceñudas y muy serias escuchamos la historia de las primas como edecanes, aunque el asunto de la fiesta, nos dijeron, nos lo referirían después y en otro lugar, sólo a Popi y a mí, las dos mayores.

Enséñenos los vestidos, dijo Mosco, siquiera déjenos verlos otra vez. Maripaz y Mau detestaron los dichos vestidos, ¿oquei?, y los zapatos también. Maripaz siempre hablaba con el oquei al final de las frases, como queriendo cerciorarse de que nos quedara muy claro lo que estaba diciendo, si acudieron a la Alberca

Olímpica peinadas y maquilladas fue porque era su obligación y porque detrás de ellas había estado la tía Paula, su mamá, la más estricta de mis tías. Un compromiso se cumplía sin objeción, punto, les dijo mi tía cuando volvieron del funeral, en Morelia, y también que si hacían su papel de edecanes con seriedad y tenían suerte, hasta en la televisión saldrían. Mi tía Paula era tan imponente que —según vinimos a descubrir— fumaba puro. Popi, Mosco, mi hermana Alma, Isa y yo sabíamos que si algún día nos veíamos en la necesidad de desobedecer a mi madre o mis tías, seguro no sería a ella. Haber ido a su clóset con la intención de robar los chocolates que escondía entre sus brasieres y encontrar en cambio los puros fue una impresión indeleble.

Ya no nos dan ganas, respondieron las primas, cuando les preguntamos que por qué ya no se mojaban el pelo ni se hacían el turbante por las noches. Además, dijo Maripaz, el pelo suelto natural es la marca del hippismo, ¿oquei? Nosotras somos hippies. Haz el amor, no la guerra. La "V" de la victoria de mis primos los mayores apoderados de *su* troje quería decir en ellas otra cosa. Y con lo que acababa de ocurrir en el país, dijo Mau, ¿cuál amor? El amor no existía, ni la hermandad entre los pueblos a través del deporte. Pura propaganda del gobierno para ocultar lo que había ocurrido.

Es decir: estaban de acuerdo con los primos aunque no compartían sus gustos ni sus *compañías*.

Es decir: los primos tenían *amigas* además de *amigos* y todos se reunían a puerta cerrada, salvo por nuestras interrupciones con los encargos, en la troje. Es decir: además de discutir sobre lo que ocurría, y fumar y oír rock a todo volumen, hacían algo *más*. No nos decían exactamente qué, pero nos lo estaban diciendo.

Ya te dije que éramos bastante precoces, digan lo que digan de las niñas de hoy, pero la mecánica del asunto no la sabíamos. Entendíamos, eso sí, que entre ellos había pasado algo gordo, algo como una traición, aunque no entendíamos de qué tipo.

—¿Es cierto que Cesia desapareció? —pregunté. Mau asintió.

Maripaz dejó salir el humo del cigarro que fumaba con boquilla. Era hippie, pero una hippie con estilo.

—Está echando su vida a la basura —dijo exhalando el humo, despacio.

Seguro Cesia no se iba a presentar en las próximas semanas, seguro no iba a entrar a la universidad. Hasta que salga con su domingo siete, ¿oquei?, dijo Maripaz. Popi puso cara de entender, las demás, ni idea. En lo particular, a mí no me importaba que Cesia no hubiera asistido a una sola clase en Veterinaria, menos si a los papás les parecía que era más importante volver ahora que la universidad estaba cerrada que cuando estuvo abierta. Yo extrañaba a Cesia porque a mí me parecía divertidísima. Siempre regalaba lo que tuviera puesto y te gustara: una cruz de alpaca, un colguije con un puño cerrado y el pulgar entre el índice y el dedo corazón, un cuerito. Siempre te contaba alguna historia.

—Cesia se fue a Huautla con el profesor, a buscar hongos.

Aparte del asco que me producía el profesor, con los belfos caídos y un olor a humedad permanente, la imagen que me formé de Cesia y él como Hansel y Gretel en medio del Ajusco cocinando sopa de champiñones no encajaba. Qué le había pasado a Cesia. Misterio.

Tiempo después de aquellas frases a medias, Maripaz y Mau nos llevaron al Denny's de Insurgentes, una cafetería de moda a la que nunca habríamos soñado entrar con nuestros padres. Ni con nadie, en realidad. El claxon del Maverick color menta sonando afuera de mi casa donde quedamos Popi y yo de reunirnos porque mi mamá nos había dado permiso a las dos de ir a desayunar con las grandes y le había explicado eso por teléfono a mi tía, dos sonidos largos, dos cortos y uno más largo que todos, Mau al volante y Maripaz en el asiento de junto fumando con su eterna boquilla, las dos maquilladas como si en vez de las nueve de la mañana fueran las doce de la noche, las bocas blancas nacaradas y pestañas negras pintadas en el párpado inferior debajo de las pestañas verdaderas. *The Beat Goes On*, de Sonny Bono y Cher, sonando todo el tiempo. Mau manejando por Insurgentes, Maripaz preguntándole a Popi quién sabe qué de sus hermanos en la troje y yo desde la ventanilla de atrás con la sensación de estar viendo todo en cámara lenta a causa de esa música más que desesperante porque parecía cantada por sonámbulos pero sin decir absolutamente nada al respecto porque a caballo dado no se le ve el colmillo.

Mis primas grandes bajándose del coche y abriéndonos la puerta a Popi y a mí como si fueran caballeros, mis primas guapísimas a las que les gritaban los hombres desde las ventanillas de los coches, y una vez frente a la puerta de Denny's las cuatro haciendo nuestra entrada triunfal, aunque sólo ellas tuvieran botas hasta las rodillas y en cambio Popi y yo tenis Panam y calcetas. Qué impresión tan grande entrar a ese lugar. Qué mareo. Las lámparas de plástico como gigantescos aretes y los sillones empotrados de color naranja que te hacían sentir en una realidad alterna. Los respaldos de las sillas giratorias de la barra de madera calada formando unas ingeniosas estrellas en los huecos, la alfombra de figuras abigarradas, un ensueño rosa mexicano y naranja. Un mundo de vinilo y meseras de minivestido que anunciaban que el futuro había llegado sin que hasta ese momento nos hubiéramos dado cuenta.

Alguien nos extendió unos menús largos y enmicados, tamaño fólder, con brillantes fotografías de la comida en vez de sólo letras.

—Qué van a pedir.

¿Me están hablando a mí? La mesera de pelo corto y labios nacarados esperaba que yo le dijera algo para anotarlo en su libreta. Mi vitrina mental se llenó de platos rebosantes con hot cakes que escurrían miel y mantequilla y huevos estrellados de yemas perfectas y jugos de naranja enormes y helados de tres bolas en una especie de barco de vidrio que si lo pedías horizontal se llamaba Tres Marías, si lo pedías hacia arriba con chocolate derretido, hot fudge sundae.

—Pide lo que quieras, prima —dijo Maripaz señalando el menú de arriba abajo, con displicencia.

Así que en menos de un minuto pasé del azoro de entender que hasta entonces había comido lo que me dieran en la mesa familiar al descaro del rey Midas: café.

—¿Café?

—¡En mi casa no me dejan tomarlo! —expliqué a modo de disculpa.

La mesera miró a Maripaz con extrañamiento.

—Pueden pedir lo que quieran —dijo, como comentando a Juan para que lo oyera Pedro. Para algo éramos feministas.

—Lo que te pidan de comer y cuatro cafés con crema.

El efecto de ese comentario, y la actitud de la mesera que se limitó a apuntar y llevarse el pedido, hicieron de Popi y de mí otras personas. Pasamos de los frijoles y los huevos revueltos a la desvergüenza del nuevo rico: ¿Y qué más se puede pedir por acá?, preguntó Popi, interesadísima en conquistar nuevos horizontes siempre. Uy, acá puedes pedir un desayuno en la cena o malteada a las 7 am, si quieres. ¿A las 7 am? A cualquier hora de la madrugada, rio Mau, como si fuera lo más natural del mundo: desayunos de tres huevos con queso cheddar, salchicha y tocino con papas hash brown para los crudos. ¿Qué serían las papas hash brown? Dios, Dios, el mundo esperándonos y nosotras sin saberlo.

Así que eso era crecer también. Acceder a otra escala de la voluntad, pedir lo-que-se-te-dé-tu-gana y saber que eso se llamaba libre albedrío.

—En esta vida, debes pedir lo que quieras —nos dijo Mau.

—No sólo pedir —aclaró Maripaz—, exigir.

Las hilachas de apenas nueve y diez años pasando del no puedes hacer esto y lo otro al tú todo lo puedes: pedid y se os dará. Popi y yo dejando más de la mitad en el plato y clavando en el helado unas cucharas de mango larguísimo. Incapaces de unir los fragmentos y urdir la menor sospecha. Por qué tanta ceremonia y tanto lujo, pues qué nos querrán decir. Por qué nos habrán invitado a este lugar. Y por qué acudimos nosotras con tal delectación. Qué buscábamos. Por supuesto, husmear. Olfatear de cerca el perfume de las vidas ajenas, las de los primos, y de paso asistir a reuniones (un reventón que acabó en aquelarre) a las que, quién sabe, capaz y nos aficionábamos. Pero también buscábamos algo más. Yo buscaba conocer el origen de la separación entre mi mamá y mis tías.

Primero fueron llegando los mejor disfrazados, ¿no?, dijo Maripaz. O más bien: los que sí traían disfraz. Algunos muy ingeniosos, como esos dos que llegaron en calzones pintados de plateado con una estructura en la cabeza. Venían de paracaídas. ¿De paracaídas? Bueno, si los veías de lejos sí eran un paracaídas, dijo Mau, con su escudo en uno de los calzones que decía "ejército mexicano", de seguro, robado. Pero a la mayoría le faltó imaginación, dijo Maripaz, ya sabes. Los típicos luchadores, los Frankensteins, los charros, las enfermeras malignas, las momias. Aunque eso no es lo importante. Lo importante era que a las pocas horas de haber comenzado la fiesta resultó que muchos corrieron la voz y aprovecharon el ruidazo y el gentío para colarse, o avisaron a otros que se metieron con lo que trajeran puesto o lo que agarraran de pronto, un saco mugroso, la peluca Pixie de su mamá. Y ahí empezó nuestro Waterloo.

Maripaz era altísima, medía más de 1.75 y había ido de novia muerta. Mau, que con dificultad alcanzaba

50

el 1.57, de mujer de las cavernas. Entre las dos habían fundado el Club Chúpale Pichón, que consistía en cerrarle el ojo una a la otra si a alguna se le hubieran pasado las cucharadas o si hubiera moros en la costa, es decir, adultos que vinieran a revisar que nadie estuviera en estado inconveniente. Decidieron aumentar su radio de acción a los primos y a algunos amigos, pero en La Fiesta no sólo nadie les hizo el menor caso, sino que incluso los primos habían pretendido que las primas fueran a conseguir más ron para cubas cuando empezaron a acabarse las bebidas.

—Vomitaron todo —dijo Maripaz, indignada.

—Metieron a quienes quisieron y se pusieron a darles de beber (se referían a mujeres, obviamente); ni ellos ni sus amigos tenían abuela.

Se metieron en la casa, dejaron que entraran desconocidos y se robaron cosas sin que nadie les dijera nada. La indita de madera sentada con su bebé; el cenicero de un solo trozo de cuarzo y hasta el pisapapeles con las flores adentro que sus papás trajeron de su único viaje a Europa. Pero eso no fue lo peor. Lo peor fue que ya casi al amanecer, cuando los policías de la entrada acabaron de sacar al último borracho, abrieron el despacho del tío Paco y dejaron que entrara su amigo Antonio López Valdés con una señorita llamada Mauricio.

—¿Mauricio?

Ni Popi ni yo entendíamos lo que estaban diciendo.

Sí, Mauricio, que fue disfrazado de Heidi y ahí en el despacho los dos se pusieron a fajar.

Antonio tan correcto cuando estaba con las tías, tan seductor con su le llevo esto, señora, le subo al

51

coche lo otro, yo la ayudo para que no cargue, y a la hora de la hora había resultado un dos caras en un cuerpo de Charles Atlas que comía arroz con popote.

—Los descubrió mi papá cuando Mauricio feliz, sentado en las piernas de Antonio o más bien fingiendo estar sentadito, daba brincos.

No podía creer lo que estaba oyendo. Ni siquiera estaba segura de haberlo oído. O de entender: ¿O sea que mis primas nos estaban diciendo que un hombre podía hacer *eso* con otro hombre? ¿Y que lo había hecho en el despacho de mi tío? Los nueve años son la edad de los grandes descubrimientos y en mi caso eso se potenció por los tiempos.

1969 es el año en que el hombre pisó la Luna; sin embargo, cada vez que pienso en mis hermanos y en mí frente a un televisor en blanco y negro observando la escena de Neil Armstrong bajando por la escotilla, cada vez que oigo la voz en *off* de un locutor que dice "un pequeño paso para un hombre y un gran salto para la humanidad", no puedo evitar que a esa escena se imponga otra, una escena en que un hombre vestido de trenzas rubias de estambre brinca de felicidad sentado en el regazo de otro y hace lo que ni siquiera entendíamos bien a bien cómo se hacía entre hombres y mujeres. Un gran salto para un hombre y un pequeño paso para la humanidad.

No te cuento al día siguiente lo que sucedió cuando mis padres bajaron a ver el desastre, porque se habían ido a dormir a otro lado. Nos pusieron a Mau y a mí a limpiar todo el terreno, dijo Maripaz, a recoger todas las porquerías de media humanidad de desconocidos, incluidos *tus* hermanos y sus amigos, Popi.

Las habían puesto a limpiar a ellas dos, junto con las sirvientas de las tres casas y a Catarino el jardinero, a quien las muchachas llamaban respetuosamente don Cátaro, que dejó de hablar con nosotras y con las muchachas porque lo pusieron a limpiar entre mujeres. Con todo y el subidón de azúcar, Popi y yo alcanzamos a entender que el mundo que nos esperaba desde ese desayuno era aún peor que el imaginado, porque comprendimos que a los hombres nunca les tocaría pagar por nada, porque por ser hombres podían hacer lo que quisieran y se entendía que alguna mujer iba a arreglar el desmadre. A partir de ese día supimos que alguna mujer querría decir, tarde o temprano, nosotras.

—Así que lo que les pasa a ellos no es nada ¿oquei? —dijo Maripaz—. Eso es lo que quiero que les quede bien claro. Ellos están decepcionados del gobierno, pero nosotras estamos decepcionadas del gobierno y de ellos.

Ya sé lo que estás pensando. Que dirijo la historia, que te estoy obligando a tener una *cierta* visión de mi madre. Que me voy por las ramas al contarte lo que pasó con mis primos y primas en el 68. Que para ti no hay relación entre esos hechos y su huida. Porque tú, igual que los primos, piensas que lo de mi madre sólo tuvo que ver con que se hubiera "encontrado" por casualidad al vecino y nadie los hubiera visto irse juntos de la fiesta. Explícame entonces qué hacían los volantes en su clóset. Por qué los guardó tanto tiempo. Pues sí, era acumuladora, pero sólo guardó lo que para ella tenía un significado especial. Nunca cosas de valor material. Nada que después pudiéramos vender. Fue ella misma la que se encargó de rematar poco a poco lo que le hubiera dado algún dinero. Los adornos de plata que les regalaron cuando se casó con mi papá. Las pocas joyas que tuvo. El vestido de novia. Eso sí, nunca quiso vender los libros. Mientras nosotros jugábamos en el jardín o hacíamos la tarea o veíamos la tele, la imagino planeando su propio robo hormiga.

Cómo que por qué. Mientras estuvo casada no nos faltó nada pero tampoco nos sobró. Para una mujer casada de clase media no había forma de ahorrar si no ganaba su propio dinero. Tú piensas que todo se lo llevó al final, en ese último viaje, yo no lo creo. Yo creo que ahí hay otro elemento ligado al 68 o a lo que voy a llamar aquí su "participación política" aunque suene pretencioso. No todas las mujeres eran Rosa Luxemburgo, pero por poco que fuera contaba lo que hacían. Que no lo registre la Historia es otra cosa. Pero participaban a su modo como podían y con lo que tenían y yo creo que esto es parte de lo que ella hizo. Porque es raro, ¿no? De mis primos que fueron a la Plaza de las Tres Culturas uno se hizo rico, el mayor se murió (tuvo diabetes juvenil), y el menor se fue a Estados Unidos y hoy tiene tres hijas. Pero después de casados nunca más se supo que hubieran tenido vida de activistas. Ninguna participación política posterior, pues. Nada. No volvieron a saber de sus amigos de la universidad más que como una referencia al pasado, ni de la historia de Tetlameya o de los terrenos despojados del abuelo ni de la pinacoteca que acabó en manos de quién sabe quiénes. Primero, en las del famoso patronato. Luego en manos de políticos. Tampoco supieron de la biblioteca, ni de la imprenta en la que jugaban mis tías y mi madre de niñas. Se aventaban desde lo alto de un mueble a una montaña de resmas de papel que sobraban después del corte. Una vez mi madre cayó entre un montón que tenía oculto un trozo de fierro oxidado. Se hizo una herida profunda en la pantorrilla que la mandó tres semanas a la cama a pesar de las inyecciones contra el tétano. Después la lució con descaro en su juventud y hasta el día de su fuga. Siempre vestida de falda donde la cicatriz sorprendiera y causara fascinación porque te obligaba a ver la hermosa pantorrilla dos veces. Bueno, te obligaba a ver las dos, pero la belleza de una se potenciaba a causa de la otra. Yo las pantorrillas las divido en dos: las que son normales, flacas de pollo o gruesas como tambos, y las que son hermosas porque tienen un músculo detrás hecho a base de caminar el mundo. Así eran las de ella. Y con esas piernas la imagino caminando a Insurgentes, al Centro y repartiendo volantes, yendo a la universidad, a las pocas clases que tomó de oyente, yendo a las librerías del sur a comprar sus libros de filosofía que se empeñó en entender, leyéndolos una y otra vez y subrayándolos mientras mi hermano Miguel daba vueltas por toda la casa jugando a pilotar un avión imaginario y los demás hacíamos la tarea.

No; no es eso lo que quiero decir; no exageres. No digo que se haya ido a hacer la revolución con su amante. Pero sé que una motivación de ese tipo, las ganas de cambiar el mundo y la idea ingenua de que *puedes hacerlo* potencian la pasión amorosa. Sí, eso quiero decir, la pasión sexual. Es que no quería limitarla sólo a eso, pero si así lo quieres ver, está bien. El contacto con mis primos y sobre todo con mis primas le cambió la vida, la hizo brincar una generación. En su universo de ama de casa y madre de cuatro que transcurría en blanco y negro de pronto irrumpió el tecnicolor.

Ahí está, a unos cuantos días de ocurrida la fiesta: yéndose a comprar botas, cambiando las faldas de tela por faldas de cuero, arrojando las pantimedias al cesto (pero no las medias con liguero), comprando sandalias con cintas que se trenzan alrededor de las pantorrillas, dejándose crecer la melena y enjuagándola con té de manzanilla. Qué cambio radical. Mi madre, la de la bolsita negra que colgaba de su antebrazo ahora con morral de mezclilla y libros adentro. Mi madre con aretes largos, que cuelgan o con arracadas.

Compitiendo con mis primas sin competir y superándolas con creces. De ahí la idea de ellas de la traición. Porque a partir de entonces los novios y pretendientes de mis primas miraban más a mi madre que a ellas. Dirás que es imposible que una mujer de 34 años sea más atractiva que una de diecinueve. Pues te equivocas. Yo vi literalmente cómo cambiaron las miradas de los hombres apenas cambió ella. Cómo buscaban pretextos para verla. Hasta los propios primos que frente a mi tío la criticaban, en privado la buscaban. Por eso, la edad ideal de una mujer para mí son los 34. No digo que para mí hayan sido los años más felices. No. Lo que pasa es que tú quieres hacerme sentir culpable y yo no entiendo de qué. En todo caso, no estoy dispuesta a aceptar ninguna culpabilidad.

No, no es manipulación. No estoy diciendo que vaya a dejarte de contar su historia, pero podría empezar a defenderme. Podría sesgar la interpretación. Y eso es lo que no quiero. Quiero contarla lo más apegada a los hechos tal como entonces los viví. No sólo por mí, también por ti. Pienso que para ti es tan importante conocer su historia como para mí oírla desde mí misma. Esta historia no sólo es la tuya, esta historia eres tú misma.

Pero volvamos al momento del cambio radical. En qué consistió. Qué hizo que algo empezara a ser distinto, aunque al principio no lo pareciera. Lección número dos de Sherlock Holmes: no puedes conectar los puntos si no conoces esos puntos.

Lo que estoy tratando de decir es que es tan importante lo que hizo mi madre como el contexto en el que ocurrió. El hecho de que mis primas la hubieran contagiado sin querer de sus ideas y sus gestos fue para mí como haber encontrado una mancha o un pelo que no era propio de ella, en su ropa. Un indicio. Tampoco sé decirte de qué, igual que un neurólogo no puede determinar con exactitud qué parte del cerebro está provocando una equis conducta en un paciente pero sabe que algo le pasa; el médico inicia el diagnóstico del paciente desde que éste entra a su consultorio por la puerta.

Pues eso fue lo que a mí me pasó cuando vi al vecino de las firmas de pie frente a la reja de mi casa, tocando el timbre. Venía con un perro, un pastor alemán con un paliacate en el cuello al que le decía Lobo. Como Reyna, la muchacha, tardaba en abrir, me apresuré a llegar desde la calle por detrás y me puse junto a él como si de casualidad me lo hubiera encontrado. Me miró con su media sonrisa irónica, y poniendo la mano en la cintura como si dijera: ¿y ahora, tú? Yo hice un gesto de "ésta es mi casa" y dije: "mi mamá no está". Quiso mi mala suerte que en ese momento Reyna pudiera abrir y al explicar él que traía un libro para la señora le dijera "pase". Y ahí, en la puerta de vidrio de la casa, a la entrada, mi madre lo vio como si se le hubiera aparecido Dios en la tierra, con una mezcla de júbilo y temor reverencial.

—¡Tú!

—¿Me invitas un café?

—¿Un café?

La pregunta era muy rara si te pones a pensar que era de día, un día entre semana que mi papá no estaba porque había salido a un viaje de trabajo, y que la sala era un lugar que sólo se ocupaba de noche y sólo cuando mis papás tenían invitados a la casa. Recuerdo que mi mamá corrió las cortinas para que entrara la luz. Después le pidió a Reyna, que se había quedado petrificada en el pasillo, que preparara dos cafés y se sentó en un silloncito frente a la mesa de centro y lo invitó a él a sentarse en el sofá largo. El vecino abrió el libro que tenía letras, círculos cruzados por líneas como gajos triangulares a los que llamaba "casas", símbolos que yo nunca había visto y dibujos de animales que entonces supe eran los signos del zodiaco. El horóscopo. Así se llamaba. Como yo no hablaba, nadie se dirigía a mí, así que me enteré que él era un carnero y ella un escorpión y que ambos estaban destinados a cambiar juntos el curso de las cosas.

Con suma autoridad, como quien domina el tema, él le dijo que con aries comienza la primavera pues es el primer signo del año zodiacal. Los hombres nacidos bajo ese signo (y tal era su caso) son muy transparentes, se les ve venir de lejos, no se andan con rodeos y, en muchas ocasiones, llegan a ser demasiado directos. Mi madre asintió, porque era verdad. Ella, en cambio, era el cuarto signo de naturaleza negativa y el tercero de cualidad fija, cosa que no discutió. Las mujeres escorpio, aclaró el vecino, son mujeres de bandera. Toman causas, las hacen propias. Pueden dar la vida por esa causa. Mi madre apretó los ojos. Asintió algunas veces. Estamos ante las mujeres más sensuales del zodiaco, dijo él. Y a eso se añade que escorpio es enigmática, compleja, perseverante y muy intuitiva. Eso sí, dijo señalando la casa del hogar y la familia: la mujer escorpio es reservada de su intimidad, no permite a cualquiera acceder al terreno de sus sentimientos. Eso la hace parecer compleja y a la mayoría le parece difícil de comprender.

Sé que debí haberlo mirado a él a quien no conocía más que de oídas por lo que mi madre comentaba a veces en torno al Dr. Zimbrón, padre del vecino y amigo de su propio padre, mi abuelo, ídolo máximo de la vida de ella. Sobre él y sobre la gran amistad y el sentido humanista que los unió. Uno, el de mi abuelo, fundando la Ciudad de los niños y abogando por la educación de éstos, y el otro, el del padre del vecino, haciendo operaciones de huesos en las que a la gente sin recursos no le cobraba. Sin embargo, era a mi madre a quien yo miraba a cada rato, incrédula. Porque se había vuelto otra, así como lo oyes. Los ojos le crecieron y la mirada se le afiló, igual que pasaba con nuestra gata, la Gurru, cuando veía un pájaro a su alcance. Nunca he visto una atención más tensa. El asombro le exprimía la cabeza. Había descubierto que existía un plan previo al que ella misma había trazado para su vida, un designio tan antiguo como los propios astros y escrito en ellos. Así que asentía como si ahora lo viera con toda claridad. No sólo lo que harían ambos, el carnero, de elemento fuego y día de la semana martes, y escorpio, que aunque de elemento agua era el signo de la pasión, sino que desplegaba la red de las relaciones que se tejían en torno suyo. Con razón no era compatible con ninguna vecina ni con ninguna de las madres de nuestras eventualísimas amigas del colegio. Con razón el tío Fermín no se entendía con el tío Paco y aquél con sus hijas. Mi madre miraba el círculo zodiacal y seguía con atención el dedo del vecino recorriendo las doce posibilidades. Con razón se aburría en las comidas familiares con las tías: parecía haber nacido en la familia equivocada.

—Pero es la era de los grandes cambios —dijo el vecino y señaló algo en su libro, como para probarlo—. El amanecer de la Era de Acuario.

De pronto, mi madre pareció notar mi presencia.

—*La petite fille* —dijo, señalándome con los ojos.

Los nueve años son la edad del extraño que de pronto ha dejado de serlo para volverse una presencia perturbadora y se da cuenta. Son también los años en que descubres que la gente usa a veces otras lenguas para comunicar cosas que entiendes perfectamente.

—Cuándo naciste —me preguntó el vecino con su media sonrisa.

Yo miré a mi mamá.

No me daban ganas de contestarle, en primer lugar porque creí entender que preguntaba "cuándo naciste" como si dijera "y tú, ¿a qué hora apareciste por acá?" y en segundo lugar porque, no sé, no había ningún segundo lugar, o no uno que yo pudiera nombrar con claridad, como cuando algo no tiene que estar en un sitio pero está, y estorba, o como cuando llega un delincuente que es al mismo tiempo informante de algo que no quieres saber.

—Que cuándo es tu cumpleaños —dijo mi madre.

Ahora creí que pretendían sobornarme.

—Falta mucho —dije.

Los dos se rieron. Qué había pasado con mi mamá, de común tan seria. Y por qué se reían de mí. Yo sé que para ti esto puede sonar exagerado, pero para mí fue la prueba fehaciente de que algo se traían entre manos. Cómo que por qué. Porque se reían todo el tiempo, por eso. La risa es el mayor indicio de compenetración. La risa nos hace cómplices, más que haber presenciado algo prohibido, más que el dinero. Porque no se puede evitar. Yo he visto gente que simula el llanto, un llanto muy sentido incluso. Pero la risa, aun la de los actores más consumados, se oye fingida siempre.

—Es piscis —dijo mi madre—. Aunque su papá dice que es marciana, de marzo.

—¡Sí soy! —dije, en tono retador.

—Los piscis son sensibles a los sentimientos de los demás y responden con simpatía a ellos… —añadió el vecino.

Hice como si no oyera. Traté de concentrarme en las patas de la mesa. Eran de madera y sobre ellas había una superficie redonda y dividida por tramos de madera también, como el timón de un barco.

—… son los artistas del zodiaco. Casi siempre viven en su mundo de sueños.

Me tomé del timón para irme a navegar lejos, a los mares del sur, pero entonces mi madre me tomó del brazo:

—Te está diciendo cosas muy bonitas —dijo.

Me sentí obligada a responder: gracias. Pero me di la vuelta y salí pronto de la sala, como si recordara que tenía algo urgente que hacer.

¿Tú sabes lo que es que un día tu madre se vuelva otra? ¿Que la veas sonreír cuando no sonreía, que ya no le importe que algo esté fuera de su lugar o que todo empiece a estarlo, que las cosas no funcionen, que si se descompone una manija nadie la mande reparar ni nadie venga a podar el pasto, que la cadena del baño quede rota para siempre o que no esté la comida a tiempo nunca? Ay, Reyna, tu madre disculpando a la muchacha, a todos se nos va el santo al cielo, cómo que no tienes más que verduras, mientras tú y tus hermanos hambrientos de regreso de la escuela. Tu madre ofreciendo lo que nunca: ¿quieren ir a la tienda del bizco a comprarse unas papitas y un refresco? Lo que nunca empezando a volverse lo de siempre.

Tal vez era mejor que la mamá que nos ponía horarios fijos para todo, que nos revisaba la tarea, el uniforme, puede ser, pero simplemente ésa no era mi mamá. Nuestra mamá. Nos habían cambiado al doctor Jekyll por un Mr. Hyde sonriente y despreocupado, de acuerdo, pero no sé explicarte por qué eso era tan grave como si hubiera sido al revés.

Los demás también empezaron a mirarla distinto, o eso fue lo que yo sentí. ¿Por qué impresionaba tanto una madre que enfrentaba los desastres con una media sonrisa; qué era lo que agredía al verla con las mejillas arreboladas siempre y el rostro brillante enmarcado con mechas sueltas? ¿Por qué no recibía un castigo? Había cambiado al Dios del fuego eterno por la inmutabilidad de los cuerpos celestes. Ni siquiera le importaba ya esa necesidad enfermiza por el orden que siempre tuvo mi padre, que ahora reclamaba dónde estaban las cosas que no encontraba nadie, por ejemplo, ni parecía afectarle que cada vez que saliéramos de vacaciones nos planeara la diversión hora por hora. Es que es virgo, decía, los virgo son sistemáticos a morir, es el signo más perfeccionista. El virgo es ante todo un hombre ordenado, pulcro y pendiente de los pequeños detalles que son su mundo.

Con estas ideas, por un tiempo dejó de haber peleas entre mis padres, y en cuanto a nosotros, los enojos y castigos disminuyeron. Quiero decir: el desquiciamiento al que la llevaba que le ensuciáramos lo que acababa de limpiar se esfumó con un nuevo hábito, el de no ocuparse de esas cosas. Ni de otras muchas, en realidad. Y eso generó una distancia respecto de mi padre y de cualquier otra madre de familia de la zona, de la escuela. Se distanció hasta de mis propias tías. Ahora que lo pienso: desde antes del famoso aquelarre ya había divergencias tremendas entre ellas, sólo que antes de la fiesta esos rasgos eran excentricidades por las que no nos avergonzábamos mi hermana y yo, al contrario. Te podría decir que incluso nos beneficiábamos a veces. Por ejemplo, en alguna ocasión en que fueron a Acapulco de vacaciones con todos los hijos. Las diferencias entre mi mamá y mis tías empezaron tan sólo con llegar. Para mis tías era impensable que nos metiéramos a la alberca después de desayunar, teníamos que hacer la digestión. Eso consistía en un proceso que conllevaba esperar dos horas si se había comido fruta y pan, pero si habíamos comido huevos, tres horas. Mis primas y yo vimos a mi mamá negar con la cabeza y la oímos decir bajito:

—Ésos son mitos.

A partir de la visita del vecino se empezó a preocupar aún menos de ésas o de otras cosas. ¡Pero si las dejas tan cerca las va a revolcar la ola! Rosca, ¿qué no ves? Ay, pero si sólo se están remojando los pies en la orilla… ¡Cómo que su tía les compró todos esos tamarindos, se van a soltar del estómago…! Y así. Y la verdad, eso sí nos agobiaba a mi hermana y a mí, sólo que no lo decíamos.

De algo me di cuenta en ese año de 1969, cuando el hombre pisó la Luna. Los libros transforman. El libro aquel de los astros se llevó a una mamá y nos trajo otra.

Libro por libro vas convirtiéndote en otra persona y no puedes decir cuál produjo en ti qué metamorfosis. A mi madre la cambió no ese libro en particular sino los libros. Porque otra cosa que discutieron ella y el vecino fue el lugar donde habría quedado la biblioteca del abuelo. Además de los terrenos aledaños a la Ciudad de los niños, no se había sabido del destino de la mayor parte de los cuadros ni de la biblioteca. Y en aquel momento decidieron emprender una cruzada, la de dar con los libros perdidos. En manos de quién habrían quedado. Diez mil y pico, casi once mil volúmenes. No era la cantidad, sino el contenido lo que importaba. Porque en los libros, en parte, estaba él, mi abuelo. Se había formado a sí mismo leyendo. Leía griego y latín. Como decían mi mamá y mis tías, sin que nosotras entendiéramos qué querían decir: su abuelo fue políglota y autodidacta. Sabiendo qué leía, mi madre podría recuperar al menos una parte de su padre, que se llevó un mundo al irse. Que le arrancó el mundo, en realidad. El vecino le estaba ofreciendo lo más grande que hubieran podido darle: traer de vuelta a mi abuelo.

¿No te dije que su padre murió cuando mi madre tenía catorce años? Qué curioso. Yo misma no me había percatado de la simetría: ella se fue cuando yo tenía esa edad y a esa edad fue cuando ella perdió lo que más amaba en el mundo: a su padre.

Cuando el vecino se marchó, me quedé pensando, a modo de consuelo: yo había llegado antes que él a la vida de ella. Había llegado antes que todos, que mi papá incluso, porque aún antes de casarse —ella me lo dijo—, me había deseado mucho, muchísimo. Y cuando nací, se dio cuenta de que era exactamente lo que ella quería. Yo había vivido en su mente desde un cierto tiempo inmemorial. Eso pensé. Pero entonces, vi las hojas de los árboles moverse; los eucaliptos que sembró mi abuelo. Así que me di cuenta de que las palabras que nos han dicho no siempre logran engañarnos.

Claro que tendría que empezar este capítulo con la historia de él, el padre de mi madre, si quisiera ser congruente. Contarte un poco cuién fue, cómo hizo su fortuna, por qué se llevó sólo a tres de sus hijos con él cuando se divorció y por qué nunca mandó a mi madre a la escuela. De qué tenía miedo o qué quería lograr con eso. Pero la congruencia no es lo que hemos acordado tú y yo. O al menos no esa forma convencional de congruencia. Tú quieres saber cómo fue para mí crecer con una madre que enloquece de amor y se va porque no tuvo figura paterna y la encontró en aquel vecino que le ofreció sin decírselo sustituir a su papá. Porque eso es lo que tú piensas. Que se fue por esa razón. Yo no veo las cosas así. Yo sé que hay otra u otras causas y por eso sé que si entre las dos unimos los puntos de esta historia tal vez consigamos dar con ella.

Claro, yo no te estoy diciendo que no. Claro que tú puedes también intervenir.

Desde luego, cuando quieras.

Bueno, pues entonces, sigo.

Te hablé de la transfiguración de mi madre tras la visita del vecino con el libro de los signos zodiacales, pero en realidad, salvo yo, nadie la notó ese día. Ni el siguiente, ni los meses que vinieron después. El mundo estaba loco con la noticia de que el hombre pisara la

Luna, así que cada cual se preparó para ver ese acontecimiento como pudo.

La gente salió más temprano de sus oficinas. Sí, con todo y que la transmisión se llevaría a cabo después de las ocho de la noche. Las casas que tenían televisión se prepararon para sentar a los miembros de sus familias frente a las pantallas en blanco y negro. Desde los abuelos, quienes vivían con alguno de ellos, hasta los hijos. Las muchachas, sí, así se decía, no trabajadoras domésticas, las muchachas de planta que se consideraban parte de la familia. ¿Y los que no tenían tele? Pues se las ingeniaron para ver lo del descenso con algún amigo, con vecinos. Algunos estanquillos como el del bizco aceptaron a quienes se quisieron acercar; todo aquel que no tuviera tele y estuviera dispuesto a ver la hazaña más grande de la humanidad del siglo XX era bienvenido. Eran años en los que la venta de alcohol estaba prohibida los domingos y días festivos, así que los almacenes ponían una cinta amarilla alrededor de las botellas de licor y las cervezas, pero ése fue un día en que no hubo necesidad de ponerla porque nadie pensó en observar el acontecimiento del siglo con una copa en la mano. La mueblería de españoles que estaba a un par de cuadras de la casa, junto al Naranjito, puso un letrero en que anunció que tendría el aparato en el aparador, encendido, por si la gente quería ver la proeza espacial desde la calle. En la escuela nos estuvieron machacando con la noticia todo el día. Era más que una tarea, nos decían. Era la oportunidad de ver la Historia pasar ante nuestros ojos.

Esa tarde, mi papá llegó más temprano del trabajo. Y un par de horas después de comer empezamos con los preparativos. No era tan fácil ver televisión entonces, y mira que la tele como invento ya tenía varios años de existir. Pero no sé, las conexiones estaban mal, la transmisión fallaba y se interrumpía, y a veces la pantalla se quedaba suspendida en un fondo gris con puntos y rayas, lo que entonces se llamaba "nieve". Hasta que después de una ardua batalla buscando la señal lograba salir la imagen, que permanecía unos minutos para desaparecer enseguida. Como ocurrió muchas veces, mi padre subió a la azotea y desde allí se puso a mover una como efe enorme de hierro que era la antena, la tocaba por todos lados, la sacudía como redireccionándola. ¿Ya?, preguntaba, inclinándose un poco hacia el cuarto donde estaba el televisor, el suyo y de mi mamá, donde estábamos nosotros. No. ¿Ya? No. ¡Sí! ¡Ya se ve! No, ya otra vez no, decepción generalizada, otra vez no. Menos mal que empezamos como una hora antes. Y como el que persevera, alcanza, por fin, tras un rato de mover fierros, él desde fuera y nosotros abriendo y cerrando la antena de conejo, apareció una escalera negra sobre un suelo gris, polvoso. Para mí fue como ver el rostro de Dios, algo insólito. Pero luego, si te fijabas bien, era sólo un trozo negro de escalera y un suelo gris, de talco, donde nada ocurría. Duró años esa imagen. La voz en *off* de un locutor hablando en inglés que parecía ser el mismo locutor en todos los programas norteamericanos donde se daban las noticias o se hablaba de la naturaleza y que en esos años no solían ser muchos sino más bien fragmentos en noticieros o en documentales del cine, esa voz que contaba los segundos que faltaban para el alunizaje se vio opacada por la de Jacobo Zabludovsky, la voz oficial de los programas de noticias recalcando en español lo extraordinario de ese momento. Mi hermana que ya había visto suficiente se levantó de la alfombra y trató de huir, pero mi padre la hizo sentarse de nuevo recalcando la importancia de lo que estaba a punto de atestiguar con un argumento que hasta el día de hoy nos parece enigmático:

—Mira, hijita, en este momento se podría acostar cualquiera en plena calle en medio de avenida Reforma y ningún coche lo atropellaría.

Una y otra vez la voz repetía lo de los segundos, lo de la proeza, lo del plan perfectamente construido: en unos momentos, Neil Armstrong pondría un pie en nuestro único satélite y caminaría sobre la superficie lunar, seguido de Edwin Aldrin, mientras Michael Collins permanecería el pobre metido en el módulo del Apolo 11. Mis hermanos chicos se durmieron. De hecho, el menor se la pasó dormido; era bebé. Sin embargo, contra todo pronóstico, en un instante la voz en inglés comenzó la cuenta regresiva de los segundos y un arácnido enorme, bamboleante, se posó en el polvo. Se abrió la escotilla. Por ella bajó, de espaldas, trabajosamente, el astronauta. Creo recordar cuando puso el pie. Creo recordarlo, te digo, pero no sé hasta dónde reconstruyo con los mil relatos que se oyeron desde entonces y por años esa historia. "Un pequeño paso para un hombre y un gran salto para la humanidad". En la escuela, en la radio, en la calle y en todo lo que se escribía y se escribió en revistas y periódicos. Ése sí fue un hecho que a todo el mundo le interesó registrar. Era un logro de todos, de eso nos querían convencer. Como si la especie humana en su conjunto se hubiera ido en un cohete a pisar la Luna. En realidad, fue un logro de los gringos contra los rusos, por un momento nadie los pudo igualar. Sobre todo en el instante de clavar su bandera en la Luna. Parecía que eso sería lo último que harían, pero de pronto se vio a un astronauta (creo que Armstrong) dar saltitos, decían que para probar el suelo, se alejó a recolectar piedritas, luego no entendimos muy bien a qué. Pasó una eternidad, aunque esa eternidad hoy parezca una narrativa muy fluida, desde el momento del descenso a la Luna, el paso de reincorporación a la nave y los tres paracaídas con los astronautas de regreso cayendo suavemente como en un ballet al mar. En varios momentos, la mirada de mi mamá, como la señal al principio, parecía perdida. No recuerdo a qué hora nos fuimos a dormir.

Era un mundo donde, aunque la tele fue protagonista por unas horas, la prensa ocupaba el lugar central. Las fotografías, los textos completos. Recuerdo la historia de la gran tragedia detrás de Neil Armstrong. Su hija pequeña había muerto repentinamente y por esa razón, se decía, aceptó la misión de ir a la Luna, cosa que podía implicar que no volviera. Por esa razón, después de clavar la bandera y el mensaje de paz que llevaban en varias lenguas, Armstrong se alejó unos pasos y se quedó a solas unos momentos, y algo enterró en un cráter. Era la pulserita de su hija. Después regresó, como estaba previsto, a la nave.

Hoy puedo separar una historia de otra, puedo citar incluso la famosa frase de lo que Aldrin vio en la Luna: "una magnífica desolación", y unirla a lo que yo sentía porque para mí todas las frases que escuchamos en el momento de ser oídas se funden con el propio paisaje interior. El hombre había ganado la Luna, pero para mí, por encima del asombro, permanecía la sensación de inminente pérdida. La Historia es un espejo cóncavo en que nos miramos con la esperanza de encontrarnos.

El papel venía doblado en cuatro y el mensaje dentro tenía una letra minúscula y extendida, como un trozo de hilo negro o como el intestino de un camarón. Los sucesivos manoseos no habían conseguido borrar las letras que casi no se entendían. Al recibirlo, pedíamos permiso a la maestra de ir al baño y una vez dentro del pequeño cubículo descifrábamos su contenido y hacíamos, sin hacerlo, un juramento: nunca diríamos quién lo había escrito ni qué decía. No recuerdo el mensaje y estoy segura de que, como las demás, no entendí lo que decía. Sólo supe igual que todas que era un acuerdo para vernos —sólo las elegidas— a la hora del recreo en un lugar determinado del patio. Yo no era una de las elegidas de esa bolita ni de ninguna otra, en realidad no sentía pertenecer ni me identificaba con nadie que no fueran mis primas, pero por alguna razón alguien pensó que yo debía enterarme del contenido de aquel informe *in extenso*. La autora del mensaje era Alicia Cobos, una alumna que había entrado ese año, se había hecho notar por su increíble capacidad de liderazgo, la familia prominente de la que venía y sus bajas calificaciones. También por haber sido corrida de una escuela de monjas. Esto último le daba un inusitado prestigio que compensaba el que siempre saliera reprobada. A nosotras nos tenía asombradas por sus conocimientos sobre sexualidad y por la claridad y disposición con que nos los compartía. Por eso, no hubo mayor acontecimiento en 1971 que la profundización en el tema que tanto nos interesaba y del que necesitábamos conocer los pormenores. Y lo mismo empezó a ocurrir entre las demás primas chicas. No sé si te has fijado en ese fenómeno que a veces se da en el mundo de lo real: un como contagio de lo que te pasa. Y a mí me había pasado. Había llegado el momento de saber.

Era una curiosidad general. Sobre todo entre las pubertas. Por mi parte y por la de Popi la curiosidad era mayúscula, aunque Mosco no se quedaba atrás. A Clara e Isa las incorporábamos por no dejarlas fuera, aunque delante de ellas nos guardábamos la información privilegiada. Teníamos algunas nociones vagas pero ningún dominio de cómo ocurría la cosa. Por eso, servía todo lo que pudiéramos recoger. Y ese día, en la escuela, a algunas nos sería revelada la verdad a la hora del recreo.

Alicia era alta y estaba más desarrollada que nosotras porque había reprobado año en su otra escuela. La mayoría de nosotras tenía once años, pero ella tenía ya doce y esos meses de diferencia eran evidentes. La blusa blanca de botones se levantaba en el pecho y la tela entre un botón y otro se abría sobre todo cuando Alicia se sentaba. Los muslos de unas piernas que en algunas de nosotras eran apenas tan anchos como los brazos en ella empezaban ya a mostrar un grosor considerable, que si te fijabas bien la hacían verse rara. Era como una muñeca gigante con zapatos de traílla y calcetas de niña, azul marinas.

Cuando estuvimos todas juntas nos sentamos en círculo, como siempre, alrededor de Alicia que se recargó en el muro.

—Hay muchas maneras de quedar embarazada —dijo.

Palo y yo nos miramos. No teníamos mucha idea pero sí alguna.

—En mi otro colegio las monjas nos hablaron de casi todas.

De las seis que la oíamos, sólo dos eran mis verdaderas amigas, Palo y Lena. A diferencia de la gran mayoría de alumnas de esa escuela, ellas dos no juzgaban a las demás por el dinero que tuvieran sus familias o por los puestos políticos de sus padres. Los míos no tenían dinero ni puestos. Con todo, unos años después, a ellas también les ocultaría lo de la huida de mi madre.

Lena dijo:

—Dinos algunas.

Se veía que Alicia se moría de ganas de enumerar todas. Según ella las monjas de la clase de Educación Integral sí hablaban de cosas importantes, no como en nuestra escuela donde todo lo ocultaban.

—Bueno, una de las más peligrosas es si coges la toalla con la que se secó un hombre porque puede tener espermas.

Nos miramos unas a otras. En mi caso, teniendo hermanos tan chicos la posibilidad era remotísima. En cuanto al baño de mi papá, nadie podía entrar, más que él.

—Otra puede ocurrir debajo del agua. En las albercas. Hay espermas nadando que se te pueden meter entre las piernas.

—¿Eso te dijeron las monjas? —preguntó Julieta, sorprendida.

—No sólo me lo dijeron a mí, nos lo dijeron a todas. Nos enseñan a cuidarnos. Nos dan clases de cómo usar Kotex.

Cada una miró para donde quiso y pensó lo que pudo. Algunas nos miramos entre nosotras. Pero Alicia no desperdició el tiempo antes de que sonara la campana:

—Una más te pasa si te sientas en el excusado después que estuvo ahí un hombre —dijo.

—Pero si los hombres hacen pipí de pie —dijo Palo.

—Sí, pero a veces se les salen los espermas y salpican.

Empecé a sentir por los espermas un temor tan grande como el temor de Dios. Más grande aún, la verdad, porque aunque Dios estaba en todas partes tenía menos probabilidades de encontrármelo.

Siento que por la reacción de las otras a todas nos pasó más o menos lo mismo. Empezamos a tener miedo. Miedo de los hombres mayores que nosotras en todo momento y en todo lugar. De ellos y de los sitios donde habían estado, como si su reino estuviera marcado por límites invisibles pero claros: ahí donde se aposentaran.

Cuando llegué de regreso de la escuela hice lo de siempre: quitarme el uniforme, lavarme las manos, sentarme con mis hermanos a comer —a veces a tiempo, a veces no— al ritmo que mi madre nos marcara. Y salir corriendo a contarles a mis primas la nada buena nueva. Albricias pastores. Nos podemos embarazar así y así.

Ellas tenían información propia al respecto. Ya nos pondríamos al tanto en cuanto pudiéramos hacer un alto y apartarnos de los demás.

El ritual por las tardes se repetía: cada día jugar los mismos juegos en la calle, resorte, bote pateado, bicicleta, porque entonces se vivía en la calle y eso era normal. Así, como lo oyes, la gente caminaba, iba a hacer compras a pie o se dirigía a las paradas de autobuses, rumbo a su oficina o sus escuelas, a donde fuera de un lado para otro muy quitada de la pena. Bueno, hasta paseaba. Claro que me oigo, me estoy oyendo y al decirlo a mí también me suena absurdo, pero es que este país cambió. De veras. Para nosotros la calle era la extensión de nuestra casa. Vivíamos en la calle. Si era entre semana, apenas terminábamos de comer nos salíamos a la privada por la puerta de atrás. No tardaban en llegar los hijos de varios vecinos con sus bicicletas, los más grandes con patineta a lanzarse de una bajada suicida tremenda, algunos se descalabraron en la caída libre, pero no desistían. Ni ellos se rendían ni nosotras tampoco, corríamos a ponernos a salvo al grito de "¡Aguaaas!" y después seguíamos en lo nuestro, tan tranquilas. No, seguro que ya no pasa esto. Lo entiendo perfectamente, la calle se volvió otra cosa. Entiendo lo que opinas de salir a la calle sólo porque sí, sin necesidad de tener que hacerlo. Más después de lo que te pasó. Todos a vivir refugiados en nuestras casas, sobre todo de noche. No sé cuántos puedan decir hoy que la calle es la extensión de su casa, que es su casa. No hablo de lo que ahora se llama gente en situación de calle, qué eufemismo tan raro para no decir que hay quien vive irremediablemente ahí y en las peores condiciones. Hablo de lo que éramos nosotros, pura clase media. Y no sé cuántos sean capaces de sostener algo como lo que te digo, desde luego nosotros no. Menos, después de lo que te pasó. Si quieren, ustedes quédense en su casa, nos dijiste, encerrados con veinte cerrojos, vivan en su coto cercado de púas, vivan en una ciudad donde cada pocas cuadras hay una calle clausurada con una pluma y un vigilante, en pequeños feudos, vivan mirando para todos lados, salgan pensando que si llegan con vida a sus casas es porque tuvieron suerte, y siéntanse a salvo en sus edificios donde hay una caseta y cámaras que nadie ve, que no sirven, pongan en sus casas sistemas de alarma controlados desde una central desde donde llamarán si una puerta o una ventana se abre siempre y cuando esté la alarma encendida y funcione. Yo no. No lo dijiste con esas palabras pero eso es lo que quisiste decir: Quédense en su país que adoran y en su ciudad que adoran, consigan una pistola y duerman con ella debajo de la almohada. Pongan un letrero por iniciativa propia como los vecinos de otras colonias: "Si entras a robar aquí, te linchamos. Atte: vecinos de la colonia Parque San Andrés", como decía un letrero que vimos.

Para nosotras en cambio estar en la calle era lo natural y hasta lo deseable. Jugábamos con la hija de los vecinos con quienes mis papás no tenían relación y con la entenada del negocio de peluquería que mi mamá decía que no era una peluquería en realidad. Los hijos de otros salían también a jugar a la calle, el nieto del hojalatero, los dos hijos del dueño de la casa en la privada, y otros más que se unían al grupo de niños en sus bicicletas. Estábamos con ellos y a la vez no. Ellos en sus bicis, jugando a ser policías y multarnos, con cualquier pretexto nos multaban, y aunque era una multa simbólica que te hacía quedarte quieta, congelada durante una vuelta o dos y a veces pensabas que se te iba a ir la tarde entera, me acuerdo que de pronto nos fastidiábamos las chicas y dejábamos ese juego o cualquier otro, nos íbamos lejos de ellos, nos subíamos a las bardas y nos poníamos a caminar en fila india espiando dentro de las casas vecinas, uno de nuestros juegos favoritos durante muchos años. No, no había alambrados sobre los muros, esas mallas de alambre de espino las conocíamos por las fotografías de algún campo de concentración nazi. De veras, podías caminar sobre los muros de piedra sin mayores obstáculos. A veces unos cuantos vidrios rotos pegados con cemento y a esa casa entonces la espiábamos de lejos. Nos imaginábamos a la familia, al papá y a la mamá, él alcohólico, ella en tubos y bata, con crema C de Ponds en la cara, ¿se pelearán o no se pelearán?, no sé qué placer extraño encontrábamos en los pleitos, era de lo que más nos llamaba la atención. Parejas peleando, policías discutiendo con automovilistas, yendo en pos de alguno, en sus motos. Ya lo mordió, decíamos al ver al así llamado tamarindo, porque se vestían de café, circulando veloz, y a veces hasta nos tocaba oírlos en ese largo juego que acababa con un billete debajo de la licencia antes de haber dicho varias veces "es que no se puede, joven, si no, sí". Y se podía, siempre se podía. Mujeres discutiendo con el carnicero, con el de la fruta, con el que cargó el mandado porque faltaba una bolsa, señores peleando porque alguien de otro coche se les cerró. Pleitos de todo tipo, hasta combates callejeros cuerpo a cuerpo nos tocó ver, donde dos se daban de trancazos rodeados de una pequeña multitud paralizada. O fascinada. O acostumbrada a ver algo así de vez en vez. Pero los pleitos favoritos que ni siquiera llegaban a pleitos o que lo eran en nuestra imaginación eran los que existían entre nosotros y ellos. Niños y niñas, animales de distinta raza.

Los once años son la edad en que odias a quienes vas a amar.

Y sientes vergüenza de que te vean las piernas y noten que los pezones se te hinchan y percibes el miedo de que comience el cambio y los muslos te engrosen y algún día te veas como la muñeca gigante que no quieres ser.

Los once son también el momento en que descubres que es malísimo estar en un colegio sólo para mujeres, porque si de niña no aprendes cómo relacionarte con los hombres, según nos dijeron esa misma tarde Mau y Maripaz, cuando creces pasa lo inevitable. Cómo qué. Pues lo que le pasó e Emma Palacios, amiga de Mau, modelo y aspiración de nuestros sueños porque cuando iba a la gasolinería le cobraban menos, y todo lo arreglaba con una sonrisa y nunca tenía problemas ni cuando la detenía un policía por pasarse un alto o por lo que fuera. Emma era bella entre las bellas y hippie-hippie y delgadísima de cintura, ¿saben por qué?, nos preguntaba Mau. Pues porque tomaba anfetaminas y decía las cosas más locas no porque fuera hippie, sino por las pastillas que le daba el de la farmacia Progreso siempre y cuando ella accediera a pagarlas en el cuartito de atrás. Y cuando todo eso ocurre y todos los hombres mayores empiezan a aterrizar rendidos como moscas a tu paso, pasa que te dedicas a enamorarte de los amigos de tu padre como a ella le ocurrió. Tenía dieciséis, dieciséis y meses y estaba ya en la prepa. Cayó rendida de amor primero por uno que era un próspero empresario y se armó un medio lío porque él era casado y frecuentaba las cenas en casa de su papá, o sea del papá de Emma, y la esposa los descubrió detrás de un árbol en el jardín, ella con el pelo lleno de hojas, él con la bragueta abajo y dio de gritos hasta que a los dos los metieron en su coche de regreso y no los volvieron a invitar y hasta ahí más o menos. Pero después siguió con su enamoramiento por los hombres de edad conocidos de su papá y de los amigos de éste, con un furor inmenso, una atracción incontrolable, como insecto en día de calor atraído por la cerveza o como un pato recién nacido e improntado que se dedica a seguir al hombre, a cualquier hombre, como si fuera su mamá. Y se mete en su casa, estando la esposa de él adentro, y se esconde en la sala hasta altas horas de la noche y en vez de irse a dormir a su casa se queda ahí, sin que nadie sospeche su presencia, y al día siguiente cuando él va al trabajo, la encuentra metida en el coche en el asiento de atrás.

Y él la encuentra fascinante.

Y la embaraza.

Y en una escuela sólo para mujeres si eres como Emma que era la hija de uno de los empresarios más ricos de este país, y tu papá dona a la escuela los bebederos de todo el colegio, la directora y los maestros miran para otro lado y hacen como si no vieran lo que ven, la falda subida más arriba de lo estipulado por el reglamento, arremangada de la cintura, las calcetas más bajas al ras del zapato como los que ahora se llaman tines pero que antes no existían, con las piernas perfectamente depiladas, lustrosas, el pelo ensortijado y suelto y los brazos llenos de pulseras y abalorios, listoncitos de la suerte tejidos con primor en las tardes por la propia Emma que el novio del momento, o sea el señor del coche, debe romper, cada día. No importan las calificaciones, los exámenes, eso es importante nada más para las que no son como Emma, las que no tienen papá poderoso, las becadas, las que tienen padres que pagan la colegiatura mes a mes, a veces con dificultades y si pasa el día cinco hasta mandan llamar a la mamá: su hija sacó siete de calificación y usted no ha pagado la colegiatura, esto no puede seguir así. Pero hay una excepción. Aunque seas muy Emma las reglas del juego cambian si te embarazas y sobre todo si se te mete en la cabeza la locura de que quieres tener al bebé.

A Emma la corrieron.

Y la escuela tuvo a los pocos meses sellos de Hacienda porque el inspector decidió que no cumplía con las normas de higiene y seguridad. Y tuvo que pagar una multa. Así que era mucho, muchísimo lo que se perdía con una alumna como Emma. Que no entró a la universidad, dijo Maripaz, por cierto.

Nada de alberca con espermas flotantes, nada de toallas, cuando hablaban de Emma y su bebé mis primas las grandes nos decían: todo eso que les dijeron son tonterías, el amor es una trampa mortal. Es una pasión que no dejas de sentir por más que intentes y no puedes pensar ni distraerte ni actuar de modo racional, todo es delirio. Es como si estuvieras drogada, narcotizada, ¿qué es estar drogada?, preguntaba Mosco. Es cuando tu cuerpo y tu mente ya no te hacen caso y te vuelves otra. Es como estar loca. Pues qué espanto. Conmigo no cuenten, dije yo. Ninguna de nosotras las chicas quería eso, pero no había más remedio, nos decían, porque un día nos íbamos a sentir absolutamente dominadas y completas.

Quiero que te hagas una idea de lo que era dormir con todo eso rondándote en la cabeza, y mantenerlo a raya y disimular en cuanto despertabas y distraerte repitiendo las tablas de multiplicar mientras estás yendo a la escuela y en el patio formada junto con las otras haces juramentos a la reina de un país que no es el tuyo y entonas el himno de esa escuela antes de entrar a clases "con fe y esperanza, corazón amable, mente y cuerpo limpios, voy al colegio a pasar los mejores días de mi vida", y medio ocultas aquello que te aqueja durante las clases de Historia o de Ciencias Naturales o de Civismo en las que te enseñan cosas que junto a eso que estás pensando te parecen bobadas: "¿Seremos como Tacho, que es sucio y mordisquea los lápices y trae desatadas las agujetas de los zapatos siempre y no le importa, o como Luis, que tiene en orden sus cuadernos y se sienta derechito y se peina con goma?" Para empezar, no éramos ni Tacho ni Luis, los niños que usaban de ejemplo en los libros de Historia y Civismo de la SEP, porque éramos niñas y ésas no salían ni para bien ni para mal, más que allá, por allá, de pronto, cuando Luis visitaba a su familia en Topolobampo y comía rica fruta con sus tíos que le enseñaban la bahía y aparecía el dibujo de alguna prima suya, chiquitita, o de su mamá sirviendo la fruta en el fondo de la página.

Las clases de Civismo en la escuela o de Historia o de Biología, estaban habitadas por señores que no se parecían en nada a los hombres reales que veíamos, y mientras tanto en el recreo Alicia Cobos se extendía en la explicación de las formas de quedar embarazada aún sin hombres presentes y sin hacer *eso*. Y aunque mis primas me habían dicho que era una tontería hacerle caso a la tal Alicia, yo seguía con el enigma de que qué era eso. Bien a bien no lo sabíamos. Se usaban palabras como fajar, bombear, meter mano, revolcarse, llegar a cuarta base, hacer el amor, tener relaciones, coger, copular, fornicar, tirar, follar, bailar el mambo horizontal, dormir, pero no nada más dormir, sino dormir-dormir, hacer cochinadas y salir con tu gracia. Y en las imágenes que acompañaban estas frases, todas borrosas, sólo veíamos a dos, hombre y mujer, o sólo veía eso yo, porque lo de Mauricio lo había dejado de plano en el inconsciente, aunque aún no sabía lo que era el inconsciente, y pensaba que todo iniciaba con una pareja dándose la mano.

—Sí, pero no siempre cuando quieres.

A veces era difícil entender a Alicia, entre los gritos del recreo y sus frases enigmáticas.

—Si un hombre te saluda así —y al darte la mano extendía el dedo índice hasta apretarte la vena de la muñeca— es que se quiere acostar contigo o que es masón.

No sabíamos lo que era ser masón pero las dos cosas nos sonaban terroríficas. A ver quién les da la mano, pensábamos, en fin que en esos años no se nos ocurría darles la mano a los niños. Pero a los adultos qué. Ahí estaba lo difícil. A saludar de beso sin darles la mano a los señores si los papás nos forzaban aunque no los conociéramos o fueran gente importante, como un licenciado o como Monseñor.

—No seas estúpida, los sacerdotes no hacen eso —me dijo Alicia.

A los curas sí podíamos darles la mano para besar la suya porque ni eran masones ni harían *eso*.

Muy sapiente, Alicia Cobos con todo y que a mí me cayera en la punta del hígado porque las maestras la pasaban en todas las materias y porque salvo sus conocimientos sobre sexualidad de lo demás no sabía nada de nada pese a su actitud de superioridad. Alicia nos hacía sentir inferiores.

Y qué, pensaba yo. Y qué. No importaba cuán extraño, cuán insoportable fuera el mundo. Yo tenía a mis primas. Y a mi mamá. También pensaba a veces: a mi familia. A todo ese grupo disparejo, gritón, discutidor a decir basta, dividido entre rojillos y conservadores, constituido por adultos dados a castigar de todo y por nada, defensores irrestrictos de los primos mayores que ahora resultaba que habían vuelto a la necedad de hablar de los grupos de choque, los Halcones, y como eso no podía ser, *ahora sí ya no podía ser*, mandaron a los dos primos mayores hijos de mi tío Fermín a estudiar inglés a Estados Unidos, y tanto y tan rápido se habituaron a su nueva realidad que el de en medio hasta le escribió a mi prima Mau contándole que tenía una novia gringa.

Las llamadas telefónicas de cada fin de semana en que mi tío Fermín hablaba con mis primos sucedían a una velocidad supersónica y ocurrían en casa de mi tío Fermín donde estaba el teléfono fijo, debajo de un letrero que decía "si no puedes decir lo que quieres decir en menos de diez minutos, no lo digas aquí":

—¿Cómo están, bien? —preguntaba mi tío, hablando a gritos.

—Mfm. Grss. Vglpfs mmsn dss —venía algo que no entendíamos pero que pódíamos interpretar como la repetición de la última pregunta, vuelta afirmación.

—Sí, por acá todos bien también. ¿Y cómo está la cosa por allá?

—Smnbf. Dss tdctn lbn. Prrrq sprlsmmm csss gringsss —la misma intuición de arriba, con el añadido de algún acontecimiento noticioso.

—¿Y el inglés? ¿Ahí va?

Mismo caso.

Tres preguntas, cuatro a lo sumo, porque las llamadas de larga distancia eran carísimas y cada vez que alguien las hacía o que alguien recibía una llamada por cobrar repetía lo mismo: bueno, qué bueno que está todo bien, sííí, claro que sí, después, nos llamamos, acuérdate que es larga distancia.

La homilía se había terminado, bendito el señor y su santo nombre, nos íbamos a jugar al jardín. Felicísimas las cinco nos arrojábamos desde un montículo, metidas en el tambo de la ropa sucia, una por una, qué vértigo oscuro y cuánta emoción dando vueltas, cuánto aguantar el miedo por el golpe final que llegaría, claro que llegaba cuando el tambo se estrellaba contra el tronco de un árbol y nos dejaba peor que a Neil Armstrong de quien se decía que había quedado mal, muy mal después de aquel viaje a la Luna, muy afectado en sus emociones al grado de no querer decir qué más vio, ni permitir que usaran su nombre, ni aparecer en anuncios comerciales, ni nada. Preocupadas a veces porque un hermano mío se enfermaba y mi mamá tenía que llevarlo a Urgencias a punto de la asfixia por el asma o porque otro primo de los chicos hijo de mi tía Paula se dio en un ojo con la pistola de diábolos y tuvo que vivir parchado por años o porque al primo grande hijo de mi tío Fermín y mi tía Popi le detectaron diabetes juvenil. O porque los papás se peleaban todo el tiempo, pleitos de campeonato mundial y luego irse a trabajar y estar ellas de malas y volver ellos dizque a descansar, momento en que se ponían muy serios al leer las noticias, sobre todo las muy pocas sobre las agresiones a estudiantes de parte de grupos pagados según ellos que no salían ni de chiste en la televisión.

Entretenidísimas nosotras, viendo desfilar a las amigas de mis primas las grandes con sus colegas hippies hacia la recuperada troje. Todas parecidas, o mejor decir todas idénticas al modelo impuesto por una sola guía y aspiración suprema, Janis Joplin, pelo largo e hirsuto, mucha pulsera, blusas sueltas y vaporosas, pantalón acampanado y una que otra más rebelde que llevaba un afro hecho con líquidos para permanente en el salón. Tres horas de tormento con unos tubos de plástico mega delgados que cerraban con una liga, todo por unirse a la causa de las hermanas negras del país vecino, en una época donde aún no llegaba la corrección política y se admiraba a Angela Davis y se luchaba desde las múltiples discusiones por el derecho a la tierra de los indígenas despojados en Acapulco lo mismo que contra el Ku Klux Klan.

El gran hongo de la bomba atómica como afiche, entonces les decíamos pósters, en medio de la pared.

Lectura de las cartas de los susodichos primos con cosas que no les decían a los tíos mediante las llamadas telefónicas aquellas: lo que veían, lo que sucedía, lo que se decía en Estados Unidos, lo que realmente había ocurrido en Woodstock dos años antes y lo que ocurriría después. Todos en contra de la guerra y a favor de la paz, el relato de cómo Jimmy Hendrix tocó el himno de los Estados Unidos en guitarra eléctrica como signo de protesta ante la guerra de Vietnam, bajo la lluvia, y cómo seguía siendo un héroe ahora que estaba muerto, lo mismo que la mismísima Janis, el ingreso al otro mundo y la apertura de las puertas de la percepción a través de la marihuana y el LSD, los tantos pero tantos que no tocaron, los tres muertos por heroína, la represión y la esperanza de que todos los primos grandes acudieran a un segundo Woodstock que se haría, ya verían que se haría, y que ellas iban a estar en él, cómo de que no. Música a todo volumen, ahora de los Doors toda la santa tarde, o sea que igual en cierta forma para nosotras las chicas. Salvo por una cosa.

El grito de Maripaz, desgarrado, impresionante, al inicio de aquellas vacaciones.

¿Pues qué pasó?

Y ella como La Llorona, como si le hubieran arrancado a un hijo, o le hubieran avisado que nos iban a incendiar la troje con nosotras dentro.

¿Cómo que qué pasó?

Se había muerto Jim Morrison, su ídolo espiritual, su amante imaginario, su amor.

Había muerto igual que murieron Hendrix y Janis, a los veintisiete años, en la flor de la juventud.

Fue el último año que viví observando a mis primos, oyendo voces en conjunto y pensando que yo era parte de esa voz. Fue la última vez que me viví como una porción de un todo. No sé cómo ocurrió, sólo sé que comprendí que no había nada que fuera tan grande como la muerte y que yo no quería pertenecer al Club de los 27, ni morir a esa edad ni a ninguna otra.

Yo quería vivir. Fuera como fuera el mundo, yo quería estar en él y atestiguar sus cambios. Y hacerlo desde la atalaya de los ojos de mi madre, cuya lucha secreta reflejada en esa raya verde, sonriente, nada ni nadie podría derrumbar. Porque aquello por lo que luchaba tal vez no venía de fuera, sino de ella misma.

Pero casi sin percatarme, en la escuela, empecé a separarme de ella, también. Cuando sales de la burbuja de la infancia empiezas a enfrentar los terrores que te serán propios y que casi siempre tienen que ver con ese tribunal que llamamos "los otros". No sé si en un colegio sólo para mujeres ese tribunal sea más implacable. Esa idea puede ser algo construido por los propios hombres. En todo caso, cuando tienes doce años dicho tribunal se vuelve terrorífico. Te pongo un ejemplo: el chismógrafo. A los doce años, lo más terrible que te podía suceder era aparecer en él. El chismógrafo era un libro azul, con noticias recogidas por las propias alumnas del colegio, donde se exhibían conductas que acababan con cualquier reputación en un segundo. Nos importaba eso de la reputación aunque no conociéramos el término. Hacerte mala fama, volverte una apestada. Ver tu nombre en él equivalía a la muerte civil.

La primera que apareció fue Marcela Cisneros, una alumna de secundaria a la que acababan de dar de baja por conductas inadmisibles. ¿Qué conductas? Algunas decían que se había dejado meter mano en el cine y que el hermano de una compañera del salón y sus amigos se la habían ido pasando de uno a otro. Tal cual, como una fruta. Cada uno le había tocado los pechos, primero palpando, luego sopesando. Que si ya los tenía crecidos, que si no. Sí, como si fuera un melón al que hay que toquetear para ver si ya está maduro y luego comentar sobre su grado de maduración. Que la respuesta de Rubén Tanuz era que "los tenía muy duros".

Todo lo que aparecía en el chismógrafo tenía que ver con el único y verdadero pecado de los doce, a veces trece años. El error craso en cuanto te venía la menstruación. Dejarte tocar. Besar. Fajar. Y peor, mucho peor: ser tú la que zorreara.

Zorrear. El verbo nos hacía indignarnos no con ellos, sino con ellas. Hacerles el vacío. ¿Por qué? ¿Por qué nos enojaba que alguna se dejara tocar, que manifestara su deseo, se ofreciera? Ofrecida. Zorra. Puta.

Sharmuta, decía Lena que era de origen libanés. Las abuelas de mis compañeras decían "ramera".

Como si el sentido de tu vida a esa edad fuera caer en tentación y ser exhibida y todos los caminos llevaran a ello. El amor estaba en el aire, como dice la canción. Lo de las hormonas contaba, claro, pero estoy segura de que en nuestro caso, el de las pubertas, lo principal tenía que ver con las historias. *Love Story* se acababa de estrenar y Popi y yo fuimos al cine con rollos de papel de baño y algodón metidos en el brasier para aparentar que éramos mayores y hacer que nos dejaran entrar a esa película que era sólo para mayores de dieciocho años. Imagínate. *Love Story* para mayores de edad. Lloramos a lágrima viva, desgarradas. Mis primas las mayores sonreían complacidas al vernos de reojo en la sala oscura del cine, pasándonos el clínex. Vimos también *Romeo y Julieta*, de Franco Zeffirelli, y no hubo ninguna en la colonia Tlalpan que no quisiera ser Julieta y estar así de desarrollada y diminuta, nadie que no quisiera vivir el amor sublime, que todas sabemos se vive sólo en la adolescencia, cuando se está dispuesta a morir por él.

Ya no nos interesaba otra cosa que pensar en el amor. Cómo llegaría alguien como Romeo y nos besaría tomándonos por sorpresa tras la cortina en una fiesta de disfraces. Cómo nos opondríamos los dos a nuestras familias y a la sociedad en su conjunto y correríamos lejos, lejos, tomados de la mano con el pelo suelto a los cuatro vientos como anuncio de champú Breck. No había poder humano que nos hiciera a Popi y a mí ir hacia atrás, desear los juegos que hasta hacía poco nos obsesionaban. Por más que nos lo pidieran las chicas, eso era agua pasada y todo era ahora cosa de encontrar un Romeo, y mientras llegaba, prepararse a ser lo mejor que podíamos ser: ella, Julieta, con esa mirada asustada, "Oh", con esa manita puesta sobre la boca, "Ooh", como si no rompiéramos un plato. Aunque después lo dejáramos subir por el balcón y permitiéramos que llegara a primera base y tal vez a segunda, pero nada más. Porque ya sabíamos (no sabíamos pero *sabíamos*) que a los hombres lo que les interesaba es que fuéramos puras y sobre todo ingenuas y espantadizas y dijéramos "Ooh" cuando nos robaran un beso. Porque habíamos hecho el plan de no dejarnos robar nada más. De momento.

Hasta entonces habíamos pasado tardes infinitas en el fondo del jardín imaginando juegos, pero ninguno tan constante como el que nos hacía llenarnos de valor y subirnos a un ciruelo muy alto. Allá arriba teníamos un club que no sé cómo ni cuándo habíamos formado. El Club del Gran Gazú, presidido por un ser inexistente que las cinco jurábamos haber visto y del que mostrábamos pruebas fabricadas por nosotras a escondidas del resto. Una hoja de árbol con un punto rojo en el centro hecho con un plumón —ése era de mi autoría—; una piedra con forma de ranita que alguien le regaló a Isa y que ella juraba haberse encontrado en ese instante, gracias al Gran Gazú, delante de nosotras. De lejos, Chucho el jardinero que podaba las rosas, nos veía de reojo y sonreía al oír nuestras mentiras.

Cuando el fervor por el Gran Gazú llegaba a su límite y estábamos seguras de que su presencia se había manifestado (o, más exactamente, cuando estábamos ciertas de haber convencido a las demás de que *se había manifestado*), las cinco nos bajábamos del árbol con una vuelta de campana, cuidando que Chucho no nos viera los calzones, pues inevitablemente se asomaban bajo los vestidos o las faldas. En los setenta no era popular el uso de pantalones en las niñas y los shorts se usaban sólo en las vacaciones.

Una vez abajo, nos posicionábamos frente a un muro alto del jardín que tenía una saliente. El reto consistía en lanzar una pelota tratando de que diera un rebote sobre la saliente y no en el muro. Quien primero lo lograra era designada emperatriz. Las demás teníamos que obedecerla en todo lo que mandara y hacerle continuamente honores. No era poca cosa volverse emperatriz, pues la ganadora adquiría de pronto ínfulas insospechadas y empezaba a dar órdenes arbitrarias. La segunda en acertar con la pelota a la saliente se volvía dama de honor, título que conllevaba la tarea de acompañar a la emperatriz a todas partes y asegurarse de que las demás obedeciéramos las peticiones de la monarca. La emperatriz nos pedía que robáramos una naranja a Cata, la cocinera de mi tía Paula, más temida que el monstruo de mil cabezas y ampliamente conocida por su mal genio, y la robábamos. Que fuéramos al cajón de la ropa interior de mi tía y trajéramos los chocolates Carlos V que hubiera aunque después sufriéramos el castigo que la tía, furiosa e ignorante del juego, impusiera, y lo hacíamos. A todas menos a la emperatriz y la dama de honor, que nunca revelarían el juego, nos castigaban. La siguiente en atinar con la pelota se volvía criada. Como es de suponerse, ésta tenía que hacer muchas más tareas que responder a los caprichos de la emperatriz, desde hacerle la tarea y arreglar sus tiraderos hasta acomodar su uniforme del día siguiente y sus útiles. Con todo y no ser un puesto ambicionado, una compensación tenía verse obligada a este humillante trabajo. La mamá que presenciaba las tareas de la prima designada criada simplemente creía que su hija (o sobrina) era un dechado de virtud y la llenaba de mimos y halagos públicos de las que las cuatro primas restantes, por supuesto, nos burlábamos. El último y más temido puesto, el de cabaretera, lo obtenía la última en atinar con la pelota. Apenas lograba encestar, la cabaretera era perseguida por todo el jardín por las demás, quienes como faunos enloquecidos íbamos en pos de ella riéndonos y amenazando con toquetearla. Chucho, desde lejos, nos observaba.

Una tarde, cuando las demás habíamos entrado en la casa, después de guardar la podadora y las tijeras, Chucho le dio caza a Mosco, y la llevó a la parte de atrás de un montículo alto, florido y lleno de abejas y la sometió obligándola a acostarse boca abajo. El terror de Mosco fue mayúsculo, nos dijo, básicamente por el zumbido de las abejas alrededor de su cara. Temía quedar marcada para siempre. También le daba miedo la respiración agitada del jardinero sobre ella, el vaho de su respiración que olía a fruta podrida, dijo, que tuviera las manos grandes y callosas, ella trató de zafarse pero él le desabotonó la camisa y le empezó a lamer los pechos. Le dijo que "los tenía ricos". Los succionaba como para obligarlos a que salieran y luego le bajó los calzones, se meció sobre ella, tomó una de sus manos y la obligó a deslizarla sobre su pene de arriba abajo. En un momento dado, como harto de que ella no supiera qué hacer la embistió por atrás y la obligó a no gritar mientras él llegaba a donde quería llegar.

Pasaron muchos años para que Mosco pudiera decirnos a las primas lo que ocurrió. Ella sabía cómo la llamarían si lo contaba. No estoy segura de que tuviera la certeza de que ninguna de nosotras lo diría a otro jamás; un simple comentario bastaría para destruirla si su nombre aparecía en el chismógrafo. Porque las delaciones eran así, inesperadas y anónimas. Con el tiempo, la confesión y la escena se han vuelto borrosas, una gran bruma que no estoy segura de haber oído de su boca. No estoy totalmente segura de quién la contó. Incluso hoy, mientras escribo esto, pienso que pudo no habérmela narrado nadie y haberla recordado yo. ¿Y si me ocurrió a mí? ¿Y si nos ocurrió a más de una? Con el paso de los años esta confusión puede tener su origen en que éramos parte de un grupo indistinto al que le ocurrieron las mismas cosas. Pero puede tener que ver con algo más. Cuando el Mal te toca te contagia de una confusión. No es fácil saber qué es, de qué está hecho. Pasaron muchos años antes de que lograra entenderlo. Lo único que sé con certeza es que aunque lo hubiéramos podido comprender entonces, a ninguna se nos habría ocurrido confesarlo a alguien más. Nos bastó y nos basta con cargar la culpa de no sé qué, todavía.

Cómo que culpa de qué. Pues de eso. De haber sido blanco fácil de los avances del jardinero, de no haber podido detenerlo o de no habernos dado, de no haberme dado cuenta. Culpa de no acordarme bien. Es decir, de acordarme más de las imágenes que después vi en el cine o que oí o que alguien me contó, porque la sexualidad está construida así, ¿no? Más de las historias sobrepuestas que de las que realmente se graban en momento presente, porque en situaciones como ésta no se graba nada, más bien se tiende a olvidar. Punto y aparte que ya acabó la cosa, y a sacudirse la ropa, a quitarse las ramas y las hojas delatoras como si hubiera sido una la que cometió el crimen. Ahí está. Si no hubiera habido tantos detalles post, si hubiera podido contar lo que realmente ocurrió quizá yo no me habría sentido tantos años tan culpable. O no sé. Sólo sé que la culpa aumenta cuando tienes algo que ocultar. El que oculta algo se siente culpable porque sí y cómo lo convences o la convences de que ni siquiera habría tenido culpa de ser llevada al montículo trasero del jardín y ser arrojada sobre éste y no haberse podido escapar no lo sé. Ya sé que visto así cambia todo ¿no? Por el simple hecho de que al contártelo ya no lo vivo yo sino que lo observo. Narrarlo de este modo es haberlo podido ver desde afuera y uno no se ve desde afuera nunca. Se ve inmersa en una situación. Yo y la respiración del otro, yo sintiendo el aliento caliente del otro en mi oído. Es algo que no puedo tolerar. Desde entonces. Que me respiren en el oído. Me pongo furiosa, no sabes, no sé yo misma de qué soy capaz. Muy raro. Rarísimo.

Que no te dé tanta información. *Too much information*, dices. Ahí está el otro muro de contención. El punto de vista de quien escucha. La información dosificada, la autocensura. Que para eso hay sicoanalistas, tienes razón. Pero el trato inicial fue saber quién es tu abuela para poder yo saber quién es mi madre y quién soy yo. Y dónde puedo encontrarla, si es posible aún. ¿Que dónde trazamos la raya? Bueno, dejemos eso ahí, de momento. De veras, dejémoslo. No es tampoco significativo o no del modo en que lo son otras cosas, porque el día del jardinero ni siquiera le dije o le dijimos nada a mi madre, porque entré o entramos a la casa como si tal cosa, y luego de otro rato de hablar de lo que fuera, unas tiradas en la cama, otras en el suelo, seguimos planeando cómo conseguir permisos. Permisos para todo. Para ir a comprar algo a la tienda del bizco que seguía igual de bizco pero desde que Popi y yo empezamos a desarrollarnos nos prohibían salir solas a la calle, como si al tipo se le hubiera corregido el problema y ya nos pudiera ver con claridad o como si los otros hombres nos fueran a hacer algo que la verdad sí nos hacían. Nos decían cosas. Nos tocaban furtivamente un pecho (plano) o el sexo, picándonos fuerte la raya y se echaban a correr. Permisos para ir a fiestas. A una fiesta a la que iba el menor de mis primos grandes, ya vuelto de regreso al país, a la que acudiría con un amigo y que iba a ser en el frontón de una casa. Una fiesta de paga.

Oye, lo que antes te dije no tiene dejo de ironía. De verdad, lo entiendo. Comprendo que quieras que piense en cómo te doy la información. Y ¿sabes qué? Te admiro. Es algo que yo nunca supe hacer, detener a mi madre. Para que no me contara más, para que no actuara. Ni siquiera sabía que eso se podía hacer. No, no me estoy haciendo la víctima. Sólo digo que antes de ti no querer saber no era siquiera un derecho que yo pensara que existía. Qué raro ¿no? Vengo de la generación de "quiero saber". La generación de "tengo derecho a saber". Y la política de entonces y el cine de entonces y la literatura de entonces eran ese derecho a saber.

No, no es que no quiera seguir. Es que me quedé pensando. En el *too much information* y hasta dónde contar, qué contar. En cómo voy a encontrar a mi madre, tu abuela, cómo la vamos a encontrar si no sabemos quién era. Sí, ya sé que lo que te conté describe más bien cómo era yo. Pero es que como ya te he dicho, estoy convencida de que de muchos modos, y sobre todo entonces y durante muchos años después, yo era ella. Hasta empecé a leer los libros que ella leía. Que entendiéramos lo mismo, eso ya es otra cosa. La lectura es el acto más individual que existe. Y aunque la lectura se haga de manera colectiva los libros le hablan a cada lector de una manera única. Yo entendía lo que podía. Sobre todo: me identificaba con los personajes de los libros que me atrapaban. No sabes de qué modo. O tal vez sí sabes, porque tú también eres lectora voraz. Ya desde entonces adquirí el hábito de leerlos más de una vez. Como los niños ¿no? Ya ves que les encanta que les leas el libro que les gusta una y otra vez. Pues así yo cuando descubrí algunos ejemplares que tengo hasta ahora. *La metamorfosis*, de Franz Kafka. Qué libro. Quién no se va a identificar con Gregor Samsa. Sobre todo cuando eres adolescente. Y peor cuando no eres hombre. Creo. "Hacerte mujer". Qué mala broma de la naturaleza. Te duelen los pechos que empiezan a crecer, el pelo y la piel se te ponen grasosos, las cejas se vuelven de azotador, la cara se llena de barros y espinillas. Los barros crecen y se multiplican. Si los oprimes es peor. Si no los oprimes eres como Madame Dubuc, la primera Madame Bovary de quien Flaubert dice que en la espalda "tenía más granos que brotes tiene la primavera". Qué desgracia. Tú queriendo ser la Julieta de Zeffirelli, la Julieta de Shakespeare en cualquier versión imaginable, y en cambio te da vergüenza salir a la calle y que te vean la cara hinchada y enrojecida. Los hombres te ponen apodos. "Ventana colonial", por los barrotes. "Vodka" porque estás hecha de grano. "Cazuela", porque tu ingrediente principal es el barro. "Venus y la Luna" por los volcanes y los cráteres, "Presidiaria" porque vives detrás de los barrotes y hasta "Arroz costeño" porque está bien graneado. No lo puedes evitar. Te untas de todo, tomas pócimas mortales hechas con sustancias medicamentosas y hasta con cemento, tu mamá te lleva a algún tratamiento inútil, te pones plastas de Clearasil. Tus papás no se han dado cuenta de que la antigua ropa te hace verte como barrilito o a lo mejor sí se han dado cuenta y no importa, porque es más grave lo que le está pasando a tu mamá que vive en la luna; los zapatos de piso te hacen ver como la temida muñeca caminadora y compensas todo ello con unos pintados de ojos y de boca y un maquillaje como los que usaba el Guasón.

Acudes a la susodicha fiesta de paga. ¡Tu primera fiesta! Las primas grandes les prestan a ti y a Popi zapatos porque no estarán tan desarrolladas, sobre todo tú, pero son patonas, ya desde los doce y trece, respectivamente, calzan del número tres y medio o cuatro; Renato, el más grande de tus primos chicos, va con cara de inspector de rastro, echando pestes porque tiene que ser el chaperón, lo que quiere decir "no despegárseles a ti y a Popi ni para ir al baño", pero nada de eso les importa porque ella y tú se hicieron el turbante y a falta de cintura entraron como chilito relleno en los vestidos y están listas para encontrar el amor verdadero.

Íbamos emocionadas pero muy advertidas de los peligros. Como en esas fiestas la única bebida disponible era la cuba libre, consistente en un brebaje tibio y oscuro que se hacía en un perol con ron Potosí y Coca-Cola, mi tío Fermín nos había puesto sobre aviso de que una de las condiciones para obtener el permiso era no beber de eso ni una gota. Antes nos tomamos en casa de mi prima un vaso de leche. Y éramos obedientes, o yo lo era. Demasiado obediente. Por eso me da gusto que mi madre no obedeciera.

La llegada fue en sí misma espectacular. Una casa en el Pedregal que encontramos tras mucho buscar, metidos en un Opel del tiempo de María Castaña que tosía y que tenías que arrancar en segunda, entre calles con nombre de fenómeno geológico: cráter, lluvia, nube. Y luego, una entrada como de película de Mauricio Garcés: losas grandes y redondas sobre un pasillo de agua.

Me hubiera gustado merodear por aquella sala inmensa y aquella cocina, pero unos vigilantes te señalaban el fondo del jardín con cara de dueños. No hubieran tenido necesidad: era clarísimo el camino para llegar al infierno.

Además del ruidazo, el frontón era un sitio lleno hasta el tope de jóvenes que se movían como autómatas con un vaso de plástico en la mano. La mayoría nos parecía demasiado grande para nuestra edad y eso daba un poco de miedo. Eso y que mi primo Luis Carlos (el chico de los grandes) se hubiera ido con todo y amigo apenas entrar a dicha fiesta aunque Renato (el grande de los chicos) no se nos desprendiera ni cuando Popi lo mandó a comprar cigarros. ¿Cigarros a los doce y trece? Uy, nosotros vimos a nuestros padres fumar y beber desde que nacimos; fumar no estaba proscrito en los setenta, aunque ahora digan que te mueres de cáncer por estar cerca de alguien que fuma. A cambio te diré que las noticias diarias no consistían en el número de asesinados que se acumulan de un día para otro.

Te podían pasar cosas terribles, sin embargo. Por eso nos tomamos con calma la prohibición de beber cubas de aquel perol, pues nos habían contado de la sustancia letal que los hombres les ponían a las bebidas con la finalidad de que las mujeres se les entregaran, que así se decía entonces, por propia voluntad y deseosas como valquirias. Yumbina. Lo que se les daba a las vacas para dejarse montar por los toros.

Te reirás de que temiéramos algo que ni nos constaba. Hoy que les ponen éter en las bebidas a ustedes las jóvenes. Y las drogan en los antros de mala muerte y los no tanto. Y tienes razón. Pero al menos pueden pedir cerveza y exigir que la destapen frente a sus ojos. En ese entonces nosotras nos la pasamos a ley seca.

Una de las raras lecturas de aquellos años junto a mis verdaderas pasiones, además de las ya menciona-das, consistió en el raro librito blanco cuya portada era un dibujo de una suerte de cactus espinoso que el ve-cino le mandó regalar a mi mamá y que ella convirtió en su Biblia: *Las enseñanzas de don Juan*, de un tal Car-los Castaneda. Hoy me parece increíble que estuviera junto a sus libros de Nietzsche y de Platón, a la altura de cualquier filósofo griego, pero los setenta fueron también los años de las utopías inverosímiles, donde la guerra de Vietnam y el sembrado de minas uniperso-nales en Cambodia convivían con el pensamiento Zen y los chamanismos. Quizá justamente por ser ambas realidades inverosímiles.

Mi madre consultaba aquel libro en que un su-puesto antropólogo (Carlos Castaneda) vertió el re-sultado de su aprendizaje: había pasado años de inicia-ción espiritual en el desierto de Arizona al lado de un anciano sabio, don Juan. Mi madre subrayaba párrafos y se hacía las preguntas:

"¿Tiene corazón este camino? Si tiene, el camino es bueno; si no, de nada sirve. Ningún camino lleva a ninguna parte, pero uno tiene corazón y el otro no. Uno hace gozoso el viaje; mientras lo sigas, eres uno con él. El otro te hará maldecir tu vida. Uno te hace fuerte; el otro te debilita."

No sabía exactamente en qué situación mi ma-dre se podía hacer las preguntas resaltadas pero yo que las había copiado me cuestionaba lo mismo en mis circunstancias de entonces. ¿Tiene corazón este camino…?, etcétera, en medio del frontón. Qué corazón iba a tener, ni qué ocho cuartos.

Por eso yo sentía que me debilitaba después de las fiestas. No les encontraba el gusto. Romeo no estaba por ningún lado, yo era fea de salir huyendo, ni quién me sacara a bailar, y tan sólo por el volumen atronador de la música, de platicar, nada. Ante aquel panorama, parada al lado de mi primo Renato, con los brazos cruzados y detenidos en un muro del frontón los dos, recuerdo que pensé: "Dios mío, hazme invisible". Aunque también, después de un rato: "A mí Romeo me importa un pito".

"A menos que te vuelvas tu mamá", dijo otra voz dentro de la mía.

Espera.

Mi prima Popi, que como he dicho era un año mayor y estaba mucho más desarrollada que yo, se pasó la noche rodeada de adefesios (nada es perfecto) que la pretendían y la seguían tal como dijo su papá que la iban a seguir ("como perros rabiosos"). De ellos y de uno que otro de facha regular a los que invariablemente dijo que sí y con los que pasó la noche bailando como chinampina. Se olvidó de mí. Se olvidó para siempre. No hay nada más poderoso para hermanarse con otro que el miedo o la desgracia. Ella nunca tuvo miedo. Y, por lo visto, esa noche decidió dejar de ser desgraciada. Ya venía yo sospechando la brecha que empezaba a crecer entre nosotras, pero decidí no darle valor de realidad para que no sucediera. En la colonia todos habían empezado a decirle *Juliet, mi Juliet*. Ella aceptaba el apodo sonriendo con sus ojos verdes y rasgados también, como los de mi madre, sólo que los suyos estaban enmarcados por una cabellera rizada y negra. Con los ojos parpadeantes por las pestañas saturadas de rímel Max Factor se reía sin reírse de las órdenes que le daban sus hermanos. Podían criticarle todo, menos tener ese cuerpo y esos ojos. ¿Cuándo cambia la mirada de una adolescente? ¿Cuándo pasan las fotografías de captar los ojos redondos y espantadizos a mostrar la mirada cínica y divertida de quien por fin se encuentra a sus anchas? Que se hubiera desarrollado tan pronto era un factor importante. Y eso le daba la posibilidad de gestualizar distinto, de moverse diferente por el mundo. El cuerpo detentaba un poder propio. En la adolescencia la materialidad del cuerpo lo es todo. Eso de que te vean el alma son puras patrañas.

El momento estelar llegó cuando después de haber tocado *I Shot the Sheriff*, de Wailers, y *We're An American Band*, de Grand Funk, se hizo una pausa. Incluso las voces bajaron de volumen, algunas se apagaron. Más cálida la luz, menos atronadoras las bocinas, a través de ellas empezó a sonar *The First Time Ever I Saw Your Face*, de Roberta Flack. Era la prueba crucial. Una de las calmadas. Sin problema alguno, el chico en turno tomó a mi prima Popi de la cintura y viéndola a los ojos se puso a bailar, rozando con sus zapatos los zapatos prestados de ella en cada paso. Y dieron vueltas y vueltas en ese mínimo espacio de la pista.

Como a Renato le habían dicho que cuidara de no perdernos de vista y en rigor no nos había perdido, no se movió del muro. Se quedó recargado al lado mío, inmóviles como postes, dos bienes inmuebles. De vez en cuando, me ofrecía un cigarro Marlboro de los que le había robado a Luis Carlos. Contemplamos esa escena mudos y fumando.

El regreso tuvo más que ver con que Luis Carlos y su amigo volvieran sin que se apagara ni cayera en baches el Opel al que le decían la Lancha y Popi ejecutara una tarea inútil en el asiento de atrás: nos echaba perfume a Renato y a mí para que no oliéramos a cigarro, cuando en esas fiestas no había quien no fumara. Se fumaba en las oficinas, en los supermercados, en el cine. La prueba de que habías vivido es que en la noche al tirar lo puesto en el tambo de la ropa sucia éste oliera a cigarro.

Me quedé a dormir en casa de Popi, aunque yo sabía que ya había un mundo de distancia entre ambas. Nos dormimos dándonos la espalda, en la misma cama. De vez en cuando, sin que viniera a cuento, Popi soltaba una risita. Isa nos gritaba "¡shhh!" desde su cama. No hay nada más incompatible que la experiencia vivida como un secreto. Para mí, en eso radica la verdadera superioridad.

Al día siguiente, después de desayunar y ayudar a mi tía a recoger la mesa y secar los platos —Juan Carlos no se había despertado aún y los primos mayores se habían ido sin recoger la mesa, porque una cosa es una cosa y otra es otra— nos fuimos al jardín y nos sentamos bajo el árbol contra el que antes nos estrellábamos con el tambo. Popi y yo empezamos a contar "nuestra experiencia" a las menores. Para mi sorpresa, me di cuenta de que había mucho que decir aunque hubiera vivido poco. La descripción del lugar y de algunos personajes tenía a las primas chicas babeando. Pero lo mejor fue la relación de lo que supuestamente había en el bebedizo aquel del perol. Estábamos en la relación de los usos y efectos de la Yumbina cuando llegó Maripaz. Por primera vez arremetió contra lo que Popi y yo decíamos. No sabía si existía o no existía tal posibilidad, si ponían la Yumbina en las bebidas de las mujeres ni si se vendía así como así en las veterinarias. El asunto, dijo, es que a Mosco la íbamos a corromper. Lo mismo que a las menores. Popi y yo nos miramos. Corromper por qué. Corromper cómo. Por estar contando esas cosas. ¿Por transmitir un conocimiento? Cuál es el límite entre saber y no saber. Cuándo tener conciencia de algo que no sabes te hace entrar en razón y cuándo ese conocimiento te precipita al abismo.

Hoy me pregunto si Maripaz sabría lo que no sospechábamos ni mi hermana ni yo entonces. Si lo que nos decía era en realidad producto de una agenda oculta, el resultado de un secreto. A un año y meses de la partida de mi madre hoy interpreto su reacción de aquel día como una posible advertencia. Lección número tres de Sherlock Holmes: no hay nada más engañoso que un hecho evidente.

Mi campaña el verano de 1973 consistió en lograr que nadie me viera. Si hubiera conocido entonces el islamismo me habría hecho musulmana confesa. Deseaba cubrirme toda, pasar desapercibida debajo de la ropa, como una tienda de campaña trashumante. No sólo eran los brazos demasiado largos y el torso corto lo que me amargaba, sino y sobre todo, los famosos granos que amenazaban todo el tiempo con erupcionar. Ronchas y montículos increíbles, algunos de ellos con voluntad de regeneración propia y con la punta blanca. Me apliqué a ponerme aún más potingues, tomaba pastillas de azufre, bebía tés ferozmente depurativos e ingería antibióticos. La primera tanda de éstos, enviados por un médico a través de mi mamá. Los demás, suministrados por mí misma vía telefónica. Uno se los recetaba entonces. Hablabas a la Farmacia García y te hacías pasar por la señora de la casa. Nadie te creía, pero de todos modos surtían el medicamento. Quien quiera que los recibiera, firmaba. Cuando tu mamá recibía la nota, es decir, cuando la recibía mi mamá, se limitaba a negar con la cabeza, pero firmaba y sonreía. Y entonces yo le decía, como si faltara justificación, que alguien me había dado esas recomendaciones. La mujer que atendía el expendio de billetes de lotería, quien tenía un acné antediluviano. Una alumna de prepa de la escuela. Cualquiera que me viera porque todos se sentían tentados a intervenir. Cuando te sucede algo así no hay como hacer caso de lo que te recomiendan para que la obsesión se vuelva una forma de vida. Cataplasmas, licuados, emplastos color piel. Los trece años son la conciencia del cuerpo, pero del cuerpo visto esencialmente a través de los ojos de los otros.

Fue la edad en que conocí las dietas. La de la luna, la de la sopa de col, la de la fuerza aérea norteamericana, la de las quinientas calorías, la de cero carbohidratos. Todas en el colegio estábamos a dieta. Todas masticando apio en el recreo. Y unas pocas, que ni hablaban de eso ni vivían para hacerse la pregunta fundamental, comer o no comer, delgadas y rozagantes. Paseándose por el patio con su cuerpo de alfiler haciendo lo que ahora se llama *bullying* y que entonces era nada más molestar. Hacerte el vacío. Poner de manifiesto ante ti su asco. Demostrarte lo que de cualquier manera ya sabías: que eras despreciable y no merecías compasión.

Por eso, el recreo dejó de ser un respiro. Prefería estar en clase, mil veces.

—¿Qué se supone que haces? —me preguntó miss Bertha, cuando me encontró con la cabeza metida en el pupitre.

Traté de cerrar el libro lo más rápidamente que pude.

Ella lo tomó con dos dedos de una esquina y lo exhibió ante el resto del grupo, como si se tratara de un mojón de caca seca.

—He aquí lo que Fulanita encuentra más interesante que mi clase.

—*El señor de las moscas*, qué título —la clase se rio—. Te da por leer sobre animales, ¿no?

Miss Bertha me había quitado antes el libro de Kafka que tenía una ilustración de Gregor Samsa en la portada. Lo más humillante era que no encontraba cómo defenderme. Me he pasado la vida hablando de literatura pero nunca he podido demostrarle por qué un libro es imprescindible a alguien que no lee. La otra cosa que me daba rabia es que miss Bertha o cualquier otra miss me encontraran siempre leyendo adentro del pupitre y que no se me ocurriera durante sus clases hacer ninguna otra cosa ni pudiera pensar en un escondite mejor.

No, no me hago la víctima. Es más, te voy a decir algo que no te pensaba decir porque es un rasgo de soberbia pero es la verdad. A las así llamadas *misses* de la escuela no les decía nada por lástima. Creían saberlo todo y estaban obligadas a hacer una genuflexión ante la directora, miss Alice, como si estuvieran frente a la reina de Inglaterra. Cómo que si no encuentro igual de ridícula a la reina. Por supuesto que no. Tú sabes la fascinación que me causa. Es uno de los personajes más extraordinarios de la humanidad. No ha dejado de trabajar un solo día, aunque nos parezca que sus afanes son inútiles (y vista la humanidad de lejos, los de quién no) y es la prueba viviente de la inmortalidad de la especie. No, no soy cínica. Es la pura verdad. Desde que mi madre se fue no puedo dejar de ver a las personas como personajes, incluida mi madre misma.

Cómo que por qué. ¿Crees que es un rasgo de superioridad, de veras? Yo lo llamo instinto de conservación. Si no hubiera imaginado a mi mamá todos estos años, ¿cómo crees que hubiera podido resistir su ausencia? Por eso yo no creo en el síndrome de abandono. Desde que se fue o gracias a que se fue supe que nunca dejamos de estar acompañados de aquellos a los que queremos.

No, hombre, qué te voy a estar chantajeando con eso. Cómo que entonces para qué todo este trabajo de hallar a tu abuela. Si hoy busco a mi madre con esta imperiosa necesidad es porque me gustaría compararla con esa otra con la que he vivido todos estos años. Saber si de veras me volví ella. Y no, no me estoy doliendo frente a ti. Etapa doliente, aquélla. Desde antes de que se fuera, ese año y medio, que te cuento. No es fácil decir por qué pero voy a tratar de explicártelo.

¿Te ha pasado que con sólo verte al espejo te da una punzada de dolor, un golpe en el estómago? Pues así me pasaba un día y otro día. Después de vestirme y desayunar, de concentrarme en los coches y los letreros del periférico, después de hacer la fila llevando el delantal y los útiles, y entrar en el salón, trataba de no sucumbir a la tentación de abrir el pupitre para leer y enfocarme en lo que cualquiera de las misses dijera. En la clase de Educación Integral (no se podía llamar Moral por instrucciones de la SEP) nos enseñaban: adolescencia=de adolecer. Padecer. Hay muchas maneras de llevar esto con estoicismo. Todas las mujeres de la historia pasaron por lo mismo ¿y acaso habíamos leído de una que se quejara? ¿Que hablara de la menstruación? ¿Acaso las Grandes Mujeres de la Historia hablaban de la menstruación? Las mujeres en el medievo eran reinas a los trece años. Cargaban con responsabilidades grandísimas. Y no contaban con las comodidades de nuestro tiempo (aspirinas para el dolor, Kotex). No. No era cosa del otro mundo. A poner buena cara. Y a estudiar los vientos alisios, que a eso nos habían mandado nuestros padres. Los cirros, los cúmulos. Las capitales de los países de África, cuando nadie se sospechaba que cambiarían de nombre todas. A ser felices. Para eso era la juventud. ¿Éramos felices? A atender una vez por mes el dispensario Eduardo de la Peza para que viéramos que había otras adolescentes más infelices que nosotras. Niñas violadas por sus padres. Niñas huérfanas. Niñas con la cara rajada y la cabeza perdida en un tiempo en que nadie hablaba de las drogas abiertamente.

Lo que nació en mí en esos años escolares fue el sentido de excepcionalidad. Las otras no se quejaban porque no les iba como a mí. No sentían lo que yo. Si nadie había escrito de esa sensación de horror ante un cuerpo que crece por su cuenta, que se desgobierna, se irrita, se siente miserable y da asco era porque nadie lo había experimentado jamás. Si las grandes mujeres de la historia aparecían rodeadas de súbditos y ejércitos y aun de enemigos era porque nunca habían estado solas. Nunca habían sentido esa sensación de marginalidad.

Pero yo la sentía. Y mi madre la sentía también. Estaba segura, sin que me lo dijera. Por la distancia que ponía entre ella y las cosas, por su mirada siempre en otra parte. Porque cuando iba en el coche movía los labios en silencio.

—¿Qué haces, mamá?

—Rezo.

—¿Y por qué rezas mientras vas manejando?

—Qué pregunta más tonta. Por lo que rezamos todos.

Pero no era verdad. Desde años atrás, desde que había acudido a aquella fiesta llamada "aquelarre", dejó de ir a misa. Empezó a cambiar la decoración de la casa. Quitó una foto del papa Paulo VI que había en el pasillo (y que según decía y constaba en un sello había sido enviada desde Roma, aunque yo vi idénticas fotos en casa de mis tías, como si las hubieran comprado en paquete), descolgó cuanto objeto religioso hubiera, cambió un par de adornos del Día de las Madres y se deshizo de los pericos.

"No hay nada malo en tener miedo. Cuando uno teme, ve las cosas en forma distinta", decía Carlos Castaneda por boca de don Juan. ¿Sería el miedo lo que me hacía ver a mi madre como a alguien a punto de incendiarse o era que de veras estaba a un paso de arder? "Lo que se aprende no es nunca lo que uno creía. Y así se comienza a tener miedo. El conocimiento no es nunca lo que uno se espera." Lo que yo hubiera querido era darme cuenta de qué era lo que tenía que aprender. "La diferencia básica entre un hombre ordinario y un guerrero es que el guerrero toma todo como un reto, mientras que un hombre ordinario toma todo como una bendición o una maldición." Me quedaba clarísimo que yo pertenecía a la segunda especie, la del hombre o la mujer ordinarios porque no podía ver en los nuevos rasgos de mi madre más que una bendición o una maldición y, más frecuentemente, lo segundo que lo primero.

Cierta tarde ya no quiso que mis hermanos y yo la acompañáramos al supermercado. Salvo al más chico,

113

a quien dejaba con Reyna, hasta hacía muy poco a mi hermano Francisco, a mi hermana y a mí nos llevaba a la Comercial Mexicana de Insurgentes que fue el primer supermercado que tuvo escalera eléctrica. Nuestra fascinación consistía en subir y bajar esa escalera varias veces, ir al departamento de juguetería a botar las pelotas y finalmente en ir a la dulcería y abrir cada uno un Gansito y comérnoslo en plena tienda. Por alguna razón que ignoro, mi mamá permanecía lejos de nosotros, haciendo las compras, confiando absolutamente en que nos quedaríamos donde nos hubiera dejado hasta que dieran las siete de la noche y empezara a sonar la *Marcha de Zacatecas*, que era la rúbrica con la que cerraba la tienda.

Pero un día no quiso ya que fuéramos con ella. Empezó a darnos explicaciones raras una tarde y otra en que sacaba el coche y se iba presurosa, sin nosotros. Que tenía que comprar vasos en una fábrica de vidrio soplado, que antes tenía que pasar a hacerle el servicio al coche, que tenía que depilarse en el salón de belleza.

La distancia con mis primas era ya infranqueable. Las grandes hacían vidas en las que no nos incluían más y a las chicas aún les gustaban los juegos que las unían a los primos menores y que a Popi y a mí ya no nos interesaban. Pero no por eso estábamos juntas: Popi había emprendido el viaje por su cuenta. Yo empecé a pasar las tardes devorando libros en el fondo del jardín. Los tomaba de la pequeña biblioteca que había en la casa, algunos me los regalaban mis padres o alguna tía, o me los prestaba Palo en la escuela. Me volví una pepenadora de libros. Uno de los cambios más radicales en mi vida vino con la necesidad y la velocidad en que empecé a leer, con que el mundo me empezó a interesar poco o nada: antes de los dispositivos electrónicos yo ya me había vuelto una hikikomori. Igual que en esta época sucede con los jóvenes japoneses entonces costaba trabajo sacarme de la vida paralela que me había inventado. Hace poco leí una frase de José Saramago que ilustra aquello en lo que yo creía —y todavía creo—: hay personajes que son más reales que mucha de la gente que anda por la calle. Mi mejor amiga de entonces se llamaba Ana Frank.

—Qué tanto escribes en tu cuadernito —me preguntó Reyna, una tarde en que me veía llenar páginas y páginas cerca de donde ella lavaba la ropa.

—Se llama diario. Escribo lo que pasa.

—Y para qué.

Le conté la historia de Ana Frank, metida en la casa de atrás, registrando la vida mientras afuera transcurría la guerra. Yo contaría lo que pasaba en mi casa. Reyna negó con la cabeza.

—Está muy mal lo que haces.

—Por qué.

—Porque vas a dar a saber.

—No es para dar a saber.

Antes de retirarse al tendedero con la sábana exprimida hasta el exceso, dijo:

—Lo que pasa entre tus papás es cosa de ellos.

Pero Reyna, que en casi todo tenía razón, en algo se equivocaba. Lo que ocurre no es sólo cosa de aquel a quien le ocurre. Todo nos está sucediendo a todos, todo el tiempo. Cuando mueves una ficha en el tablero el juego les cambia a los que te rodean.

De todas las maestras (porque en la escuela sólo había dos hombres), la más extraña era la miss de inglés, miss Laureen. Una anciana llegada al país de Estados Unidos, nadie sabía por qué, con lentes de gato y vestidos comprados en Woolworth hacía cuando menos dos décadas. Varios meses después de la descalificación de Reyna, miss Laureen me descubrió debajo del pupitre leyendo *Pregúntale a Alicia*. Era un libro bastante truculento que daba mucho más a saber que todo lo que yo hubiera leído hasta entonces. Estaba escrito a manera de diario y en él una joven adolescente contaba su experiencia con la adicción, desde el primer cigarro de marihuana hasta la heroína en la que había caído ya en los capítulos de inicio. Me lo había prestado Alicia Cobos que en este tema era también experta y en el que nos ilustraba. Miss Laureen miró la portada y me dijo que pasara con ella al final de la clase. Me castigó el libro, pero a diferencia de miss Bertha, no se burló de mí ni me exhibió.

Cuando terminó la clase y salieron todas, me acerqué a su escritorio. Me quedé viendo sus lentes ahumados.

—¿Qué es esto? —me preguntó sacudiendo el libro.

Me quedé muda. ¿Por qué todas mis maestras me preguntarían algo tan obvio?

—*Bullshit!* —me dijo arrojándolo con desprecio sobre el escritorio.

Fue al estante donde guardaba una regla gigante de madera, transportador y compás, los gises y una montaña de libros, sus libros.

—Un libro no es una cosa cualquiera —me dijo, dándose vuelta—. Mira, los libros hay que escogerlos con el mismo cuidado con que escogemos a los hombres. No podemos perder el tiempo con ellos. ¿Te das cuenta?

Fue una declaración sorprendente viniendo de alguien a quien todas las demás nos referíamos como solterona y otras decían que bateaba por la izquierda, o sea, que no le gustaba el sexo opuesto.

—En éste puedes confiar —me dijo, y me extendió un libro que había sacado del estante cerrándome un ojo.

El lobo estepario, de Hermann Hesse. Hoy pienso que además de ser todo lo que los demás decían que era, miss Laureen era vidente. Alguien capaz de leerte el pensamiento y comprender que las mejores clases no son las que provienen de sus amarillentos cuadernos de notas.

Desde ese día yo supe que pertenecía a otra especie. Por eso creo que lo de tu abuela tuvo más bien que ver con una suerte de rapto parecido al mío. Un secuestro producido por una historia de la que ya no pudo salir. Sí, voy a tratar de aclarártelo, basándome en ciertas pistas.

Para entonces ya había descubierto la pistola en su clóset, debajo de las sábanas y toallas que guardaba en su cuarto. Pero ni yo dije nada ni ella le dio importancia, sólo insistió en que me apresurara a meter las sábanas en la caja para llevarlas al coche.

—¿Es de verdad? —le pregunté una hora después, sentada en el asiento del copiloto y sin mirarla, cuando íbamos en la carretera.

—Y para qué crees que guardaría una pistola de juguete —dijo.

Antes de tomar camino a Cuernavaca hubiera sido difícil comentarle nada, pues se había pasado dándonos instrucciones: que cepilláramos los uniformes rapidito, los metiéramos a la maleta, nos pusiéramos ropa ligera, ayudáramos a guardar en la cajuela del Renault todo lo que ella había empacado. Que no se nos olvidara nada porque el lunes no habría forma de regresar, como ya sabíamos, antes de que mi papá nos dejara en la escuela.

Yo escuchaba cada viernes la misma cantaleta, hubiera podido repetirla de memoria, pero me contenía pues sabía que era el único momento en que mi madre volvía a ser la de antes, es decir, la mamá tensa, preocupada, invadida de lo que ahora se llama estrés y que entonces se llamaba nervios, tener los nervios de punta, un componente habitual de las madres en esos días. Y todo porque no podía salir de la ciudad lo más temprano posible, antes de que se hiciera de noche: era malísima manejando en carretera. Con ambas manos pegadas al volante y el cuerpo inclinado hacia el parabrisas iba concentradísima, temiendo que se le echara encima algún otro coche, que le saliera un animal corriendo al lado del camino, que le pitara un tráiler por detrás. No me distraigas, decía, si se me ocurría encender el radio. Peor si de pronto se me ocurría comentar, mira, mamá. ¿Qué no ves que voy manejando, carambas? Y ustedes, a ver si se callan, a mis tres hermanos. Ahí íbamos los seis apretujados y en silencio, con Reyna detrás llevando a mi hermano chiquito en las piernas. No le gustaban nada pero nada estos viajes de fin de semana que para su desgracia se habían vuelto costumbre antes de su huida.

No, no creo que las idas a Cuernavaca interfirieran con el plan de la pistola. Interrumpían algo más, eso sí. Su posibilidad de ser aquella mujer etérea en que ya se había convertido. Y la obligaban a transmutarse en la mujer terrenal, la esposa y la madre de concreto armado, electrificada por dentro. Hasta ese momento había usado la pistola una sola vez frente a nosotros. Fue el día en que se metieron a la casa dos tipos. Ni siquiera lo pensó: cuando oyó los ruidos en el jardín trasero fue por la 22, cortó cartucho, tiró a los pies y le dio a un sujeto que luego de dar un alarido pudo trepar la barda y cayó del otro lado del terreno. Fue sorprendente. Como había un clavo en el muro un zapato quedó ahí colgado y el hombre se fugó ileso. A los pocos minutos, tocaron el timbre. Era la señora canosa que conocíamos de vista porque vivía en frente, en un tugurio donde se vendía pulque y refrescos y de noche tenía un foco rojo eternamente encendido. Gorda y zotaca, con sus dos trenzas gruesas acomodadas al frente —razón por la que le decíamos La Vikinga—, le pidió a Reyna que mi mamá saliera a la puerta. Venía a averiguar qué había pasado. Mi madre se lo dijo y ella asintió. ¿Así que fue usted la que disparó?, insistió retando a mi madre, con las manos en jarras. Y tras oír que ella confirmaba tan tranquila que sí, le pidió con una pasión inusitada: ¡mátelo! ¡La próxima, tírele a matar!

—He andado persiguiendo a ese cabroncito pero el muy hijo de su puta madre se me fue corriendo y se saltó la barda de su casa —dijo.

Mi madre arqueó las cejas y le preguntó por qué debía matarlo. ¡Por lo que nos hizo!, escupió La Vikinga, enardecida. ¡Ése fue el que perjudicó a mi hija!

Que yo sepa, no había vuelto a usar la pistola, aunque la tenía guardada por cualquier emergencia. Sí, era una gran tiradora. Según nos dijo, con mi abuelo practicaba por las tardes contra un tiro al blanco puesto sobre unos costales al fondo del bosque, el famoso bosque de Tetlameya. Y sí, la pistola se la llevó cuando se fue, eso es lo raro.

Yo habría tenido unos seis años cuando el rozón aquel de la bala y nunca volví a pensar en ello. Por eso hice la pregunta aquel día como si mi memoria hubiera borrado el incidente. Luego de responderme ella, no dijimos más. Para mí el hallazgo equivalió a haber encontrado algo sorprendente y de forma remota, familiar. Un objeto de esos que la memoria guarda por años en el sótano donde yacen las cosas por las que nos sentimos culpables, algo raro pero perfectamente explicable, como si hubieras descubierto que una amante de las mascotas guarda las cenizas de su gato. El gato al que puso a dormir por no soportar sus maullidos.

Lo menos malo de aquellos trayectos era que llegar al destino final no tomaba más de una hora, una hora y quince. Un tormento que podías medir con reloj. Te he contado que la casa de Cuernavaca que tuvieron mis padres estaba a la entrada, ¿no? Subías por un camino empinado a medio construir y cuando llegabas al final del cerro te detenías antes de llegar a Santa María de Xala, donde estaba el panteón. Un cementerio de tiempos revolucionarios donde habían enterrado a don Genovevo de la O. Por fuera, la propiedad se veía más grande. Y es que eran dos casas en un terreno compartido con un tío, hermano de mi papá, su esposa y sus dos hijos. Una parte mínima de la familia paterna a la que no veíamos más que en Navidad, salvo por ese tío. ¿Que eso ya te lo dije? Lo que no te he dicho es que la casa la tuvieron por pocos años. Yo creo que no llegaron ni a tres. Los días soleados en Cuernavaca fueron el final, las últimas burbujas de un barco que se hunde, como el Titanic, sin que sus tripulantes tengan idea de que están presenciando el fin inminente. No sabes lo mal que se ponía mi madre esos fines de semana. Hasta que llegaba mi tía Lola; ahí todo cambiaba de nuevo.

¿Qué era para mí? El paraíso. ¿Te he dicho por qué? No, no sólo por eso, aunque puede ser. Es increíble lo distinto que uno cuenta su historia cada vez. Sí, en parte era el paraíso porque al estar las casas en un terreno tan grande los pleitos de mis padres se oían como con sordina, lejos. Y claro que influía que mis tíos estuvieran al lado, en algo se atemperaban mis papás. Los dos eran de carácter fuerte, dos volcanes en perpetua erupción que se vieran obligados a pasar de la fase de contingencia tres a la uno por dos días. Yo nunca he visto a nadie pelear así. Te lo digo en serio, y mira que he presenciado pleitos. Pleitos apocalípticos, pleitazos. Pero como aquéllos, ninguno. Supongo que esto lo pensará cualquier hijo de padres divorciados, aunque lo oculte: guardar el secreto mientras somos niños es algo que hacemos por nuestros padres, no tenemos otra opción.

Pero Cuernavaca era el paraíso por razones distintas. Porque la casa estaba al final de la civilización, en una zona llena ciruelos de los de hueso gordo y pirules; porque éramos libres de ir a todos lados y porque tenía un foso de agua gélida llamado alberca. Pero, sobre todo, porque en ese lugar yo sí podía ser invisible de veras. En el jardín compartido, echada en el pasto, podía leer por horas. Ni quién me dijera nada. Mi madre se asomaba a ver si había llegado mi tía Lola y se ponían juntas a conversar, atacadas de la risa. Mi papá llegaba después ya muy noche y buscaba a mi tío, su hermano, para tomarse un jaibol y según decía, para hacer las cuentas. Mis hermanos se desparramaban junto con los primos chiquitos, lejos de los adultos pero a la vista. Daban una lata increíble: cuando no se caían de cabeza y se descalabraban, se mojaban con agua helada de la manguera. Pero entonces Reyna o Manuela se los llevaban lejos, fuera de la casa, a visitar el panteón o a comprar paletas heladas de nanche o de guanábana. Y la casa volvía a estar en santa paz, como no estaba nunca ningún lugar de lo que entonces era el DF.

Quién sabe por qué fuera de Cuernavaca leer me parecía algo tan difícil, con todo y que recuerdo estarlo haciendo todo el tiempo. ¿Te has dado cuenta de que el mundo conspira siempre para que no leas? Por ejemplo, a través del ruido. ¿Has visto que todos los restoranes y todos los cafés tienen un televisor permanentemente encendido en este país? ¿Que no hay parques donde te puedas sentar a leer porque te asaltan? Que no existe ningún lugar público, ni plazas, ni bancas en camellones, ni paseos arbolados, ningún sitio para leer, ya no. Y dentro de las casas, en el ámbito de la esfera privada ¿has visto cómo leer molesta a los otros? ¿Has visto lo que le dicen a un niño que lee en vez de jugar futbol? Merenganito, ya haz algo, deja de leer. Me ha tocado oír lo que le echa en cara alguien que está junto a otro, incluso a su pareja si lo encuentra absorto con un libro. Oye, te estoy hablando, ¿no puedes dejar de leer un momento? En cambio en Cuernavaca podías pasarte horas sin hacer otra cosa y que nadie se diera cuenta. Un deleite. ¿Por qué si no estás abriendo agujeros en el piso, construyendo, comprando o vendiendo, moviéndote de un sitio a otro, discutiendo, haciendo algo manual aunque sea absolutamente inútil o espantoso, arreglando cajones, robando o maquinando un crimen, la gente piensa que estás haciendo algo que no sirve para nada? Misterio. Porque en el teléfono móvil sí se vale. Quién sabe por qué. No tengo la menor idea. El hecho es que en aquella casa a nadie le afectaba que me tirara al pasto a devorar libros, con la doble ganancia de que el sol me secaba los granos o al menos eso creía. Hasta que mi madre me pedía que me pusiera un modelito y desfilara delante de ella y de mi tía.

—¡Ándale, sal ya!

Mi madre y la tía Lola me llamaban desde debajo del árbol donde se echaban a tomar un bloody mary. A mí me daba una vergüenza infinita salir en el bikini que me había comprado esa vez: dos piezas minúsculas de paliacate para cubrir un cuerpo de lombriz sin cintura.

—¿Sí o no es una modelo perfecta? —preguntaba mi madre y mi tía asentía.

—La mejor en la que podría pensar.

—A ver, haznos algunas poses.

Aunque me sentía ridícula, imité las poses que mi madre me había enseñado a hacer: con la pierna izquierda doblada al frente, con los brazos cruzados sobre el pecho, como si lo ocultara; cerrando los ojos y levantando un brazo y hasta alguna con la pierna alzada posándola sobre un tronco.

Recuerdo que la primera vez después de haber hecho esto tuve un súbito ataque de vergüenza; que me enrollé en la toalla y me alejé. Recuerdo haber puesto la toalla sobre el pasto a varios metros de donde estaban ellas y haberme tirado boca abajo, con la cara de perfil de modo que no me vieran. Y haber esbozado una sonrisa. Era la primera vez que pensaba en mí misma de ese modo. La primera vez que alguien me consideraba atractiva. Sentí que tenía un poder. El poder de hacer que mi madre volviera a ser la mujer que se relajaba y reía. Que tenía un secreto.

La sola idea de que podía atraer su mirada creaba una atmósfera que yo vivía de un modo especial porque tras haberme pasado las horas leyendo y tostándome al sol comprobaba la obtención de una ganancia secundaria. Yo le gustaba.

Me esmeré en ponerme morena y guapa para ella.

Después de algunos fines de semana ya sabía que apenas volviéramos a la ciudad su atención se dividiría de nuevo entre el extraño deber de ser madre (es decir, la guerra de nervios) y el vecino. Pero por lo pronto, en la casa de Cuernavaca tenía su interés y lo quería todo para mí.

—¿Qué te dije? —la oía comentar, mientras fingía asolearme.

—Pues sí. Indudablemente.

—¿Tú lo harías o no lo harías?

Por lo visto, mi madre tenía un plan. Sin saber bien por qué, sentía que me estaba ofreciendo, como un vendedor de alfombras.

Uno de esos mediodías bochornosos en los que el calor me venció, entré en la casa y sin pensar subí a la habitación de mis padres. Se me ocurrió entonces que había ido con el propósito de buscar uno de aquellos cigarros de lechuga que mi padre escondía de sí mismo. Hurgué un poco entre su ropa, miré en los entrepaños altos. Ahí, hasta arriba, hallé un libro de portada más bien poco interesante, monocromática (azul sobre fondo blanco) y repetitiva. *Cien años de soledad*. Lo tomé y me tumbé a leerlo en la cama de mis papás. No sé qué habré entendido y no sé por qué siendo tan joven no lo pude soltar. Recuerdo la fascinación de las piedras gigantes como huevos prehistóricos y al gitano Melquiades llegando a presentar sus extraordinarios inventos a Macondo: un imán gigante que hizo que se soltaran los clavos de las casas, una lupa que provocó quemaduras de tercer grado en José Arcadio Buendía y el más extraordinario, la fuente de la eterna juventud: una dentadura que para horror de todos hizo lucir un Melquiades veinte años más joven y después, al quitársela él, lo devolvió a su vejez matusalénica.

Fue el primer libro que robé y que aún conservo.

Igual que el descubrimiento de mi cuerpo visto por mi madre ese libro me mostró algo que no sabía. El poder de la ficción, que consiste en hacernos hablar a través de historias que cuentan otros. Y hacernos adivinar qué es lo que recuperamos de la historia que se queda en el pasado en nuestra familia, ese eterno pacto de silencio. En la mía se quedó algo que no puedo reproducir más que como una versión, aunque nunca la definitiva. Lo que me dijo mi padre cuando me vio bajar de su recámara oliendo a cigarro y con un envoltorio en la toalla. La serie de palabras que soltó confiando en que yo sería capaz de escuchar los silencios de que estaban hechas. Tu madre y yo nos vamos a separar.

Y en efecto a los pocos días, mi papá se fue.

En todo lo que decimos hay mucho más silencio que historia.

No era exactamente la partida de mi padre lo que me empezó a afectar. Todavía no sabía qué era eso. Puestos a reflexionar, antes de que se fuera, mi papá salía al trabajo todos los días después de dejarnos en la escuela y llegaba de noche, agotado, cuando ya estábamos bañados y a punto de dormir. Era otra cosa.

Hasta ese momento, con todo y los miedos de la infancia, el fondo de mí estaba hecho de algo sólido. Algo que sobre todo tenía que ver con una idea. Qué importaban los males si uno tenía una familia en la que se sentía abrigado, que lo necesitaba y por la que valía la pena estar en el mundo. Cuando esta idea desapareció empezó a haber algo que me causaba un temor difuso. Ese algo tenía que ver con una soledad no conocida. Con imaginarme a) que habría situaciones que ya no podría vivir, b) que nunca podría decir "viene toda mi familia", c) que cuando nos pensara seríamos menos, d) que ya no pertenecía (aunque nunca hubiera pertenecido) del modo en que pertenecían en otras familias.

Lo que no sabía es que como todos los hijos de padres que se divorcian lo que realmente sucedería es que tendría que vivir algunas de las vidas que mis propios padres no pudieron vivir.

Fue muy raro. Desde que mi padre se fue, empecé a asumir otras funciones. Dejé de ser un simple peón en el tablero, pues de pronto se presentaron circunstancias en las que se esperaba que hiciera jugadas más complejas: jaque del caballo solitario; jaque al descubierto; jaque doble al rey, sin que el rey exista. Me acerqué mucho más a mi madre. Empecé a ganar dinero.

A veces, creí hacer tareas que le correspondían a mi padre. Como consolarla en vano (no se veía desconsolada), como acariciarla o dejarme acariciar por ella. En las mañanas, la observaba arreglarse con embeleso. Empecé a usar algunas de sus blusas delgadas, de gasa. A veces, me ponía su perfume, me delineaba los ojos como ella y en esas ocasiones ella, sin enojarse, me decía, sonriendo: "pero qué guapa te estás poniendo".

También la espiaba irse con el vecino.

A partir de la separación de mis padres mi madre se volvió omnipresente. No recuerdo un solo día en que mi historia no haya tenido que ver con la suya. Los hijos de padres que se van están obligados a tener excelente memoria, aunque ésta no sirva de mucho: deben reinventarse a partir de un signo de interrogación. Según Jeanette Winterson en cada escena hay un vacío que continuamente exige llenarse de sentido. Es una ausencia distinta a la de los hijos cuyos padres mueren. Ahí al menos hay un punto final.

El día que la vi irse en aquella motocicleta Harley-Davidson lo supe: habría una parte mía que se había ido pero que podía volver. Una bomba de tiempo que aún no explotaba y que quizá lo haría. Pero habría también para siempre el recuento de algo que no puede avanzar, algo que se trunca. Un error de origen. Como leer un libro cuyas primeras páginas están equivocadas y que debes arrancar pero no puedes hacerlo porque están pegadas a ti: son tú misma.

Una mañana de sábado fue ella quien me pidió que me pusiera su blusa de gasa y unos pantalones de mezclilla.

—¿Quieres acompañarme? —dijo.

—¿A dónde?

—A un lugar al que nunca has ido.

Ni siquiera lo pensé. Fui a mi cuarto por la bolsa de gamuza que ella me había comprado y me dispuse a salir, pero me detuvo.

—¿No te vas a maquillar?

La pregunta me sorprendió, porque la iniciativa nunca había venido de ella.

—Las pestañas, cuando menos, y algo de rubor —dijo.

Me gustaría entender hoy por qué esas palabras y esa invitación hicieron que dejara de sentirme sola. Cómo supe que estaba siendo incluida para siempre en algo, aunque aún no supiera en qué. Y de qué modo esa inclusión me haría convertirme en alguien más.

Nos subimos al coche. Lo sacó del garaje sin avisar a Reyna y me pidió que yo misma cerrara la puerta. Emprendimos el viaje. Al principio, se mostró locuaz. Las primeras cuadras fue platicándome de esto y aquello. Hasta pareció una guía de turistas: en cierto momento se puso a explicarme la historia de algunos edificios, como la casona de Tlalpan que quedaba a nuestra derecha. Recuerdo que hubo un instante en que me decepcioné. El camino se parecía al que tomábamos para ir a Cuernavaca, así que pensé que me llevaría a la casa para despedirnos de ella. Era un pensamiento de lo más absurdo. Mi madre, a diferencia de Lot, nunca ha mirado atrás.

Llegamos por la carretera vieja a la zona de Moteles. Por un rato se calló o más bien entró en el "modo piloto", esa suerte de trance al que entraba en cuanto tomaba carretera. Luego empezó a hablar para sí misma en voz muy baja.

—Qué haces, mamá —pregunté.

—Ya lo sabes, rezo.

Esta vez me dio la impresión de que se peleaba. Y era raro que tratara de ese modo a Jesucristo o a la Virgen. Mucho más raro porque en los últimos años se había vuelto atea. No tenía ni idea de a dónde me llevaba ni por qué tendría que preparar un discurso con un ser imaginario con el que discutiera, hablando en frases cortas, como haciéndole advertencias. La emoción del primer momento empezó a convertirse en miedo. En realidad temía el momento en que mi inflamable madre empezara a arder y esperaba que si estaba enojada, su enojo no hubiera sido por mi culpa. Que no se hubiera arrepentido de llevarme a donde me llevaba.

Pasamos por los puestos ambulantes, dejamos atrás las construcciones, fuimos pasando el camino de pinos, y entonces empezó a asentir, primero para sí misma, y después viéndome de reojo, como si quisiera asegurarme que todo estaba bien, pero en realidad desde hacía rato creía leer en sus ojos un mensaje claro para mí que reproducía el diálogo que el robot de una serie de televisión llamada *Perdidos en el espacio* decía cuando se avecinaba la catástrofe: "peligro, peligro, no es computable".

Avanzamos algunos kilómetros y por fin, al ver un letrero de venta de huevo, pareció descansar. Entró por una especie de camino de terracería y estacionó el coche frente a una construcción de piedra. Tocó el claxon dos veces. Era mediodía, así que el sol deslumbraba e impedía ver con claridad la figura que abrió la puerta de madera. Primero una sombra, después un hombre que extendía los brazos desde antes de llegar al coche. ¡Bienvenidas!, dijo. Era el vecino. Estudié a mi madre en el momento en que abrió la puerta del coche y sonrió mostrando los dientes. Debajo de la falda larga de flores se vio la pantorrilla de la cicatriz a la que se abrazaban las cintas de sus sandalias. El vecino la abrazó. Después se acercó a mi lado, repitió ¡bienvenida! y extendió los brazos de nuevo. Recuerdo que eso me molestó, igual que ver a mi madre caminando hacia la cabaña sobre piedras, casi de puntas, lo que hacía que se le levantaran las nalgas. En vez de disimular me aparté todo lo que pude de él y caminé detrás de mi madre, como queriendo cubrirla con mi cuerpo. De cualquier manera llegó antes que todos porque era muy ágil. Se detuvo a la entrada de la cabaña y lo esperó. Él pasó delante de nosotras y nos hizo una seña para que lo siguiéramos.

Lo que sigue necesito buscar cómo contártelo. No es fácil describir algo que nunca has visto. Quiero decir: no es fácil hacerlo sin acudir a referencias que conoces. Por ejemplo, el comedor del rey Arturo sin los caballeros de la mesa redonda y en lugar de éstos, muchos cuadros. En vez de mesa redonda, una cama de hierro forjado hecha a mano con una cabecera en forma de estrella irregular con varios picos y en el centro de ésta, un espejo cóncavo. La cama ya era lo suficientemente terrible como para dejarme sin aliento, pero ver los cuadros donde aparecía mi madre desnuda en todas las posiciones posibles era algo casi satánico. Me quedé atónita, mirando. El vecino se acercó y señalando un cuadro me explicó que los cuerpos se dividen en cálidos y fríos. Era imposible pintar a mi madre en tonos verdes o azules o siquiera grises, dijo, pues su cuerpo te hacía pensar de inmediato en rojos y naranjas. Aunque parecía que veía, sé que dejé de hacerlo y, con todo, recuerdo que él fue señalando los cuadros uno por uno. El ritmo de la poesía o de un salmo con un tema que se repite y se repite puede llegar a ser desquiciante, lo mismo que un canto, por ejemplo, el canto de los lamas. Pero en la pintura, cuando ese tema satura los cuatro muros, llega a provocarte vértigo. Sobre todo si la modelo es perfectamente reconocible y si está en posiciones donde nunca antes la has visto, y es tu madre.

Tu madre, tu madre, tu madre, tu madre, otra vez tu madre.

Hubo un tiempo en que coleccionar y archivar era una forma de arte. Los naturalistas lo hicieron con seres vivos a los que clavaron en la piqueta. Los médicos forenses lo hacen con fotografías. Los antropólogos también, y en cambio los miembros de algunas tribus se oponen a ser capturados a través de una lente. La idea que me dio el vecino fue la de que al pintar a mi madre no sólo se quedaba con su juventud y su belleza, una belleza que ella le estaba ofreciendo. Quería quedarse con algo más: con su alma.

—¿Qué te parece? —me preguntó el vecino extendiendo los brazos, como si se tratara de un chiste.

Me daba vergüenza confesar que sentía vergüenza. Eso no correspondía a la edad mental que me estaban confiriendo con su confianza. Sin darme cuenta de cómo, supe que en términos de madurez había ascendido varios peldaños. Pero no estaba a la altura.

—…

No supe qué decir.

—Ay, hijita, ¿no te puedes mostrar un poco más entusiasta? Tú tienes sensibilidad, sabes de arte…

Mi madre se refería a mi hábito de tener todo el tiempo las narices metidas en un libro.

—De pintura no… —dije.

Eso pareció enternecer al vecino. Sentó a mi madre en la cama, trajo una silla para que me sentara yo, y mientras, él se fue a preparar un brebaje consistente en vino calentado en una suerte de marmita de cobre, canela y mascabado. Nos dio un vaso de aquello a mi madre y a mí, y él se fue bebiendo el resto, poco a poco. La verdad es que sentí caer la bebida aquella como un bálsamo. En parte porque el licor fue quitándome la vergüenza propia, ajena y de toda índole posible, pero también porque en aquel lugar en medio del bosque hacía un frío endemoniado. Rodeada de madres que mostraban desafiantes su roja desnudez al tiempo que bebía el líquido aquel, el vecino me dio una lección sobre impresionismo y expresionismo de la que sólo se me quedó grabada la palabra luz y la frase manchas bastas de colores seguida de un mareo que no supe si se debía al entorno gótico pero real, al vino caliente, a mi madre sucesivamente desnuda y vestida o a la actividad que me puso a hacer el vecino. Me tomó de las manos, me condujo al centro del cuarto aquel y me aconsejó tomar distancia de un cuadro y otro, para dar oportunidad de que aparecieran las luces, las sombras y las figuras.

—Ahora sí, ¿lo ves?

Yo lo único que veía era que mi madre desnuda giraba en distintas poses, amenazando con salirse de las pinturas y atacarme de frente, de perfil, en posición decúbito dorsal y otras que recuerdo pero cuyos nombres no me sé ni he aprendido a nombrar. Ya sé lo que estás lucubrando. ¿Ves? Sabía que eso mismo me ibas a decir. Por supuesto que no, no es falta de congruencia, por menos de eso la gente pasa media vida en el sicoanalista.

Y eso que aún no he llegado al meollo del asunto.

Ya.

Ya sé que tienes derecho a no saber. Se trata de tu abuela.

Pero mira: te juro que no hay nada de lo que te comparta ahora que no sea un hecho puro y duro, ni nada que no opere en favor del objetivo común que nos hemos impuesto.

Por eso digo que no importa cómo me sentí aquella vez ni las implicaciones sociales, sexuales, familiares y todas las que se te ocurra deducir que pueda tener ese hecho. En este momento las palabras no tienen otro sentido que saber dónde está. Tu abuela. Mi madre. Tú misma lo has dicho: en el fondo todo esto es quizá sólo una forma de saber quiénes somos tú y yo. De encontrarnos a nosotras mismas.

Soy un cerebro. El resto de mi cuerpo es un mero apéndice. Es la lección número cuatro de Sherlock Holmes. Por eso, lo que me interesa es saber qué diablos hacían esos dos con la pistola. Y qué lugar ocupa en todo esto. Porque estaba ahí, sobre la única mesa que fungía de buró, rodeada de pinceles, botellitas de aceite y manchas de óleo, tan quitada de la pena. La misma pistola que se llevó el día de su huida.

Bueno, tú piensa eso si quieres, que la tenían por si entraban a robarle, como arma defensiva. Eso era verídico cuando mis hermanos y yo éramos niños. Pero ya estando con el vecino era más que improbable que alguien se metiera al rincón aquel. El México de entonces no era lo que es hoy. La gente no tenía tan presente el miedo de ser atacado, robado, secuestrado. No creo que por eso la tuvieran tan a la mano. Yo pienso otra cosa.

Te voy a decir por qué. Porque luego del vértigo que te digo que me dio, mi madre y el vecino me tomaron de la espalda y los brazos y me acostaron en la cama. Recuerdo a mi madre soplándome en la cara que era lo que hacía cada vez que alguno de mis hermanos se desmayaba. Recuerdo haber sentido mucho calor e ir recobrando la conciencia poco a poco. ¿Te sientes mejor? me preguntó, y yo asentí. No recuerdo quién retiró el vaso aquel con el vino, sospecho que fue ella pues era él quien siempre llegaba con una botella cuando iba a verla, y si se me ocurría aparecer, que siempre se me ocurría, para ver que "mi madre estuviera bien", que estaba, pese a mi negativa, el vecino insistía cada vez, anda, bebe un poco, aunque sea sólo mójate los labios, empujándome como siempre la empujaba a ella a beber.

Yo detestaba eso.

Cuando me sentí mejor y me incorporé, él desdobló un par de hojas de papel rayado y me las dio para que las leyera. Mentiría si te dijera que puedo reproducir su contenido con exactitud, no me las aprendí de memoria. Pero puedo darte el resumen de lo que decía aquella suerte de carta de despedida, o aquella suerte de ultimátum. Decía que los seres humanos no tenemos la facultad de decidir sobre nuestro nacimiento. Nacemos, eso es todo. Algo así como que irremediablemente somos el ser ahí. *Das Sein*, escribió ella después en sus libros de filosofía. Pero en cambio, decía la carta aquella, gozamos de un privilegio inmenso: el privilegio de decidir nuestra muerte.

Te confieso que al principio no entendí hacia dónde se dirigía todo eso. Igual que las pinturas aquellas, estas palabras ininteligibles también se me vinieron encima. Era como haber pasado de plastilina uno a sexto de primaria sin tener los méritos ni los conocimientos. Era como estar en medio de una nave espacial yendo hacia el único satélite del planeta Tierra en un momento en que después de no hablar de otra cosa ya nadie se acordara del viaje extraordinario del hombre a la Luna. Yo era ese astronauta, perdido en el espacio sideral, frío y oscuro. Un espacio que olía a óleo, a tíner y a estopa húmeda.

La carta terminaba diciendo que el momento de elección de la muerte debe ser cuando se ha alcanzado el máximo de felicidad. El *summum*. Porque lo que viene después es la caída. No todos los seres humanos tienen la dicha de conocer la felicidad. Pero quienes la han tocado, así sea con la punta de los dedos, deben olvidarse de retar al destino y evitar que otros decidan sobre sus vidas. Había llegado el momento. Ambos eran felices como nunca lo habían sido; como nadie imaginaría serlo.

Recuerdo el final de la carta porque es una frase que aparecería mil veces en los libros que mi madre dejó regados. "En el amor siempre hay algo de locura, pero en la locura siempre hay algo de razón." Friedrich Nietzsche.

Sí, ya sé. Entiendo por qué a veces dicen que habría que poner una orden de restricción a los padres. Por mucho que te propongas recordar con mirada afable un hecho como el que te acabo de contar, si le dedicas una sesión con el siquiatra acabarás por toparte con una receta y un medicamento. Y tarde o temprano aparecerá en el interior de tu cabeza la fotografía del horror. En mi caso, apareció de inmediato. Con la carta comprendí que lo que había vivido hasta entonces eran miedos fútiles y superables. Sombras del miedo. El único miedo real, innombrable, es saber que de un momento a otro tu madre se va a matar. Que te acaba de decir que va a ser la autora de su propia muerte. Y no puedes esconderlo, lo tapes con lo que lo tapes. El miedo te conoce. Te sigue a todas partes, no te deja dormir. Tu madre se va a suicidar. Lo escribo y me parece absurdo.

Coincido contigo en que es la única opción que no podemos considerar, que lo haya hecho después de irse. Aunque una de sus hermanas haya desaparecido sin que nunca ninguna de mis tías la haya podido encontrar y durante muchos años las tías hayan dicho que fue una de las primeras "muertas de Juárez" muchos años antes de que empezaran con los asesinatos de mujeres en serie, en el caso de tu abuela eso está fuera de toda posibilidad.

Pero aquella noche, una ansiedad inmensa se apoderó de mí. A ratos, sentía que no podía respirar. Daba vueltas a un lado y otro de la cama. Cómo sabría si el vecino y mi madre habían logrado el propósito aquel. Quién nos iba a avisar de los cuerpos. Y qué haríamos después: habría que explicarlo todo, contando la historia desde el inicio. Y tendría que contarla yo, como si fuera responsable, de algún modo. Eso me torturaba. Tenía muchas cosas de qué preocuparme. La peor, desde luego, pensar en algo de lo que no sabía más que de lejísimos, el suicidio. Y anunciado como una fiesta, por carta. Yo entonces no me había enterado de la muerte como un acto poético. Ni me habría consolado saberlo, tampoco. La lista de escritores suicidas vino mucho tiempo después. Virginia Woolf, Stefan Zweig, Georg Trakl, Cesare Pavese, Alfonsina Storni, Leopoldo Lugones, Sylvia Plath, Gabriel Ferrater, Yukio Mishima, Alejandra Pizarnik, Ernest Hemingway, Anne Sexton, Antonieta Rivas Mercado, Primo Levi, tantos a los que leería con devoción decidieron su muerte por su propia mano. Determinaron sus destinos pero también los de quienes los rodeaban: padres cuando aún los tenían, esposos, esposas, hijos. Los de Sylvia Plath, a los que dejó un plato de galletas y leche por si les daba hambre, mientras ella metía la cabeza adentro del horno.

Lo más chocante de un suicidio anunciado es que te imagines el cómo. Yo sabía que en el caso de ellos no podría ser más que con la pistola, pero imaginar dónde se daría el tiro mi madre y si lo haría ella me obsesionaba. La tía, hermana suya, a la que antes me referí se disparó por accidente un balazo en el estómago.

No fue eso lo que causó su muerte; mi tía desapareció mucho después. Lo que te voy a decir es de no creerse, pero pongo mi vida (pondría mi credibilidad aunque creo que ésa, ante ti, la tengo) en prenda. Que me caiga un rayo, como se dice, si miento. La tía que se dio el balazo y desapareció años después también montó una Harley-Davidson. En su caso sola a veces, y otras, con su novio. Y como después supimos cuando desapareció, esa tía anduvo también con el vecino. Sí, con el mismo.

No sé cómo pasaron las horas nocturnas que me parecieron las más largas y lluviosas de mi vida, pero al día siguiente cuando amaneció oí acercarse a mi madre. Ella sabía que mi hermana había ido a jugar a casa de mis primas, así que entró a mi cuarto y me dijo:

—Qué piensas de lo que viste ayer.

Me quedé estudiando la respuesta adecuada:

—Nada.

—Cómo nada. ¿Te gustó o no te gustó?

Me estaba dando la salida. Si decía que no, era obvio que perdería su aprobación y muy probablemente, su amor. Y como lo que estaba en los cuadros era su cuerpo y su rostro, sería tanto como decir que no me gustaba ella misma.

—Sí, me gustó.

—Entonces vístete y acompáñame otra vez.

Durante las últimas horas había estado sometida a tantas revoluciones físicas y psíquicas que no hubiera encontrado cómo oponerme. A pesar de sentir que el suelo se abría debajo de mí saqué fuerzas de la flaqueza, me vestí y fui detrás de ella. En caso de que creas que estoy exagerando te pido que por un momento me imagines no como la elegida que tiene el privilegio de acompañar de nuevo sola a su madre sino como la oveja que va al matadero a presenciar quizá la muerte de la que más ama. Yo tenía miedo, auténtico miedo de presenciar algo inaudito. Para subrayar el ambiente victoriano, aunque yo no supiera entonces qué era lo victoriano, tras la noche de aguacero amaneció un día nublado y lloviendo sin parar. Pero ella estaba decidida. Cuando sacó el coche caía una tromba que arreciaba con cada kilómetro, así que el camino fue doblemente torturante: íbamos a 50 kilómetros por hora con el parabrisas empañado y yo limpiándolo con un trapo. No sé cuánto tiempo habremos hecho. Sólo sé que cuando por fin llegamos, la tormenta era tal que casi no se veía hacia afuera y en el momento en que salió el vecino con un gran paraguas y corrimos a refugiarnos en él vi que las llantas del coche estaban rebosantes de lodo y encajadas en unos surcos profundos. A ver si podemos salir de aquí, pensé.

Esta vez el vecino había preparado la escena: tenía la chimenea encendida y un par de toallas dobladas sobre el pretil. Después de cerrar el paraguas avanzó hacia el mencionado borde y nos extendió una de las toallas a cada una. Luego, se fue a la cocina. Por supuesto que nos dio el vino caliente aquel. Por supuesto que lo bebimos. Luego de brindar no supe bien por qué, se sentó en un taburete frente a uno de los cuadros en el que mi madre levantaba los brazos y se arreglaba el pelo en un moño. Con un pincel dio unos retoques dorados y negros al cabello, que estaba sólo esbozado.

—¿Qué tal? —me preguntó.

Mentí:

—Muy bien.

—Y qué más —me urgió mi madre.

Era como si su alumno chino de cuatro años entrenado para tocar violín se congelara. Como si su ejemplar mejor amaestrado fallara en el número del Circo Fenomenal en el momento en que debía cruzar a través del aro.

—¿Te gustaría posar? —me espetó de pronto el vecino.

En realidad no entendí.

—A ver, quítate la blusa —dijo mi madre.

Hasta el día de hoy no sé por qué obedecí. Quizá porque siempre la obedecía. Por qué me desabroché la blusa que tenía al frente una veintena de botones, por qué consentí en quitarme los pantalones y los calzones y hasta las calcetas, por qué. Por qué me quedé totalmente desnuda y me olvidé de todo lo conocido, como si hubiera sido atacada por un huracán interior. Durante años, mi madre nos había aleccionado a mi hermana y a mí sobre la forma en que debíamos proteger nuestros cuerpos de miradas lascivas y actos incorrectos de otros. Tan pudorosas nos había hecho que no nos atrevíamos a desnudarnos incluso una frente a la otra. Pero en ese momento, todo cambió. Mi madre me pidió desnudarme frente a su amante, y lo hice. Estoy convencida de que por ese solo hecho mi vida dio un giro total: en ese momento dejé de pensar, por si alguna vez creí en él, en el mundo como un jardín florido en donde velaba un Dios sonriente. Ya me había despedido de varias escenas de este tipo, incluida la de la familia perfecta, así que una más, ésta no hacía ninguna diferencia. O tal vez sí. Tal vez hizo toda la diferencia del mundo empezar a pensar que yo no venía del polvo ni en polvo me convertiría sino todo lo contrario: era un cuerpo vivo, muy vivo, palpitante y ansioso de absorber el mundo por los poros. Estar completamente desnuda frente a un perfecto desconocido con mi madre de testigo mató algo dentro de mí, y aunque ella no pareció notar nada extraño, desde entonces empecé a acusar la pérdida de mi confianza en el mundo tal y como los demás decían que era. Nunca más la idea de que al mundo hay que imaginarlo primero y obligarlo a adaptarse para asegurar su buen funcionamiento. Eso es la base de los libros de autoayuda. Que sólo te ayudan a ayudarte en la imaginación (lo que es algo, lo reconozco) pero no a hacer más fácil tu tránsito por la vida. A olvidarte, más bien, de que tienes que transitarla, eso sí. Y a no creer que el mundo es tan sólo un valle de lágrimas. Pero en aquel momento para mí lo era. No sabía cómo salir de esa burbuja en la que había caído. Sospechaba que algo estaba mal, muy mal en el acto de estar posando con el amante de mi madre, frente a ella, y a la vez me convencía de que no. Así se habían pintado los grandes cuadros expresionistas. Y los clásicos y los modernos. Así se había trabajado el desnudo desde los griegos como fui aprendiendo del vecino, que me preguntaba cada cierto tiempo ¿estás cansada? Y cuando yo, después de una lección de estoicismo que obedecía más bien al hecho de seguir pasmada, de querer quedar bien con ellos, de no fallar a la altísima prueba de confianza que se me estaba dando, a no sé qué, decía que sí, que ya no podía más, él me extendía la toalla, me invitaba a descansar y me instruía sobre pintura. Me mostraba libros. Yo sentía un interés auténtico en aprender.

Parece muy obvio, ¿no?

Entender que así funciona el arte, que eso está en los orígenes de la historia de la pintura. Que no es exhibirse. Primero, frente a un extraño. Después, frente a los que vean y te reconozcan en el cuadro.

Pues no; yo no tenía esa claridad. Sentía un cierto orgullo, eso sí, de estar ahí, con ellos, de ser su mascota. Y una cierta seguridad. Mientras estuviera entre los dos nada malo podría pasarle a mi madre. Yo no lo permitiría.

La seguridad terminaba en el momento en que después de comer un poco de queso, algunas carnes frías y aceitunas me iban a dejar a la casa. Ahí empezaba a ser la otra yo. La hija de familia que hace como si nada pasara. Aunque no del todo. Ya estaba naciendo la otra, la que hace suyas tareas que no le pertenecen, la sustituta. Nunca sabemos a ciencia cierta cuándo empezamos a ser el otro en que nos convertimos. Generalmente nos damos cuenta mucho tiempo después, cuando ya somos nuestros días futuros. No hay forma de leer los síntomas. La fiebre de limpiar, por ejemplo. La necesidad de tirar, vaciar, desmontar, deshacerse de cosas, aún las imprescindibles. Retirar todo de las alacenas para en seguida acomodar de nuevo los mismos frascos en órdenes caprichosos: por color de los alimentos, por estaturas. Cómo podemos saber que esto es un rasgo clarísimo de la pérdida de lo que uno es. Cómo podía yo saber que estaba empezando a vivir desde esa otra memoria que todos

llevamos en el cuerpo, la de ser otra posibilidad. Ni siquiera hubiera podido pensar que lo que hacía era un
acto desesperado; una confesión de mi propia fragili-
dad. Simplemente me estaba ocupando de lo que debía hacer ella, mi madre. De lo que había hecho antes.
Arreglar su casa. Revisar las tareas de sus hijos. Firmar
sus boletas. Mientras eres joven tu vida es lo que será.
Sólo se envejece desde el momento en que nos aban-
dona la idea de que nos espera lo mejor y se instala en
cambio la certidumbre de que la vida, nuestra vida,
es lo que fue. Por eso, yo hacía todo lo que hacía con
gusto. No vivía inconforme. Mi vida sería mejor, muy
pronto. El único miedo real llegaba por las noches.
Porque ella no estaba, porque no había llegado. Era la
hora de los pensamientos funestos.

Ellos habían desatado mi imaginación. Por eso, en
las noches de vigilia, suponía cualquier posibilidad. La
pensaba quitándose la vida de las formas más inverosímiles.

Lección número cinco de Sherlock Holmes: cuando eliminas toda solución lógica a un problema, lo iló-
gico, aunque imposible, es invariablemente lo cierto.

Un día, otro día, otro día más de posar para el cuadro. Pero estar ahí todos los días, desnuda frente al amante de mi madre y a ella, era un mandato al que no me podía sustraer. La curiosidad de saber qué estaba siendo de mí en el lienzo era grande, aunque mi madre me aclaró que un pintor jamás permite a su modelo ver la pintura hasta que está terminada. Así que yo no sabría jamás cómo me había visto él desde esa primera impresión ni cuál había sido el proceso de hacerme aparecer hasta quedar totalmente plasmada. ¿Qué vería mi madre cuando vio aparecer el primer esbozo? ¿Se notaría el cambio interior que yo sufría?

Posar estando desnuda y de pie es dificilísimo. Cansa. Después de los primeros días te invade una sensación de desánimo. Te dan ganas de claudicar. Pero yo nunca había desobedecido a mi madre. De modo que traté de resistir, como fuera. Cuando me sentía más desmoralizada me obligaba a pensar: al menos mientras poses tu madre no cumplirá su propósito siniestro.

Un día, ya por terminar, en un receso, el amante de mi madre se acercó a mi muslo derecho con la mano con la que sostenía el trapo oloroso a aguarrás y señalando uno de sus retratos me hizo notar la técnica para destacar los materiales en la obra pictórica. Lo importante en el arte no es el sujeto, sino la forma, dijo. En pintura esto se da a través del uso de los pinceles y las espátulas. Me mostró en uno de sus libros de pintura qué es lo que quería decir. Que observara en los pintores flamencos cómo se lograba esto a través de la luz. Que me fijara en cómo la tela en Velázquez y en Rembrandt era un prodigio de ilusión óptica: conforme te acercas al cuadro, la tela desaparece y el sujeto se convierte sólo en pintura.

Era exactamente lo que quería lograr. Me pidió que me acercara al cuadro ese donde mi madre levantaba ambos brazos y se sostenía el pelo en un moño. Era muy difícil demostrar lo que me estaba diciendo a través de las láminas de un libro, dijo, porque en ellas no se puede captar lo que ocurre con el cuadro en vivo. Hice lo que me pidió de manera automática y comprobé con sorpresa que conforme me acercaba a la tela, mi madre desaparecía. Lo que antes había sido una parte de su cuerpo, y no cualquier parte, sino una que me causaba particular vergüenza —el pubis, los pezones— se convertía en una mancha de pintura hecha con la espátula. Años después recordaría esta experiencia cada vez que me encontraba con el letrero escrito en los espejos retrovisores de los coches: "Los objetos están más cerca de lo que parece". La experiencia con los cuadros de mi madre implicó la idea contraria: los objetos están siempre lejos, mucho más lejos de lo que parece, y tanto, que no podemos estar seguros de que existan. Muchos de ellos son tan sólo una ilusión óptica.

A partir de ese día empecé a ver las cosas de manera distinta.

Para cuando el amante de mi madre terminó de pintarme y me mostró el resultado ya estaba yo curada:

el sujeto del cuadro era y no era yo misma. Como si el hecho de aleccionarme hubiera obrado magia, pude ver la pintura y maravillarme de las líneas trazadas en tonos verdes y grises. Un conjunto de manchas y bordes hechos con el pincel y la espátula de los que no se podía decir mucho. Pero me bastó con alejarme para darme cuenta de que me engañaba: hiciera lo que hiciera, de lejos se veía una joven desnuda, de espaldas, mirando desafiante al pintor. Podía ser cualquier joven, es cierto, pero yo sabía que era yo misma. Al ver el cuadro supe algo que no hubiera sabido de no haberme dejado pintar: tenía un poder interior, hasta entonces desconocido.

Cuando mi madre se fue decidí explotarlo.

Lo primero era buscar a alguien que sucumbiera ante el poder de ese cuerpo desnudo. No me vayas a malinterpretar: no sentía el menor deseo de salir con alguien ni tenía que ver con coquetear para echarme un novio. Lo que yo quería era que alguien me viera con los ojos rendidos como con los que mi madre era vista por su amante. Si te pones a ver, eso era dificilísimo. Pero yo no me arredré. Sin estar muy consciente de lo que hacía diseñé un método.

Lo primero que necesitaba era exposición. Es decir, acudir a lugares donde pudiera encontrar un candidato. Y ahí empezaban los problemas. No te voy a hablar del desconocimiento general que tenían los hombres de mi edad o un poco mayores de la diferencia entre los cuerpos que podían ser pintados en colores cálidos o fríos, del desconocimiento que tenían de toda forma de arte, en realidad. ¿Cómo iba a convencerlos de que un cuerpo no es sólo un bulto al que puedes amasar, lamer, exprimir y apretar? Y en segundo e importantísimo término: ¿dónde iba a encontrar a semejante sujeto?

Tendría que rendirme al menos bruto de los amigos de mis primos o de los hermanos de las compañeras de la escuela y esperar un milagro. Eso era lo que había.

Metida en la cama de mi madre, a días de su partida, pensaba en mi situación. Al irse, mi madre no sólo me había hundido en un abandono mayúsculo. Sin saberlo, había arruinado mi posibilidad de tener un noviazgo convencional. Mis amigas adolescentes se conformaban con que las besara algún adefesio con frenos que les llevara flores y una tarjeta el 14 de febrero. Yo, en cambio, necesitaba un hombre mayor que pudiera apreciarme en lo que valía por dos. Tenía que ser capaz de ver en mí a la joven del cuadro y a la adulta que la observa. Tenía que ser capaz de entender que en mí habitaba alguien que se había ido.

La oportunidad llegó el día que tocó a la puerta el dueño de la galería de arte donde el amante de mi madre exhibía. Un hombre nervioso y bajito, con mirada de águila y manos inquietas.

—Que buscan a su mamá —me dijo Reyna, de mal modo.

Desde que mi madre se fue, Reyna me avisó que sólo se quedaría hasta fin de mes con nosotros. Y no era cosa de que le pagáramos o no le pagáramos. Simplemente, a ella esas cosas no le parecían. Por "esas cosas" se refería a que mi madre desapareciera con su amante. A mí tampoco me parecían, pero a diferencia de Reyna, yo no podía desertar de la situación e irme.

Salí a abrir.

El hombre se presentó y en tono muy amable me preguntó si sabía algo del amante de mi madre.

—Hace días que se fueron juntos.

Por alguna razón, me pareció importante aclarar que lo habían hecho en la Harley-Davidson.

El hombre bajó la cabeza y sonrió.

—¿Puedo pasar?

De inicio, su pregunta me chocó. Me pareció una falta absoluta de respeto. Sí, ya sé que no lo era o no exactamente. Pero ponte a pensar que yo imaginé que ese hombre sabía que yo estaba sola. Bueno, con Reyna y con mis hermanos jugando al fondo del jardín, lo que era más o menos lo mismo.

Me explicó que había terminado de montar la exposición que se inauguraba en la Galería Raskin, en la Zona Rosa, en unos días, donde figuraban tres cuadros del amante de mi madre. Me imaginé a mi madre desnuda en tres poses inconvenientes y me sonrojé. Pero él ni siquiera pareció notarlo. Que venía a darme las invitaciones pues sabía que mi madre tenía pensado acudir. Y que le habían dado esta dirección así que supuso que si el amante de mi madre no estaba disponible por teléfono —había hecho innumerables intentos de contactarlo—, lo encontraría aquí.

Lástima que uno no puede mostrar la indignación tal y como la siente a los catorce años. La naturalidad con que tomaba el hecho de que mi madre y su amante estuvieran juntos en mi casa y disponibles para quien los buscara (él, en este caso) era algo más allá de todo límite tolerable y hacía crecer en mí una rabia contra el galero, contra el amante de mi madre y contra ella misma. No entendía nada ya. Y me daba igual no tener la menor idea de dónde estaban ni si volverían y mucho menos si eso arruinaba la exposición en la que tanto había invertido aquel hombre.

No recuerdo en qué modo le dije lo que te estoy diciendo. Sólo sé que luego de indignarse suspiró dos veces y sonrió. Como si se le hubiera abierto el cielo. Me lanzó una mirada compasiva y estirando su mano de dedos gordezuelos empezó a acariciarme el antebrazo mientras decía:

—¿Y cuántos días llevas sola?

—No estoy sola. Estoy con la muchacha y mis hermanos.

—Quiero decir. Hace cuántos días se fue tu mami.

Lo de "mami" me sonó tan fuera de lugar, tan hipócrita que me sentí impulsada a mentir:

—No sé bien.

—…

—Tengo una enfermedad que me afecta la memoria.

En vez de sorprenderse mi respuesta lo hizo acercarse a mí sonriendo y poniendo ojos de becerro, en un gesto que había visto poner a otros hombres antes de lanzar la zarpa, así que me puse de pie de un salto y pronto me vi perseguida por el individuo aquel que hacía esfuerzos por alcanzarme dando zancadas alrededor de la mesa naval de nuestra sala.

—Oye, si no te voy a hacer nada…

Y de pronto, ocurrió el milagro. No el que pedí, los milagros tienen la característica de no obedecer al pedido y aparecer en las situaciones menos pensadas. Sin saber cómo ni haberlo previsto, me desmayé.

Cuando abrí los ojos lo descubrí azorado, en cuatro patas, mirándome como si fuera un espécimen raro.

Desde ese momento decidí: hombres mayores ni hablar, ésos eran los menos indicados para conseguir mi objetivo.

El hombrecito dueño de la galería se fue como alma que lleva el diablo apenas me vio recobrarme, quizá porque supuso que podía haber para él algún peligro: quién sabe si la niña esa padecía de sus facultades mentales o era epiléptica —por algo la dejaron sola, una madre no deja a su hija adolescente sola—, ábrame la puerta, por favor, le dijo a Reyna que había estado entre el lavadero y la sala, ojo avizor, y Reyna le abrió para que se fuera.

Y como no había ocurrido ninguna catástrofe y más se perdió en la Francia, como decía mi tío el culto, no tenía por qué decirle nada a mis tías ni a las amigas del colegio ni a ninguna otra persona. Partido sin pena ni gloria. Cero a cero.

Ir a la escuela con aquella imagen rondándote no era tan fácil. Ya en el salón, después de hacer honores a la bandera y cantar aquel himno escolar que decía que ir a la escuela era como estar en los amantes brazos de nuestras madres, miss Alice entró al salón y nos regañó a todas. No nos dio tiempo ni a terminar de ponernos de pie y saludarla en inglés como debíamos hacer cada vez que entraba o salía. Que cómo era posible que Alicia Cobos se estuviera haciendo con una navaja esos cortes en las piernas y nadie dijera nada.

Sentadas en nuestros pupitres miramos con estupor a la dueña de la escuela y detentora absoluta de la moral más alta, la cara roja de enfado, sin entender ni media palabra.

—Yo pensaba que el privilegio de asistir a un colegio como éste les daba los valores necesarios para avisar a las maestras cuando algo estaba mal.

En seguida desviamos los ojos a la ventana, los pupitres. Ninguna se atrevió a levantar la vista hacia donde estaba la directora durante el tiempo que duró su silencio. Tal vez eso fue lo que la convenció de que éramos culpables, porque dijo:

—Nadie sale a recreo hoy, ni el resto de la semana.

Algunas la miramos, incrédulas. Pero ella no dijo nada más y levantando el rostro con suma dignidad dio vuelta sobre su flanco izquierdo en ademán de salir. Nos levantamos obedientes y dijimos a coro:

—Gracias, miss Alice. Adiós, miss Alice.

O más bien: *Thank you, miss Alice. Goodbye, miss Alice*, porque así era ahí la cosa.

¿Qué había pasado? Miss Blanquita, nuestra profesora de química, haciendo honor a su nombre, temblando nerviosa y yendo de un lado a otro de su escritorio como un inestable protón, nos explicó que la mamá de Alicia había tenido que llevar a su hija al hospital de emergencia al ver los varios cortes en los muslos de los que salía un manantial de sangre. No eran los primeros. Y la mamá de Alicia sospechaba que su hija se los hacía en la escuela, en el baño.

Hubiéramos querido saber por qué alguien tan conocedor de la sexualidad y tan maduro, como Alicia, hacía tal cosa, pero igual que cuando nos enteramos que habían corrido de la escuela a aquella amiga de mi prima Mau al saberla embarazada, nadie dijo esta boca es mía. Durante la hora del recreo, enclaustradas, movimos las bancas y nos sentamos dentro del salón por bolitas.

Nadie como las adolescentes para disimular. Cero intención de preguntar, cero insinuaciones. Lo peor era que tapábamos la curiosidad con una actitud de supuesta higiene mental. A Alicia se le había zafado un tornillo. Nosotras no estábamos locas. Me preguntas si nos dábamos cuenta de que estas cosas estaban estrechamente unidas a actos específicos ligados a la sexualidad, a algún hombre. Por supuesto que no. Para nosotras, la escuela estaba constituida por un ejército en el que era natural que hubiera algunas bajas.

¿De la gorda Suárez Palacios que empezó a engordar y engordar te conté? No, tampoco. Sólo recuerdo que las más aguerridas del salón la imitaban cuando no las veía, caminando como pato.

Claro que me parece cruel. Por supuesto que me parece espantoso. Si pudiera volver a vivir esos días las abrazaría a todas y les diría que me identifico con ellas, que todas somos una. Pero ¿sabes? Esas escuelas están hechas para dividir, aunque su discurso diga otra cosa. Hay un sistema que funciona gracias a esas comparaciones y a esa competencia atroz, empezando por la comparación entre clases sociales.

Así que cómo se te ocurre suponer que en pleno recreo en medio de la bolita fuera yo a soltar que mi mamá se había ido. No, hombre, qué me iban a compadecer. Yo iba a ser como Alicia Cobos o como la gorda Suárez Palacios o como cualquiera que cayera en desgracia. Me habría convertido en el Yodex. Cómo que por qué. No me digas que no sabes que Yodex es un medicamento cuyo anuncio dice que "deshace las bolitas".

Pero además, ya te conté que yo tenía un método que me inventé, un escudo. No, nunca tuve ganas de llorar. Cada vez que ellas hablaban de sus mamás yo sonreía porque sentía esa superioridad de la que te he hablado. Yo ya me había convertido en la mía. Iba y venía, rodaba por las carreteras del mundo tomada de la cintura de mi amante sintiendo el viento de la libertad y por eso no tenía por qué poner cara de huérfana.

Cómo que por las tardes qué, pues igual. Nos recogían de la escuela, lo mismo que a mis hermanos, Reyna primero preparaba cualquier cosa de comer y cuando ella se fue, lo hice yo (no entiendo por qué no tenía más imaginación que cocinar arroz y calabacitas a la mexicana), mis hermanos y yo guardábamos la ropa de ese día y sacábamos los uniformes del día siguiente. Si lo ves desde fuera seguíamos nuestras vidas tediosas con la única variante de vivir guardando el secreto y la muy leve responsabilidad, en cuanto a mí, de ayudar a mis hermanos a hacer la tarea o a conseguir alguna monografía del cura Hidalgo.

El único respiro era pasar las tardes con las primas y algunos vecinos en la calle y, todavía mejor, la invitación a asistir a las tardeadas del CUM a las que alguna vez mis tías habían ido con mis primos grandes cuando éstos estaban en secundaria.

Todos los adolescentes de la clase media iban al CUM. Ése era un buen semillero, mi tierra prometida, pensé.

Fuimos a dos. Muy frustrante. A la hora de la hora en las tales tardeadas no pasaba nada de interés, más que tener que darnos a la fuga las mujeres porque los hombres nos arrojaban elotes comidos o nos tronaban huevos llenos de confeti en la cabeza. Los galanes de catorce y quince años eran bastante bestias, y para eso de ligar, impedidos de veras.

Nosotras teníamos más idea, pero usar nuestros conocimientos los espantaría.

No obstante, algo sucedió ese año: surgió una esperanza. A los amigos de la cuadra les dijeron que tras el fracaso del año anterior en vez de tardeada los organizadores decidieron que harían una lunada. Así recabarían más fondos. No sé cómo ni por qué a Popi y a mí nos dejaron ir de siete a diez porque iba la mamá de un vecino. Sin chaperones. Nos recogería un primo. Casi no lo podíamos creer: los astros se habían alineado.

Alrededor del patio había unos puestos como de kermés que las madres de varios alumnos atendían. Mis tías, que detestaban esas actividades, se habían librado de ir con el argumento de que no tenían en ese momento hijos en la prepa y los chicos iban en la primaria apenas. Éramos libres.

Mi prima y yo nos esmeramos en el arreglo: días antes cortamos unas camisetas blancas en canal y les cosimos una infinidad de botones diminutos de arriba abajo. Luego les pusimos unos parches de paliacate a los pantalones de mezclilla. Para qué te digo otra cosa, nos sentíamos la Toda-toda, el personaje de *Nuestra señora de las flores,* de Jean Genet, que arrasaba. Íbamos al último alarido de la moda. ¿Cómo que de cuál moda? De la nuestra.

Dimos un par de vueltas por el patio. De las señoras que atendían los puestos ya le habíamos comprado un par de paletas heladas a la vecina por la que nos habían dejado ir, quien tenía fama de salirse en cuanto se iba su esposo que era funcionario del gobierno de Echeverría y tenía un hijo más o menos regular, y dos algodones de azúcar a la mamá de Eduardo Gómez Félix, un galán inauditamente guapo que reprobaba todas las materias, manejaba el Galaxie de su papá e iba en tercero de prepa. Por segunda vez. O sea: para estándares cronológicos, todo un hombre.

Por mi parte, este último estaba fuera de toda posibilidad. Se lo dejé a mi prima que, como te he comentado ya, se desarrolló muy pronto. Yo fui rondando como mosca detrás de la miel al puesto donde estaba riendo a carcajadas el hijo de la vecina. No era cosa del otro jueves pero tenía unas manos que movía con gracia indescriptible. Ponía una en el pecho, la quitaba y entonces movía las dos, las levantaba como diciendo escandalizado "¡no es cierto!" y las acercaba para tomar de la barbilla a su madre y darle un beso. Miré a los dos, arrobada. Su mamá me sonrió. Por las bocinas empezó a sonar la canción *Philosopher*. Entonces su mamá lo empujó hacia a mí y le dijo "sácala a bailar".

Me quedó alto porque todos los hombres mayores de quince años me quedaban altos y el vecino tenía dieciséis. Pero el brazo que se apoyaba en la cintura se sentía muy bien. Firme y a la vez tomándome con delicadeza. Se notaba la experiencia de abrazar. Diré de bailar, más bien, porque los pasos que daba eran un prodigio. No te puedo explicar por qué si era una canción tan lenta. No sé, me daba la impresión de que nunca se tropezaría. Y en algún momento hasta se acercó de broma bailando a donde estaba su mamá. Porque apenas el vecino me sacó, sus amigos rodearon a su madre y la sacaron a bailar también, en grupo. Uno y otro se la iban turnando, cual enjambre alrededor del panal, y ella muerta de risa. Así que era como una competencia cordial: un nuevo amigo sacaba a su mamá y el vecino, tomándome por la cintura y conduciéndome con el brazo derecho, les daba alcance. Después, golpeaba a su amigo ligeramente con la cadera para hacerlo perder el compás. Pisaban a la pobre señora o se le iban encima, ofreciéndole mil disculpas. Pero ella no dejaba de reírse de las bromas de su hijo. Cada vez que lograba hacer alguna trastada, él me sonreía o me cerraba un ojo. Alguna vez me dio una vuelta veloz para quedar de nuevo frente a su mamá, sin salirse de ritmo. Eso se llama sentirse en las nubes. Yo antes había visto sus manos largas de pintor, me lo había figurado aplicando colores en una tela invisible con el pincel, como si usara la técnica puntillista. Luego me imaginé esas manos sobre el teclado de un piano. Y ahora las mismas manos me tomaban con determinación, me hacían girar o avanzar hacia atrás o detenerme. No te voy a mentir, claro que hubiera querido estar en otro lugar y que el vecino me viera desnuda y pensara en colores cálidos, pero dado que eso era del todo imposible, decidí que me conformaría con que me viera, punto. Y no me veía. ¿Qué hacer?

La canción terminó y el vecino se puso a bromear frente a su mamá, insistiendo en lo pésimos bailarines que eran sus amigos. No se salvaba ni Manolo Ruiz, un gordo echador que meses atrás había bailado en el Club España la jota aragonesa dizque obligado por su novia, sude y sude. Y que empieza Lobo con aquello de: *Baby, I'd love you to want me/ The way that I want you/ The way that it should be* y yo esperando alguna iniciativa, y nada. Y sigue Roberta Flack con lo de *Killing me softly with his song/ Killing me softly*, y las luces de colores se bajan y yo viendo la hora y como la Cenicienta sabiendo que la carroza está a un tris de volvérseme calabaza y lo único que se me ocurrió fue pedirle otra paleta helada de limón a la mamá del vecino que se estaba pintando los labios y mirando en un espejito y que me dice, retirando las monedas con que le iba a pagar: no es nada, mi amor, va por cuenta de la casa. En la mía nadie hablaba así. Nunca los papás se decían mi amor, ni cariño ni vida ni nada por el estilo, y menos nos lo decían a nosotros, los hijos, así que me pareció un excelente augurio para una posible futura suegra y me sonó a música celestial. Pero Popi llegó a decirme que ya era hora de irnos. Como en un acto providencial, el vecino me sacó y bailó conmigo los últimos compases, abrazándome tanto que me animé a poner la cabeza en su pecho que olía a loción Brut y cuando bajó la cara creí que me iba a besar así que me adelanté y lo besé. No había sido su intención, lo supe enseguida, porque me retiró bruscamente y poniéndome delante de Popi le dijo a mi prima: hago entrega.

Di la media vuelta y me fui caminando a paso veloz sin mirar atrás, sintiendo cómo me ardía la cara, y cerca de la puerta arrojé lo que quedaba de la paleta helada al suelo.

—¿Qué no sabes que a Luciano le gusta el arroz con popote? —me dijo mi prima cuando salimos del lugar.

No tenía ni idea de lo que quería decir esa frase.

Pero alguna vez, yendo a la papelería por un mapa de la orografía del país con nombres, al encontrar por casualidad a dos de los amigos del vecino oí a lo lejos el concepto escuchado, temido y tantas veces aparecido en el chismógrafo. El verbo zorrear, que empecé a oír aplicado a mi persona y, eventualmente, a otras mujeres, nunca lo oí aplicado a un hombre.

Mi primer beso había sido la cosa más frustrante que pudiera pensar. Pero sobre todo: la más vergonzosa. No existe una sola novela de amor donde la heroína bese a alguien que no quiere ser besado, y que ése sea el recuerdo que le quede para siempre.

Los siguientes días traté de borrar esa idea sin conseguirlo. Luego, me llegó algo parecido a una iluminación: no es que yo fuera despreciable, simplemente carecía de método. Me dispuse adquirirlo y aplicarlo, fuera como fuera. Pero cada vez que pensaba en esa tarea titánica, una lasitud inmensa se apoderaba de mí. Me daba cuenta de que al paso de los días era menor la sensación de fracaso que la de tedio. Pensar en el siguiente encuentro era igual que pensar en el día siguiente en la escuela. Así que me llegó una sospecha. Tal vez no era eso lo que le faltaba a mi vida. Tal vez no era la mirada de un hombre como la del amante de mi madre sobre mi persona lo que me faltaba, sino tener la vida excitante que esa mirada producía.

¿Y qué producía? Te hacía ver cuerpos donde en realidad hay manchas. Hacía de un comedor y una sala que tiene en el centro una cama un lugar donde ocurren novelas de terror que se vuelven de misterio o de amor o de caballería. O todo eso junto.

La verdad es que el mundo sin ella se había vuelto aburridísimo.

Y eso, a pesar de que para propiciar que ocurriera algo me la pasaba en la calle. O en casa de una prima y otra prima. Claro, en las mañanas en la escuela, qué remedio. A veces se ponía interesante la cosa. Nerón tocando la lira mientras veía cómo se incendiaba Roma. Yang Wang acusando a su hermano mayor de traición y luego matando a su padre para ascender al trono y construir la Muralla China. Enrique VIII decapitando esposas. Iván el Terrible (al que, según miss Esthercita, Stalin consideraba un gran hombre) mirando a sus súbditos ser devorados por los perros. Cuauhtémoc, torturado y siendo quemado de los pies por no confesar dónde estaba el tesoro, al tiempo que comentaba a un súbdito que se quejaba al lado suyo: "¿Acaso crees que yo estoy en un lecho de rosas?"

¿A quién en su sano juicio se le ocurriría querer casarse con un rey o con un príncipe?

Yo a veces me imaginaba a mi abuelo como uno de esos reyes. No lo conocí pero no me fiaba de la adoración de mi madre. Mi abuelo tenía varias opiniones en contra.

Para empezar, la opinión de mis tías, que hablaban de él con un temor reverencial. Que afortunadamente no habían pasado sus días con él, decían, sino con su madre, en Morelia. Pero mi mamá, que vivió con él, lo mismo que el tío Luis y mi tía Ana, ambos ya muertos, según ella afirmaban que habían sido felices a su lado.

La leyenda decía que cuando mi abuelo compró aquellos terrenos pantanosos de gran magnitud en Tlalpan se mandó construir una casa de piedra que dividió en dos: de un lado, vivían los tres hijos con los que se quedó, y del otro, él con su enorme biblioteca y su pinacoteca, solito. Mi madre y mi tía Ana amaban subir en las tardes a la biblioteca, cuando él les dejaba sacar algunos libros del librero y hojearlos. Una vez, mi tía Ana extrajo uno que se llamaba *Kama Sutra*. Tenía señores con señoritas abrazándose en poses muy difíciles con dibujos hechos a mano. Mi tía se lo enseñó a mi mamá y las dos se empezaron a reír. Oyeron los pasos de mi abuelo subir por la escalera. Sin saber por qué presintieron que algo malo había en ese libro y lo ocultaron. Después, se lo enseñaron al tío Luis. Él les dijo que lo devolvieran, pero ellas no lo hicieron. Cuando llegaba la hora de comer, el abuelo se sentaba en la cabecera y mientras llegaba la sopa se ponía a leer el periódico. Mis tíos y mi madre se volteaban a ver y les empezaba una risa nerviosa por lo que habían visto en el libro. Entonces el abuelo bajaba el periódico y decía:

—Se oye mucho ruido allá, en el gallinero.

Y todos guardaban silencio.

Ésta y otras historias constituían el inicio a la lectura de mi madre. En la casa, todavía estaba el *Kama Sutra* anotado por Richard Burton en aquella edición que mi madre logró robarse y que llevó consigo después que murió mi abuelo, cuando ella tenía catorce años.

Las historias de mi madre me impresionaban tanto como sus objetos. Muchos años después, cuando hojeábamos ese libro juntas, era otra cosa lo que nos maravillaba: uno a uno veíamos los dibujos de cuerpos redondos, con colores en tonos lapislázuli y rojo con aplicaciones doradas. Éramos felices de ver esos personajes tan ágiles, tan libres, y a su modo, tan perfectos.

Regordetes los muslos y los pies ínfimos, sonriendo de perfil en los años previos al consigue algo de comer para ti y para tus hermanos, estudia las capitales de los países del mundo y los ríos que los atraviesan; los años previos a la infelicidad y las separaciones obligadas. Muchos de los países del mundo son ya otros, y los ríos que los atraviesan se secaron o están entubados.

No sé si con el totalitarismo de Estado de los países comunistas era más infeliz el mundo, pero era más fácil aprenderse las capitales cuando los países eran conglomerados: la URSS, Checoslovaquia, Yugoslavia. No sé qué fiebre había con lo de aprenderse los nombres de capitales y países que pronto desaparecerían, pero entonces había muchos letreros que te prevenían de la plaga del comunismo. Por ejemplo, en aquella lunada del CUM, en una caja de madera con marco colgada en un muro, la noche de mi infortunio vi un letrero que decía: "Pobre México, tan lejos de Dios y tan cerca del comunismo". No me di cuenta de que el anuncio que estaba a un lado de ése era casi una contradicción, sólo sé que la oferta abierta a todo estudiante de ir a alfabetizar a la sierra de Acocul, en Hidalgo, me sonó tan fascinante como para anotar el número, llamar por teléfono y preguntar, fingiendo ser mi madre, si mi hija de quince años podría unirse al grupo de alfabetizadores cuyo único requisito era saber leer y escribir, aprender el método Freire y tener autorización de sus padres.

Por supuesto que me dijeron que sí, señora, que es una maravilla que nuestros jóvenes estén dispuestos a dar algo de lo mucho que tienen y pasar el verano enseñando a leer y escribir a quienes no saben. ¿Tenía saco de dormir? No. ¿Mochila de excursión? Tampoco. ¿Cantimplora? Mucho menos, pero eso no importaba, con que fuera a recoger la lista de ropa y medicinas que se necesitaban, así como la copia del método Freire para alfabetizar, era suficiente. Ahí mismo podría inscribir a su hija y conocer al facilitador; sí, así se llamaba, facilitador, que era como un guía o un líder del grupo al que pertenecería la chica, un monitor muy responsable, sí, era lo mismo que el facilitador, monitor/facilitador, jóvenes entrenados para comandar estos grupos y vigilar por la seguridad de los voluntarios. Para actuar en caso de necesidad en alguna emergencia, ¿qué tipo de emergencia?, bueno, en realidad la que fuera, esto lo decía prácticamente por comunicar algo que era una posibilidad muy remota, remotísima, y que estaba en el contrato, pero no había que preocuparse ni imaginar emergencias que no fueran una mera eventualidad.

Alfabetizar. Qué maravilla. Enseñar a otros lo mejor que me había pasado en la vida después de mi madre.

Tomé un autobús con ruta colonia Del Valle, me bajé en la calle de Amores, pregunté por la oficina y dije que mi mamá se había quedado mal estacionada, en el coche. Di mis datos y tomé mi juego de copias del método *Palabra generadora* de Paulo Freire que luego estuve estudiando en la casa.

El día que tuvimos que reunirnos para las últimas indicaciones en el Parque de la Bola (el CUM era sólo un mediador entre los jóvenes voluntarios y el programa de alfabetización en el que estaba involucrado el gobierno y varias escuelas) conocí a los compañeros del grupo con el que me tocaría acudir. César del Blanco, Juan Alonso Ramos y Alejandra Sanz, esta última dos años mayor que yo y con quien hubo un clic de inmediato. Alejandra quería estudiar medicina y por lo pronto trabajaba en un dispensario donde había aprendido a tomar la presión e inyectar y quería poner en práctica sus conocimientos cuanto antes. Nos presentaron al facilitador de nuestro grupo, el maestro Ezequiel Ruiz, un hombre cacarizo que seguramente era joven, pero cuando tienes quince años ves a todo individuo mayor de veinte años como antediluviano. Era flaco, fumaba muchísimo y nos dijo que en el grupo se habían inscrito otros dos que no estaban ese día. Si no se presentaban para el fin de la semana nos uniríamos a otra célula y saldríamos desde ese lugar, el domingo, como estaba programado.

Allá fuimos, en un autobús de los que todavía tenían ventanilla corrida hacia arriba, estribo para los pies y sillones para dos de vinil verde y grueso, que parecieron ser inventados sin amortiguadores, porque al pasar por el mínimo bache o agujero brincabas hasta el techo y en algunos sentías dejar los riñones. Llegamos luego de varias horas, Alejandra y yo muertas de ganas de hacer pipí. Así se lo indicamos al facilitador que nos dijo que buscáramos un arbusto detrás del que no nos vieran porque allí no había baños. El campo pobrísimo, en el que se veían una que otra casa con techo de lámina sembrada aquí y allá hasta donde se perdiera la vista, la escuela que consistía en un solo salón para los seis grados con un pizarrón verde y bancas desiguales, el patio de la entrada en el que no había nada, literalmente nada, pero en el que nos dijeron que nosotros ayudaríamos a construir unos columpios y unos aviones de madera que pintaríamos de colores con quienes acudieran a alfabetizarse, todo me causó una impresión tan honda que sentí que aquello valía más la pena que todos los besos no dados y por dar, al menos de momento.

Caray, qué bueno es sentir que puedes ser útil en algo.

Que puedes cambiar la vida de alguna persona.

La ilusión nos duró poco, la hora u hora y media que tardamos en instalarnos y en que llegaran algunas de las familias citadas para el programa de alfabetización. Mujeres con niños pequeños que no dejaban de chillar, de pelearse e ir de un lado a otro sin importarles hacer ruido cuando el facilitador estaba hablando, hombres que primero se quedaban quietos, luego empezaron a bostezar, luego a hablar entre sí, nosotros callados viendo todo y por fin un silencio que duró 100 años.

—¿Alguna pregunta? —dijo Ezequiel.

Nada.

—A ver, usted —interpeló a un hombre con sombrero mugroso y vientre prominente bajo la camisa con cuatro botones a punto de estallar—, ¿qué espera aprender del programa?

El hombre se llevó una mano al sombrero, miró a la concurrencia, sonrió y mostrando los dientes amarillos, dijo:

—Yo no pienso aprender ni la O por lo redondo.

Carcajadas generales.

Ezequiel se puso colorado, pero insistió:

—¿Y por qué no piensa aprender ni la O?

El hombre ya no contestó. Pero alguien más se sintió animado a decir:

—Es que mi compadre es muy bruto.

Vuelta a reírse todo el mundo.

Eso pareció animar al facilitador, que dijo con tono meloso:

—No, no, no. Aquí nadie es bruto. Todos somos capaces de aprender. Es cosa de asistir al curso con estos muchachos —y nos señaló.

Los alfabetizadores nos fuimos presentando uno por uno, y al final entregamos los cuadernos, lápices y sacapuntas que mandaba el gobierno, junto con un folleto en favor de la alfabetización, folleto que —de más está decirlo— los asistentes no podían leer. Ezequiel les hizo prometer que al día siguiente por la tarde se acercarían a la escuela.

—Yo no voy a aprender ni la O por lo redondo —fue la despedida del hombre que pronto aprendí que se llamaba Abdón, quien me extendió y dejó extendida por unos segundos, tiesa, la mano.

A Abdón fue al primero que vimos al día siguiente, antes de que amaneciera, porque Ezequiel nos había dicho a Alejandra y a mí, a quienes situó en un cuarto con puerta de metal que cerró con llave, que si no llegábamos a esa hora ya no nos tocaría la leche que don Abdón nos regalaría antes de empezar a venderla.

El corralito oscuro, el mosquerío, el olor a estiércol, la vaca llena de lodo, Abdón ordeñándola. Los chisguetes cayendo en la cubeta con costras de nata gris de días anteriores, yo extendiendo el jarro porque ya no tenía más remedio.

Alejandra, después, burlándose de mí: si te da tifoidea, te inyecto penicilina. Yo comprendiendo que era un privilegio recibir ese medio jarro de leche que nos regalaba Abdón sólo a las mujeres, pensando cada noche que me daría fiebre de Malta y moriría en aras de la alfabetización.

Ayudar a sembrar, a llevar la carretilla con el material para hacer las letrinas, a poner el cuajo en la leche y separar el suero de la crema para hacer quesos, a desgranar el maíz, nos hizo sentirnos heroicas los primeros tres días. Pero estábamos molidas a la hora de impartir el curso. Entonces Alejandra discurrió que sería más útil si se dedicaba a tomar la presión y poner inyecciones a quien lo necesitara. Así que me ofrecí a ayudarla, yendo como Sancho Panza con las vendas y el agua oxigenada, detrás de ella. Su sugerencia fue ir por todo el cerro, de casa en casa. Ante mi pregunta de cómo sabría a quién aplicar sus inyecciones, Alejandra respondió con gran seguridad:

—En estos ranchos, siempre hay alguien enfermo.

A Ezequiel le pareció una idea estupenda.

—Siempre y cuando estén a tiempo del curso de alfabetización para el que se comprometieron, pueden ir a poner inyecciones a quien quieran.

Ezequiel era muy cumplido y muy claro en hacer a los otros cumplir con su deber. Lo de las células le venía por un oscuro trabajo con grupos latinoamericanos guerrilleros. Usaba palabras y frases como "alienación", "propiedad comunitaria", "socialización de los medios", "reaccionario" y "desviacionista". Decía "cuadros" para referirse a personas. Nos causaba cierto resquemor que nos hubiera separado a Alejandra y a mí del resto del grupo, pero entendíamos que lo hacía por protegernos, porque juntando las dos células eran todos hombres y nosotras las únicas mujeres.

169

En las tardes, todos juntos, nos esmerábamos por aplicar el método lo más rigurosamente posible. "¡Taco!", decían en voz alta cuando aparecía la imagen de un taco, señal de que ya sabían asociar al dibujo las letras. "¡Alejandra!", decían cuando aparecía la imagen de una vacuna, señal de que no, no habían aprendido a asociar las letras.

Pero lo más difícil, por mucho, sucedía al terminar el curso, cada día. En las noches, cuando los compañeros se habían retirado y se suponía que Alejandra y yo podríamos hacer lo mismo, Ezequiel nos retenía so pretexto de que tenía que darnos alguna indicación. En realidad, se servía un vaso de ron con Coca-Cola, nos ofrecía y acabábamos armándonos de paciencia y tomándonos sólo la Coca-Cola. Después de hablar de lo que fuera, se servía un segundo vaso. Alejandra y yo nos mirábamos, pues ya sabíamos lo que venía.

Se ponía a hablarnos de su experiencia en la sierra, en lugares que no podía mencionar y nos aleccionaba sobre cómo proceder llegado el momento para hacer la revolución y tomar las armas. Cuando se servía la tercera cuba, empezaba a contarnos historias de verdadero espanto: antes, decía, cuando estaba solo con su difunta mujer que había muerto de cáncer, como sabíamos —nos había contado esta historia varias veces— ella solía pedirle que sedujera a la muchacha que trabajaba con ellos de entrada por salida y que lo hiciera lo más rápida y ruidosamente posible para que la muchacha no pudiera contenerse y comenzara a gritar. Eso la excitaba sobremanera, de modo que empezaba a toser, así que él volaba a donde estaba su mujer y empujaba con todas sus fuerzas. Eso era el orgasmo revolucionario.

Alejandra fingía tener que irse por algo y me dejaba sola.

Yo también habría querido irme, sólo que como ella ya se había adelantado no sabía qué pretexto inventar. No hay nada peor que respetar a un borracho.

Con la autoridad que le daba la fama de haber formado varias brigadas y su posición en el movimiento de alfabetización, fascinado de oírse (hoy creo que lo que más le gustaba era oírse), la siguiente vez retenía a Alejandra con algún pretexto irrenunciable y cuando menos lo pensábamos nos atacaba a las dos, sosteniendo la eterna cuba: la excitación, nos decía, la producen las palabras, los sonidos: los poemas, pero también las insolencias, los insultos, los chirridos de muelles de una cama, las órdenes, los quejidos, los gritos, los jadeos, los suspiros o la simple respiración agitada.

—Y los sordos qué —preguntaba Alejandra, que se atrevía a decir lo que yo sólo pensaba.

—A ésos los excita el movimiento —decía Ezequiel con voz de experto—. Ven las cosas moverse y se imaginan cómo suenan.

Según él, todo esto que nos decía lo había leído. Lo había experimentado también, pero el conocimiento primero le venía de los libros. Gracias a ellos había aprendido la plusvalía de la sexualidad y por los libros se había curado de la timidez, que no era sino una tendencia pequeñoburguesa. Para un verdadero revolucionario, todo empieza por la palabra escrita.

Nosotras hacíamos como que le creíamos y nos íbamos a dormir, poniendo las cobijas en las ventanas aunque nos muriéramos de frío, para que Ezequiel no pudiera ver nada adentro.

De día repartíamos aspirinas, desenfrioles, Alejandra hacía alguna curación simple. De tarde, con el resto de los compañeros, poníamos todo el empeño en animar a los asistentes a identificar las imágenes con las letras, ¡tortilla!, ¡mano!, ¡piñata!, comprendiendo que esas manos tan hábiles para sembrar y mover la yunta eran toscas y difíciles de entrenar cuando se trataba de empuñar el lápiz. A veces creíamos avanzar. Otras, nos decepcionábamos porque cuando no faltaba uno faltaba otro.

Pero la tortura nocturna se iba volviendo insoportable. Cada noche Ezequiel se acercaba más a nosotras, nos tomaba de ambos brazos dizque para que pusiéramos atención, nos decía que era superimportante que nos formáramos no sólo como alfabetizadoras sino como verdaderos cuadros. Tras la jornada, ya en nuestras camas, Ale y yo nos descubríamos más bien como presidiarias, contando los días que faltaban para dar por concluida la campaña. ¿Cuándo dejaría de fastidiarnos? ¿Y a quién se le habría ocurrido entrenar a este elemento?

Con el paso de los días, el monólogo de Ezequiel se volvió más desquiciado, así que a la cuarta semana apenas salimos de la escuela decidimos dejarlo con la palabra en la boca, meternos a nuestro cuartito y encerrarnos. Esa noche, empezó a golpear la puerta de metal y como tenía la llave, la metió en la cerradura, aunque después no la giró: no hizo nada. Sentimos que nos habíamos librado por los pelos. Por más que atrancáramos la cama contra la puerta percibimos un peligro enorme, así que a la quinta semana decidimos fugarnos. ¿Que cómo lo hicimos? Utilizando los conocimientos médicos de Alejandra. Empleándose como conejillo de indias, se inyectó algo para adelantar la menstruación y dejó que se mancharan las sábanas y los pantalones, tomó aceite de ricino y se puso un supositorio de glicerol para provocarse diarrea. Luego, se comió dos puños de tortillas y bebió bastante agua con sal para provocarse el vómito, que dejó regado y se metió en la cama.

En cuanto le avisé a Ezequiel, golpeando como desquiciada su puerta a las cinco de la mañana, éste se levantó del catre donde dormía, se puso unos pantalones y acudió al cuartito con cara de preocupación. Al ver a Alejandra demudada y sudando, la cara se le volvió de muerto. Nuestro facilitador era un cobarde. Ser hablador en los hombres, aprendí, era muy común; ser borracho lo era más. Pero ser hablador, borracho y cobarde eran características que iban de la mano.

En cuanto dieron las nueve de la mañana Ezequiel se comunicó con sus jefes por teléfono. Después de una hora, teníamos una camioneta para llevarnos de regreso. Sí, a las dos. ¿Que cómo hice para irme detrás de Alejandra? Alegando que veía a mi amiga muy mal y prometiendo que le avisaría a Ezequiel en cuanto la dejara con sus padres. Claro, claro que les diría que todo había estado muy bien. Fantástica experiencia, lástima que mi amiga se había enfermado. Sí, haríamos un reporte anotando el éxito de la empresa y su gran colaboración en ella.

Por supuesto, Alejandra iba feliz, ¿cómo no? Yo la cuidé todo el camino y cargué con sus cosas y las mías, incluidas las vendas y el agua oxigenada.

Al llegar a su casa, su mamá la recibió como a la hija pródiga. Ella se mostró algo indispuesta pero le pidió a su mamá papel y pluma y le dijo que anotara. Intercambiamos teléfonos y direcciones.

El teléfono que anotó la mamá de Alejandra no existía.

Un par de meses después, sin saber si se la darían, le escribí una carta y recibí respuesta suya como a las tres semanas. Su tono era entusiasta. Claro que la había pasado bien. Había aplicado sus conocimientos médicos con excelentes resultados. Recordaba lo vivido como una experiencia única. A mi pregunta de si al menos creía que Abdón hubiera aprendido la O por lo redondo, subrayó su respuesta, con la que terminaba la carta. Debía sentirme orgullosa de nuestro trabajo. Claro que habíamos hecho mucho bien. Para esas fechas, Abdón debía estar leyendo *El libro vaquero*.

No sabes lo raro que es volver a tu casa después de haber estado fuera poco más de un mes. O más bien debería decir: lo raro que fue volver a mi casa. Porque me imagino que quien vuelve de unas vacaciones a donde sea con una familia convencional encuentra todo idéntico. En mi caso todo resaltaba. ¿Cómo te lo explico? Como si me hubiera ido de una dimensión de dos planos y volviera a una tridimensional, con colores magnificados. El pasto del jardín, de por sí crecido desde que mi madre se fue, era una jungla, con muchas de las plantas secas, rodeadas de malezas espinosas, tronchadas; las perillas de las puertas descompuestas, la pintura descarapelada en algunos muros, un vidrio roto. Lo que hoy se llamaría una casa de okupas, ¿no? Como si mis hermanos y yo hubiéramos encontrado una casa sin dueños, hubiéramos entrado y hubiéramos tomado posesión. Sólo que éramos los dueños, al menos en teoría, la posesión da la propiedad, ¿no?, eso dicen. Era nuestra esa casa a punto de colapsar así como sería nuestro el colapso; éramos dueños de esa tierra de nadie porque sus antiguos habitantes se habían ido dejándonos ahí. Y pese al deterioro evidente, yo encontraba esa parte de la casa —extensión de la de mis tías— interesante. El desorden del jardín la había vuelto misteriosa, compleja. Sentirse ajeno era como estar todo el tiempo en un viaje. Sin nada escrito: ni presencias ni horarios. Y en esa magnificación de las cosas hubo algo más de lo que pude percatarme. Mi hermana me recibió como si me hubiera ido a descubrir el Polo Norte y hubiera sobrevivido, y con gran emoción me platicó lo último que ocurrió apenas me fui.

En la escuela, dijo, le habían dicho a mi hermano mayor —dos años menor que mi hermana—, que fuera disfrazado para el festival de fin de año y a mi hermana se le había ocurrido disfrazarlo. Le puso la piel de vaca que teníamos en la sala, como tapete, le dio un mazo y le alborotó el pelo con goma. Iba de hombre de las cavernas. ¿Y qué tenía debajo? Nada, sólo sus calzones. ¿Y no lo regresaron? Pues no, lo premiaron. Primer lugar indiscutible del Queen Elizabeth School por el disfraz más original. Mi hermana se las había arreglado perfectamente con sus propios recursos. Había administrado el dinero que mi papá le mandaba a mi supuesta mamá y tenía todo planeado si se le acababa. Un día pediría fiados unos elotes a la señora que los vendía fuera de la tienda La Luna; otro, compraría una bolsa de pan; otro, tamales. Me di cuenta de algo que me había pasado por alto: no me necesitaban. En realidad eran tan independientes como mi madre, hacían sus vidas, allí la única dependiente era yo que los había extrañado horrores, igual que a mi fea casa. Había algo más de lo que me pude dar cuenta. Si no hubiera vuelto, nadie me habría ido a buscar, quiero decir, ninguna de mis tías. Vista desde fuera, cualquier huida de esa casa habría sido un progreso. Pero era mi casa.

Querida mamá:

Qué bueno que decidiste escribirme, saber que estás bien nos llena de alegría a mí y a mis hermanos. Quiero decirte que desde que te fuiste aquí las cosas van muy bien. Mi hermana ayuda muchísimo, es todo lo ordenada que no somos tú o yo, y a mis hermanos ya no los reprueban en la escuela. Ya sé que es sorprendente, a mí también me extraña este cambio, sobre todo cuando comparo la lata que te dieron o más bien que les dieron a mi papá y a ti con eso de las calificaciones.

No sé para qué pones esas cosas ni para qué le escribes, dice mi hermana, si no te mandó la dirección de donde está. Tiene razón. Mi mamá mandó una tarjeta de esas que tienen un dibujo gracioso y algún chiste. Éste es el dibujo moderno de una señorita con dos agujeros donde irían las piernas para que metas los dedos y los juntes. La tarjeta dice en francés: "He aquí el mejor método anticonceptivo descubierto hasta ahora. Pon esta píldora entre tus rodillas y aprieta con fuerza". La tarjeta incluye una pastillita blanca, pegada en la tarjeta, de origen. Aunque mi hermana y yo no sabemos hablar francés, entendemos perfectamente lo que dice. Es una manera chistosa en que mi mamá nos está diciendo que nos cuidemos en las relaciones sexuales, al mismo tiempo que nos manda saludar desde París (suponemos que es París) y nos dice que todo va muy bien y que cómo vamos nosotros. Pero es cierto lo que apunta mi hermana: no hay dónde escribirle porque no puso la dirección del remitente. Te estás volviendo muy rara, me dice mi hermana. Rara por qué. Porque te estás pareciendo a ella. No creo que por vestirme con su ropa o por peinarme igual me parezca, digo. Yo ya me peinaba así antes. Fue ella la que me copió. A mi hermana tampoco le hace gracia el chiste de la tarjeta que a mí me parece divertidísimo. Y sé dónde guardas los óvulos que te dio mi mamá, dice. Lo sé todo. Todo ¿qué? Todo lo de tener relaciones sexuales con hombres. Los óvulos se llaman Norforms.

Caray, yo no había pensado en el conocimiento sexual de mi hermana, dos años menor que yo. A ella y a mis otras primas siempre las vi simplemente como las chicas. Capaz que mi hermana tuvo una mejor informante al respecto y ni siquiera pasó por la historia de los espermas flotantes en las albercas.

No te hagas la que no te das cuenta, dice de nuevo. Estás empezando a caminar igual, a moverte igual, y hasta te robaste sus cigarros Príncipes. Esto último es verdad, llevo los cigarros de mi mamá en la bolsa. No los fumo, me parecen fortísimos: es tabaco oscuro. Pero el aroma a orozuz del papel color chocolate me trae recuerdos de ella. Siempre les daba un lengüetazo antes de encenderlos.

¿Qué es lo que quieres?, me pregunta por fin. ¿Ser ella? Entiendo que su pregunta no tiene que ver con que mi madre sea insustituible sino con que después de estas semanas mi hermana ha encontrado un lugar distinto desde dónde ubicarse en la familia. Tú sabes qué quiero decir. Las familias son un juego de ajedrez en el que no hay posiciones fijas. El movimiento de una pieza cambia el juego completo.

Ella ya no era la niña que formaba parte del grupo de las primas chicas ni yo era la misma. Mi madre nos había obligado a crecer. ¿Cuántos años tienes? Depende del lugar de la experiencia del que vengas.

Y yo había dado un salto cuántico en eso de crecer. Creo que si ves fotos mías de entonces no lo puedes creer. A los dieciséis años era una mujer hecha y derecha. Tal vez por eso cuando fui a pedir trabajo a una pequeña escuela no me pusieron ningún reparo. Tampoco sentí la menor inseguridad al estar frente a un grupo de niños y niñas de cinco años que me miraban con curiosidad. ¿Qué podía enseñarles? Pues mira, hasta hoy que lo dices me lo cuestiono, pero entonces no. No sé, me dieron un programa de inglés para preescolar y yo me puse a jugar con los niños. Todo el día. Sí, eso que un día te conté también es verdad. Como me asignaron la tiendita les vendí toda la comida chatarra que pude. Todavía recuerdo a un niño de unos cinco años llamado Juan Carlitos poniendo un cerro de monedas sobre la mesa de metal con prepotencia.

—¿Todo eso es tuyo? —le pregunté, sorprendida—. ¿Y qué te vas a comprar?

—Lo que se me dé mi gana —contestó, levantando la cara de pequeño gángster.

Así que puse la garra sobre el montón completo:

—Pues qué esperas —le dije—. Empieza.

Querida mamá:

No sólo me aceptaron como maestra en el Instituto; también me aceptaron en la prepa del CUM. Voy a dar clases por las mañanas y a tomar clases por

179

las tardes, ¿qué te parece? Yo misma no puedo creer mi buena suerte. Creo que en parte se debe al hecho de que parezco mayor de lo que soy, o sea, que me parezco a ti y esto les da confianza. Por lo pronto, yo trato de parecerme en todo lo que puedo. Me visto como tú (uso tu ropa y tus zapatos), me maquillo y me peino igual y trato de recordar cuando hablabas cómo te movías. Todavía tengo muy presentes tus gestos, pero cuando pienso en los últimos días hay cosas que no entiendo. Y es porque seguramente ya eras dos: la que estaba con nosotros y la que había planeado que se iría. Creo que a eso se debe tu mirada ausente, tu oír como si me escucharas desde lejos. Además de otras cosas. Ayer que estuve buscando el original del acta de nacimiento que quedé de entregar en la escuela me di cuenta de que no estaba la pistola. Ya lo venía sospechando pero no había tenido tiempo o no me había dado el tiempo de remover todas las cosas de tu clóset para buscarla. ¿Te la habrás llevado, mamá? ¿Y para qué? Llevo dos semanas de clases yendo por las tardes al CUM y ya siento que cambiarme de escuela fue la mejor decisión que he tomado en mi vida. Para empezar, es mixto, o sea que se parece más al mundo real. Y para seguir, gracias a Alejandra, la amiga con la que me fui a alfabetizar, me asocié a grupos de compañeros vinculados al exilio. Hasta ahora he conocido a dos, uno que viene de Chile y el otro de Argentina. El chileno nos ha dicho que es muy distinto correr detrás del autobús que correr detrás de una pelota de tenis. Yo veo que más bien corre detrás de mi amiga Alejandra, aunque no te lo aseguro. Los sudacas, como ellos mismos se dicen, son muy distintos a nuestros connacionales para ligar.

Hablan de política, hablan de deportes (dicen fútbol, no futból), y hablan de nosotros los mexicanos con tal desparpajo como si nos conocieran de hace siglos. Y eso que acaban de llegar. Que no ganamos un campeonato de fútbol porque tenemos mentalidad de fracasados, porque la Conquista está muy presente; que nunca decimos las cosas de frente, sino de manera velada, tras mil máscaras; que nos encanta reproducirnos (uno de ellos se sorprendió cuando aterrizó al leer el primer espectacular en el aeropuerto "cada cinco minutos nace un mexicano"), pero amamos la muerte. Y que no somos ambiciosos, que somos linda gente. Lo último me parece obvio que lo digan porque vienen perseguidos y están buscando asilarse. Y lo de que no somos ambiciosos yo veo que el compañero chileno lo dice para que Alejandra caiga, por ejemplo.

Yo sé que estos comentarios te caerían muy mal. Que dirías "limosneros y con garrote" ¿qué se creen? Pero éste es el meollo de la diferencia que te trato de explicar. Nosotros no decimos las cosas así, para nosotros es de mala educación. Pero ellos tienen razón en un punto. Si somos así y no decimos lo que pensamos, ¿cómo encontramos entonces la verdad? ¿Cómo voy yo a saber cuál es esa verdad y cómo daré contigo?

Saber la verdad, conocer la verdad, no sabes qué insistencia con la verdad tienen éstos. Todo el tiempo hablando de la verdad, quién tiene la verdad, fundar comisiones de la verdad. Según nos platican en sus países están siendo muy perseguidos por buscar la verdad. Torturados. Llegan a sus casas en plena noche, los arrestan sin razón y se los llevan. Les piden nombres de otros, les quitan las libretas de teléfonos.

181

Y esto tiene ya un tiempo de estar sucediendo. Por eso están dejando sus países y buscando asilarse aquí: argentinos, chilenos, uruguayos principalmente. Yo me pongo en su lugar: pobres. Tuvieron que dejarlo todo. Y su único afán es traer a todos los que puedan, hacerles un lugar aunque sea en el living de sus casas, como dicen, y arreglar sus papeles en ACNUR y hablar de su famosa verdad.

Porque hablar. ¡Cómo hablan! Sobre todo el argentino, no te imaginas. Le dieron la clase de filosofía, está supliendo también al profesor de economía y además regulariza (o sea, sigue hablando) a alumnos que no entienden ni papa en sus clases para que pasen la materia.

Y no, no creas que es tan arrogante como parece. Es sólo una forma de ser que él mismo llama "ser canchero". Pero también tiene autocrítica. Dice que los argentinos se definen con cuatro palabras: narcisistas, obsesivos, histriónicos y paranoicos. Pero esto es sólo para afuera. Que la verdad, en el fondo son frágiles y muchos de ellos hasta tímidos. Y que en Buenos Aires, sobre todo, son amables. Que el problema es que les dan pasaporte. Pero se los tienen que dar porque los están matando y desapareciendo… Tiene un sentido del humor muy raro. Se ríe de sí mismo. Cuando mi amiga Alejandra le contó el chiste de por qué los argentinos no se rasuran cuando se bañan: porque se les empaña el espejo, éste le pareció graciosísimo. No paraba de reírse. Incluso cuando la clase terminó, se acordaba y se seguía riendo.

Tal vez era su forma de ligarse a mi amiga Alejandra, no lo sé. No conozco sus métodos. Del chileno en cambio no tengo la menor duda de su técnica. Usa los diminutivos para todo, mucho más que nosotros. Yo veo que los usa de un modo excesivo para conquistar a Alejandra, porque la enternece que diga que en vez de beber agua que bebe "agüita" y para irse a dormir dice que hace "tutito", sin contar con que le habla tan de cerca que siempre parece que le va a dar un beso.

Querida mamá: es una lástima que no pueda mandarte esta carta. Porque a veces, como hoy, quisiera que supieras que si me he metido en esto es, sobre todo, para ver si ellos que saben tanto de desaparecidos descubren o me hacen descubrir algo de ti y me ayudan a dar contigo.

—¿Quieren saber cuál es la diferencia entre exilio y asilo? —preguntaba Alejandra—. El asilado no es el emigrante que empujado por la curiosidad o la miseria busca una mejora. En él no hay una ilusión por descubrir o conquistar nuevos horizontes. El asilo parte de la derrota y la desposesión. El asilo se aplica a un exilado político —nos leía.

Alejandra estaba informadísima.

No sólo sabía de medicina mucho más que varios médicos recibidos siendo apenas una estudiante del último año de preparatoria, sino que su conocimiento político era impresionante. Además, estaba vinculada a grupos argentinos, chilenos, uruguayos y guatemaltecos que operaban contra la dictadura de manera clandestina. Durante el tiempo que anduve con ella —o detrás de ella, más bien— la oí hablar más que en ningún momento de mi vida oí a nadie más de purgas, ejecuciones, tortura, y viéndola mirar a ambos lados para cerciorarse de que nadie anduviera cerca y oyéndola bajar la voz escuché los nombres más aterrorizantes: Escuadrones de la Muerte, o los más siniestros, como La Mano Blanca.

Ya sé. Te digo todo esto y piensas que estoy tratando de impresionarte con algo terrorífico como si sólo el pasado existiera. Y tú y yo sabemos que no es así. Que si te estoy contando todo esto es porque no estás, y no estás porque el momento presente es mucho peor. Ahora es nuestro país el que habla de "levantados" por desaparecidos, en el que cada día hay colgados y descuartizados, y ni siquiera existe la esperanza de encontrar la verdad. Aquí todos nos estamos muriendo, tú te has ido por haber sufrido esa violencia y yo tengo que vivir sin ti como antes tuve que vivir sin mi madre, y aprender a sobrevivirlas. Ignoro la causa exacta por la que ella se fue, pero la tuya en cambio las dos la sabemos. Tú querrías decir que fueron los secuestros, uno consumado y el otro un intento (sí, dos confusiones como hay tantas en este país), pero yo podría ponerlo de otro modo, igual que pongo de otro modo las causas de la huida de tu abuela. El cuerpo. El tuyo, el mío, el de ella. Cuerpos de mujeres. ¿Qué clase de verdad encierra un cuerpo femenino? ¿Por qué despierta tanta violencia?

En aquellos años de los que te platico, la segunda mitad de los setenta, además de los grupos opositores, no había conversación donde no se hiciera mención además de grupos de choque de los gobiernos a la famosa guerra de guerrillas que consistía en mantener al enemigo en jaque mediante un hostigamiento permanente: un friegaquedito constante, nos decía Alejandra, tratando de explicarnos a los que nos iniciábamos en el movimiento. Cuál movimiento, no sé, no teníamos nombre aún: el Movimiento. Ya sé, es rarísimo. En un tiempo donde todo estaba atravesado por un afán desmedido de nombrar, sobre todo a través del lenguaje marxista-leninista, nosotros nada más sabíamos que iniciábamos un movimiento, que nos aplicaríamos con rigor a entender nuestro momento histórico para tener un desempeño óptimo en él y que cuando a través de la guerra de guerrillas lográramos vencer al enemigo por desgaste habríamos conseguido la verdadera liberación de América Latina. Así como lo oyes. Era tener un ideal, ¿no? Ya sé que es absurdo y grandilocuente. Bueno, piensa lo que quieras, yo aún creo que es mejor tenerlo a no tenerlo.

Sí, yo ya también estoy tratando de controlar las ganas de reírme.

Míralo de este modo: estoy sacando todo el valor que tengo para no mentirte. Y puedes opinar lo que quieras. Por alguna razón que ignoro me sigue pareciendo que esos grupos de jóvenes católicos que trataron de cambiar el país metidos en sus movimientos ingenuos, que todos los que nos afiliamos o nos acercamos a grupos marxistas o de izquierda con la finalidad de ayudar a los más pobres, que todos los que caímos, pues, en esto que ahora tú llamas trampa retórica, tuvimos un ideal, por lo menos.

Bueno, yo ya te dije que perseguía varios ideales. Para ser exacta, tres: el primero, encontrar a mi madre. El segundo, encontrar a un hombre que me viera como el amante de mi madre la veía, (o que me hiciera ver lo que mi mamá veía en él, también se podría enunciar así). El tercero, cambiar al mundo. En ese orden.

Total, que para explicarnos mejor en qué consistía la guerra de guerrillas empleada cuando hay un enemigo de fuerza muy superior, Alejandra usaba una frase de su archienemigo Henry Kissinger: "un ejército pierde si no gana, pero una guerrilla gana si no pierde". ¿Entendiste? Yo tampoco. Pero la seguía. Ella me aclaraba que esos grupos guerrilleros se caracterizaban por estar en constante movimiento y que si quería pertenecer a ellos debía estar dispuesta a vivir en chinga.

De más está decir que ya vivía así. Sólo me preocupaba una cosa: destinar tanto tiempo al Movimiento que me olvidara de mis ideales, y como ya había percibido la dificultad de alcanzarlos pronto, decidí que me conformaría con perseguir uno solo: encontrar la famosa mirada de un hombre como la que ya te he referido sobre mi persona. Ajá, si así lo quieres poner, te lo acepto. Perder la virginidad, pues, francamente es una de las cosas que más trabajo me ha dado perder en la vida.

¿Cómo que a qué ideal pertenecía este propósito? Repásalos y verás que a los tres.

Pero Alejandra y yo no estábamos sintonizadas en esto de desbrozar finamente nuestros propósitos en la vida. Si hablábamos del ideal, *grosso modo*, éramos como siamesas. Fíjate que en eso Marx nos ayudó a muchos. Usando su lenguaje nos entendíamos: lucha de clases, lumpemburguesía, hegemonía cultural, opio del pueblo, acumulación originaria. A ver, te reto a ti o alguien de tu generación a ver si es capaz de decirme qué significan.

En todo lo que decían esos términos estábamos de acuerdo, Alejandra y yo. En cambio, si se nos ocurría hilar más fino nos pasaba lo que a los hombres cuando hablan de sentimientos: se enredan y todo se les emboruca. Yo le comunicaba a Alejandra mi deseo de ser feminista (en éste encerraba, sin decirlo, el propósito que te expliqué arriba). Y ella entendía. Más o menos. Luego ella me hablaba de su imperiosa necesidad de "territorializar" su utopía. Sólo ahora, muchos años después, vengo a entender que habría sido más fácil que yo le dijera que me moría de ganas de acostarme con Mateo (que así se llamaba el argentino) y que ella confesara que quería seguir a Isidro (que así se llamaba el chileno) a la Unión Soviética.

Alejandra estaba vuelta loca con la URSS. No sabes, para ella era el *summum*, la perfección social vislumbrada por entre los bosques de abedules. Allá todos eran como Tolstói que renunció a cobrar derechos de autor y a su antigua clase nobiliaria, y vivía como un mujik, fabricando sus propios zapatos. Renunciando a la esclavitud. Admirando la majestad del mundo a través de las cosas sencillas. Amando la poesía de la gran estepa rusa. O como Chéjov, el médico sencillo que después de atender a más pacientes de los que podía recibir en su consulta se ponía a conversar con ellos, pues sabía que la mejor medicina para el cuerpo es la de un espíritu libre de fantasmas y toxinas. A Alejandra las épocas se le confundían. Su sueño ruso estaba habitado por los grandes autores del XIX, por las gimnastas de los años sesenta, Natasha Kuchinskaya que en su tiempo a mi edad (dieciséis años) ya había ganado dos campeonatos nacionales y antes del 68 se coronó como la estrella absoluta de la misión olímpica soviética; Valentina Tereshkova, la primera mujer cosmonauta en salir al espacio, a quien veíamos perpetuamente dando vueltas alrededor de su nave con peinado de rol hecho con tubos. Ni se me ocurría recordarle que Kuchinskaya había sufrido una estrepitosa derrota frente a Vera Caslavska, la checa, que no sólo se ganó el corazón de los mexicanos en 68 al presentar sus ejercicios de suelo con canciones mexicanas como el *Jarabe tapatío* o *Allá en el rancho grande* y de inmediato fue acogida como hija predilecta del país, sino que incluso desafió a la URSS al bajar la cabeza cuando se entonó el himno ruso tras perder con una puntuación sospechosamente baja frente a una rusa. Nada, ni mencionar la ocupación rusa en Checoslovaquia ni hablar de las purgas estalinistas. Bueno, ni de los gulags o campos de concentración de los que hablaba Aleksandr Solzhenitsyn en su libro *Archipiélago Gulag* que ya había aparecido en español y del que me habló mi tío el culto. Básicamente, porque no me constaba que esto no fuera mala publicidad contra el comunismo. Pero también, porque salvo en este tema del que ni siquiera estaba segura, yo a Alejandra le creía. Mira, ten un sueño. No habrá nada de lo que te digan que no sirva para convencerte de que todo lo que crees es verdad. Ésa es la razón de ser de un sueño, precisamente.

El verdadero problema del sueño de Alejandra no radicaba en ninguna idea, sino en una tercera en discordia: Valentina. Era una uruguaya también exiliada cuya familia había pertenecido en Uruguay al grupo de teatro El Galpón. Ésta era una asociación de actores independientes y de raíz contestataria en la que varios de sus miembros habían sido encarcelados y torturados, y otros habían logrado exiliarse a través de la embajada.

Valentina era ágil como gato, hablaba de Bertolt Brecht, de la liberación del hombre a través del arte. Contaba cómo Vicente Muñiz Arroyo, el embajador de México en Uruguay, estaba ayudando a tantos a conseguir asilo.

—Es un tipo, viste, de primera —decía Valentina—. Con todo lo que está haciendo y no pierde su sentido del humor. Dice que no es un embajador "de carrera", sino un embajador "a la carrera".

Isidro la oía como si le estuviera hablando la Virgen. Y cuando le preguntaba algo le hablaba muy de cerca, igual que hacía con Alejandra. Quizá eso hacía con todas. Pero Valentina llevaba una ventaja directamente proporcional a los celos de mi amiga: era compañera de exilio.

Valentina era la desgracia y la fuente del sueño ruso de mi amiga. Como normalmente sucede: nuestro enemigo es el origen de los anhelos no realizados, es nuestra utopía al revés. Te enseña lo que deberías odiar, pero que en el fondo de ti no odias. O si quieres, lo odias, pero ahí está la sentencia de Catulo: sólo odiamos lo que amamos.

Además de compartir la experiencia del exilio con Isidro, Valentina tenía familia en la URSS. Por qué había venido a recalar en México es algo que no me queda muy claro, se suponía que para estudiar teatro en el INBA. O que estaba de paso mientras sus padres conseguían el permiso para que transfirieran a la familia a Moscú, pues luego de los primeros trámites los habían mandado, como a tantos de los que no llegaron solos a la URSS, a una provincia. En este caso fueron enviados a Tashkent, la capital de Uzbekistán. Y ahí estaría muerta su carrera teatral si los seguía.

Para qué te digo que Valentina era guapísima. Y lo era de un modo no convencional: pelo súper largo, grueso y negro, muy brillante, que llevaba suelto y peinado sin secadora. Empiezo por el pelo porque siempre lo estaba meciendo de un lado a otro, o se lo metía entre los dedos o se lo colocaba como una estola oscura, al lado del hombro. Claro que te ponía nerviosa, ese mesarse el cabello mientras hablaba. Pero no podías perderla de vista. Los ojos oscuros también, grandes y espantadizos, un rasgo de coquetería natural; la piel aceitunada, perfecta y en la nariz respingona unas pocas pecas, como estrellas diminutas.

¿Qué dices? ¿Que omití decirte cómo era Alejandra? Tienes razón. Por ahí debí haber empezado. Lo más llamativo: tenía lentes de fondo de botella, para qué decir más. Pelo cortado a hachazos, no se maquillaba, por principio. El cuerpo ni fu ni fa. Pero te veía de un modo que te ponía nerviosa. Como un águila. Y tenía un ojo para el diagnóstico… te podía decir con sólo verte de lejos qué infección tenías, sin necesidad de sacar análisis. Pues sí, ya sé que esto no la hacía candidata a ser el amor imposible de Isidro, ni que hubiera estado enfermo. Qué curioso el amor, ¿no?, que depende de la edad. En los años de nuestra juventud era importantísimo el físico. Ahora Isidro moriría por Alejandra, si se la encontrara. No, no es que esté diciendo que hoy sea enfermo crónico, pero imagino que si eres hombre y estás algo perjudicado después de los setenta ves a los médicos ¿cómo te diré?, como un amor imposible, ¿no? Como que ya son los únicos que pueden insuflarte vida… Más si son mujeres… Médico y enfermera a la vez. Sí, entonces Isidro me llevaba como quince años. A Alejandra un poco menos. Y con sus rizos negros y su odio hacia Pinochet la traía loca. Eso, y los versos de Pablo Neruda, que citaba a la menor oportunidad. Y sí, también creía que la URSS era la tierra prometida. Aunque consiguió trabajo muy rápido en México. Algo vinculado a la cultura. Pero no quiso dejar de dar sus clases en el CUM. Ni dejó de asistir a las reuniones del Movimiento, donde era una especie de líder.

Cada quien tenía su vida familiar y escolar, pero Alejandra y yo caminábamos todas las noches hasta avenida Cuauhtémoc para tomar juntas el autobús después de clases, aunque cada una tomara uno distinto. Y todo el camino íbamos hablando del Movimiento y sus asuntos. O más bien: ella iba hablando y yo oyéndola perorar.

Alejandra era persistente como pocas. Todo el tiempo duro y dale con lo mismo, cómo le gustaría poder viajar por Aeroflot a la URSS y comprobar que la gente comía lo mismo, que la educación tenía un nivel de excelencia inaudito, que todos se vestían igual. Qué importaba que tuvieran sólo lo indispensable, decía, si lo indispensable era mucho más que los lujos que tenían en nuestro país la mayoría de las familias. Allá la preparación de los científicos iba en serio, la educación de los atletas iba en serio, allá sí que gastaban fortunas en entrenadores y ganaban todas las medallas en las Olimpiadas como ya habíamos visto. Allá sí que leían a los grandes autores, me decía, la poesía se la sabían de memoria y no por gusto, sino por obligación porque la aprendían en las escuelas. Y lo que no se veía era lo mejor. Allá la gente caminaba con seguridad por las calles, a cualquier hora. Era más probable que murieras por el ataque de un oso a que fueras asaltado. Y lo mejor, para alguien como yo, que quería ser feminista: en la URSS trabajaban todas las mujeres y

192

eso no era motivo de separación en los matrimonios, al contrario. Y cómo sabía eso. Porque leía estadísticas. Y tenía sus contactos. Esto último lo decía de un modo enigmático, bajando la voz dos tonos.

Yo sospechaba que "sus contactos" eran lo que le oía decir a Valentina, pero interpretado todo al revés. Claro que ella lo hubiera negado hasta la muerte con tal de no reconocer a su enemiga. Ya te he dicho lo que pienso sobre tener un sueño. En este caso, la idealización se potenciaba con el odio a su rival.

Alejandra era mucho más ferviente defensora del comunismo que cualquier otro integrante del Movimiento, incluidos los compañeros exiliados. Más que un proyecto, era un lugar. Era como La Meca. Hubiera rezado mirando hacia la URSS si hubiera tenido noción de hacia dónde orientarse, pero como éste no era el caso, el destino al que se dirigían sus ahorros y sus planes eran las oficinas de Aeroflot.

Mientras tanto, las discusiones entre ella y Valentina crecían.

Valentina había recibido noticias de otros compañeros de sus padres a quienes acababan de darles asilo en la URSS, pero tampoco lograron quedarse en Moscú; los habían remitido a Jersón, al sur de Ucrania. ¿Y por qué? Alejandra arrebataba la palabra y contestaba por Valentina:

—Y por qué va a ser. Por razones humanitarias. El clima es más parecido al de Argentina o Uruguay.

Valentina y yo nos veíamos. No le sostenía la mirada porque yo sentía estar traicionando a mi amiga.

—No sabes —continuaba Alejandra, como si no estuviera Valentina ahí—. Qué diferencia el pueblo soviético. Cuando llegas allá las autoridades te reciben con flores, te dan unos discursos preciosos. Así hicieron con unos amigos. Luego los llevaron con la Cruz Roja-Media Luna Roja quien se encargó de ubicarlos, darles ropa abrigadora, muebles, bueno, hasta dinero para cubrir sus gastos antes de que les dieran en su trabajo el primer pago.

A mí Valentina me había dicho que su hermana pasaba inviernos con 13 grados bajo cero y andaba en trineo, pero quién le iba a quitar de la cabeza a Alejandra que aquello no era su utopía territorializada. Y más si lograba irse con Isidro.

Su oportunidad llegó cuando a través de uno de sus contactos recibió una misteriosa carta de una alta autoridad migratoria diciendo que podía viajar a la Unión Soviética. Tú habrías creído que se fue corriendo a comprar su boleto. Pues no. Corrió a avisarle a Isidro. Él se mostró supercontento, superentusiasmado (los chilenos dicen mucho súper, o al menos, Isidro lo decía). Dijo que él también estaba haciendo una vaca para comprar el boleto apenas le dieran el permiso, que ya sólo le faltaba un pichintún. De a cómo. No, todavía de a mucho. Andaba achacao por eso, pero ahí iba, ahí iba. Alejandra se puso a hacer planes como loca de la cantidad de lugares donde ambos podrían ofrecer sus servicios, otros sitios que de paso visitarían, gente, contactos a los que irían a buscar. Bueno, hasta de las marchas en la Plaza Roja a las que acudirían.

—Altiro —dijo Isidro.

Alejandra se fue corriendo a comprar su boleto. Y aparte de todo lo que hacía se aplicó a aprender el alfabeto cirílico. Yo le tomaba la lección.

Cuando ya faltaba poco para la fecha de partida me enfermé de gripe. No dejé de ir a la escuela porque no quería dejar de ver a Alejandra, así que la gripe se me complicó en bronquitis, durísimo. Y así, con lágrimas y mocos y fiebre le dije que la iba a extrañar muchísimo, que yo creía en lo que creía por ella. Y que claro que la ayudaría en la lucha desde acá, pero que antes yo tenía un deseo burgués, muy burgués, pero que era lo único que iba a pedirle antes de que se fuera. Que consiguiera que Mateo, Isidro, ella y yo saliéramos.

—Por qué —me dijo Alejandra.

—Porque yo quiero dejar de ser virgen. Y creo que Mateo que es doce años mayor que yo puede ayudarme en mi propósito.

—¡Pero, mujer! —me dijo con admiración—. Eso no es nada burgués. Al contrario, es un propósito revolucionario. ¡Hasta que por fin vas a dejar de ser hija de familia!

De qué familia, eso debí preguntarle, pero para qué. Habría tenido que empezar por decir eso que nunca decía. Guardar el secreto de que mi madre se había ido fue uno de los trucos que más me ayudó a integrarme, aunque estuviera desintegrada.

Alejandra y yo nos habíamos separado sin darnos cuenta. Ella vivía bajo su consigna, yo bajo la mía.

Muerte al Estado, a la Iglesia y a la Familia.

—Ya está —me dijo Alejandra unos días después—. Nos invitan a cenar a Le Relais.

—¿Quééé?

Le Relais era un restaurante francés en la carretera federal a Cuernavaca del que obviamente yo nunca había oído. Pero el solo hecho de que nuestros maestros propusieran una cena en un lugar tan exclusivo, situado en un paraje boscoso e invitadas por ellos bastaba para rebasar mis más ambiciosas fantasías.

—¿Estás segura, Alejandrita? —le dije—. No me vayas a estar tomando el pelo…

—Qué va, mujer. Si yo misma me sorprendí. Isidro me dijo que la invitación era para despedirme.

—¿Y pagan ellos?

—¡Pues claro! ¿Qué esperabas?

Resultó que un francés excéntrico dueño de ese lugar había contratado meseros de revista entre los que estaba un amigo de Mateo, argentino también, quien le había ofrecido que fuéramos una noche en que no estuviera el dueño.

Isidro se adelantaría con Alejandra; Mateo pasó por mí a mi casa en una tartana. Todo el camino fuimos oyendo en la casetera canciones de Alfredo Zitarrosa, un compositor uruguayo de voz viril que yo no conocía. De todas las canciones, había una a la que, rebobinando la casetera, Mateo volvía. Ésta era una canción de amor en la que un hombre le dice a una mujer *Si te vas/ te irás sólo una vez/ para mí habrás muerto (…) y si te vas/ yo quiero creer/ que nunca vas a volver.* No te puedo decir si la canción me gustaba o no. La voz y la música eran poderosas, pero a mí me parecía tremendo que si ella se había ido por cualquier cosa, pongamos por caso, una desavenencia momentánea o un capricho, él le dijera que quería pensar que nunca iba a volver. Es como si la estuviera amenazando ¿no? Casi corriendo. Diciéndole "mira, caprichitos no. Pleitecitos no. O te quedas o te vas". Y yo pensaba: "uy, pues según y conforme, ¿no? Quién sabe bajo qué condiciones". La gente puede tener una razón precisa que no puede confesar. Ahí estaba mi mamá.

Pero claro que no decía nada, sólo iba mirando el paisaje. Los comunistas eran los seres más radicales del mundo.

Cuando llegamos al restaurante en pleno bosque mi primera impresión fue de irrealidad. Se parecía en cierta forma a la cabaña donde su amante pintaba a mi madre y en cierta otra a las postales que yo había visto de los chalets en los pueblos del sur de Francia.

El amigo que te conté salió a recibir a Mateo y ambos se olvidaron de mí. Yo me quedé flotando en aquella ciénaga de belleza con grandes ventanales y trabes de madera en el techo, y con chimenea encendida. Los manteles eran blancos y tiesos de almidón y el *maître*, colega del mesero amigo de Mateo, te ponía la servilleta en las piernas. Alejandra e Isidro estaban sentados ya y según nos hizo saber éste, acababa de ordenar una botella de vino.

Era bonito mirar alrededor sintiendo que estabas del otro lado del mundo, tal vez en la campiña francesa, en algún sitio parecido a los que visitaría mi madre. No sé de qué platicaron en lo que traían los menús, yo no podía quitar los ojos del entorno. Sin duda un lugar cálido en el que había un par de parejas aquí y allá, un sitio con la magia de lo desconocido. De pronto, una sorpresa inconcebible. Los muros estaban adornados con pinturas y entre ellas había un retrato de mi madre. Como lo oyes. Tu abuela en pleno restaurante, desnuda, en todo su esplendor. Estaba de frente, mostrándole los pechos a todos. A su lado, como para disimular, había otro cuadro de un bodegón con flores, que si te fijabas bien tenía gusanos, y subidos en el mantel, un par de gusarapos de los que viven en el agua estancada o debajo de las tinajas. No te puedo describir la sensación de irrealidad.

Yo tenía temor de que alguno de ellos fuera a descubrir sin ropa a mi mamá. Pero a medida que pasó el tiempo, me percaté de que ni siquiera observaban hacia donde estaba ella y me tranquilicé un poco. Luego me convencí de que era absurdo que temiera semejante cosa, pues ninguno de los tres conocía a mi madre. Pero aun así, sentí una irritación difícil de disimular.

—A vos, ¿te pasa algo? —me preguntó, de pronto, Mateo—. ¿Hay algo que te moleste? Porque tenés una cara que… Mirá, bebé un poco del vino. Este vino tan bueno es capaz de cambiar cualquier estado de ánimo.

—No me pasa nada —dije—, y señalé el cuadro de los gusarapos.

Comenté que me parecía de muy mal gusto que eso fuera la decoración de un restaurante y Mateo, riendo en una carcajada franca, me explicó que ese tipo de criaturas representan la fugacidad de la vida: un día moriremos y seremos comidos por los gusanos.

—Pues qué tétrico.

—Pero es cierto, ¿no? —dijo, volviendo a reír y mostrando sus dientes tan blancos de colmillos ligeramente encimados.

Lo único cierto para mí era que empezaba a sentir una relajación antes no experimentada gracias al vino y al hecho de darme cuenta de que ninguno de los tres tenía la menor intención de ver a mi madre desnuda.

En ese momento, Isidro nos dio la noticia: acababa de obtener un puesto en cultura gracias al gobierno de Luis Echeverría.

—¡Che, no te lo puedo creer! —dijo Mateo, levantando su copa y animándonos a brindar.

Alejandra se puso como papel pero logró disimular, y como buena aspirante a médico, mostró el rostro inexpresivo de quien acaba de recibir la noticia de que el paciente a su lado tiene sarcoma de Kaposi.

—Hombre, pues eso merece que pidamos algo especial.

—¿Y qué puesto fue el que te ofrecieron? —preguntó Alejandra como si estuviera diciendo: y las llagas ¿de qué tamaño son?

—Por ahora, algo simple. Voy a escribirle los discursos.

Mateo hizo un aspaviento con la botella de vino y salpicó la camisa de Isidro, sin querer.

—¡Laconchaesumadre! —respondió, divertido éste y se limpió con la servilleta.

Nos trajeron las cartas. Después de observar el menú con la saludable distancia de quien no conoce ni ha oído hablar de ninguno de los platos, lo cerré y suspiré mirando a Alejandra, a Isidro y por último a Mateo, que lo estudiaba atentamente.

—Pato a la naranja. *Canard à l'orange* —dijo—. ¿Qué tal, eh? Un plato a la altura acá de mi amigo, ¿o no?

Recuerdo que cenamos, que me gustó la salsa agridulce, pero el pato me pareció algo duro y con sabor a humedad, sin contar con que me impresionó pensar en que realmente me estaba comiendo un pato. De niña, yo que nunca he podido pintar nada, dibujaba plantillas de cartón con patos salvajes, poniendo colores por número.

Terminó la cena, Isidro pagó y nos despedimos, por parejas. Mateo me llevaría a mi casa.

La carretera, de noche, iba casi vacía. Por suerte, a Mateo no se le ocurrió poner a Zitarrosa ni a nadie. Iba muy pensativo.

—Vos qué pensás de que nos detengamos un momento en el mirador —dijo.

Para qué voy a mentir, yo ya no pensaba nada. En esos años no estaba acostumbrada a cenar, mucho menos a beber, y me estaba costando trabajado hacer la digestión y mantenerme despierta. Así que dije sin la menor convicción:

—Bueno.

Estacionó el coche y apagó el motor.

Las luces de la ciudad al frente y a lo lejos parecían... no sé qué parecían, la verdad es que si ahora tratara de describirlas te estaría mintiendo. A mí la cabeza me daba vueltas.

Mateo dijo algo como "sociedad, suciedad" que me pareció una queja sin sentido pero tuve flojera de debatir como en sus clases de filosofía, y simplemente pensé que me daba igual. Mateo suspiró. De pronto, se sintió impulsado a elaborar sobre su frase: la sociedad, tan necesaria para el ser humano, puede resultar tu peor enemigo.

Y entonces se soltó hablando de lo que había hecho en Argentina, antes de buscar asilo en México.

Había trabajado repartiendo cables de agencia en la redacción de un periódico, dijo, la fuente más precisa y más reservada de noticias.

—Ya sé. A vos te digo cable y es como si te hablara del sextante, ¿no? O del astrolabio. Mirá, cable es algo que sólo conoce un periodista. Y el nombre tiene algo curioso. Un cable, a vos qué te evoca. Un objeto cilíndrico. Delgado y frágil. Pues nada que ver. Los cables surgen de un aparatazo llamado télex y se van tecleando ruidosamente en un rollo de papel continuo. La información más reservada y en tiempo real. O sea, en el montón de tiempo que toma la información en recibirse por vía telefónica, digamos, de Yalta o de Minsk.

Me explicó que ésta era información muy confidencial y que por hacer un manejo discrecional para la causa, dos colegas habían caído en cana y él se había salvado apenas. Me preguntó si sabía algo del periodismo comprometido en su país o del movimiento que buscaba la reinstalación de Perón o del gran periodista Rodolfo Walsh, y todo el tiempo negué con la cabeza. Por suerte, el examen me estaba despejando un poco, aunque no retenía muy bien los datos ni sabía para dónde se dirigía Mateo contándome de su huida del periodismo.

Volvió a los colegas suyos que habían atrapado. Tan sólo de saber lo que tenían que vivir aún presos, derrotados, muchas veces él había pensado que si lo agarraban vivo prefería tomar cianuro. Mil veces prefería la muerte que la picana y me lo decía sólo a mí porque a sus compañeros en la Argentina les había dicho siempre que era mejor resistir.

Ahora, desde acá, su decisión no había cambiado. Desde que salió de la Argentina lo supo: se había traído el cianuro por un lado y las grajeas para armar las cápsulas por el otro.

—¿Es verdad? —pregunté ya despierta del todo y bastante sorprendida.

—Absolutamente.

Siempre cargaba una cápsula en la campera, dijo.

—No lo puedo creer.

Me la mostró.

—Para vos es difícil entenderlo, porque a vos no te torturaron ni torturaron a nadie de los tuyos. Y no sabés cuánto se han refinado las torturas. Ahora te dejan incomunicado por semanas, por meses y después te hacen mierda.

Lo miré poniendo cara de asombro con deliberación. En parte, porque su relato me había impresionado, pero también porque quería impresionarlo con mi sorpresa y mi compasión.

Mientras me refería con todo detalle las vicisitudes de su participación en el movimiento peronista, me tomaba un mechón de pelo y lo enredaba entre sus dedos.

—Mirá, yo nunca he sido ducho en este tema de salir con una menor. Además, como me he dicho mucho: para qué. Con qué derecho, si en unos meses o en un año voy a estar de regreso o en el monte, qué sé yo…

Me le quedé viendo con rostro compungido.

—Mirá, yo ya estoy jugado… ¿Me entendés?

Y me miró con sus tristes ojos color avellana al tiempo que metió la mano derecha bajo el corpiño. La rechacé. Lo empujé. No entendí por qué decía una cosa y hacía otra. El hombre se abalanzó sobre mí y me besó frenéticamente, en el cuello, en el rostro que yo ponía en sentido contrario, aspirando su fétido aliento a vino fermentado.

—Yo ya estoy jugado, pero vos en cambio empezás a vivir… —y jadeando trababa de abrirme las piernas con su rodilla.

—Quítate, Mateo, déjame…

—Sí, ya te voy a dejar, pero ahora no te hagás la difícil.

Minutos espantosos en que supe que mi intuición había sido un error. Mateo no sólo me despertaba compasión —antes— y horror —ahora—, sino que ya de cerca me daba cuenta de que este hombre tenía el destino partido.

Grité una y otra vez con todas mis fuerzas y empecé a tirar patadas a la ventanilla, con la intención de romperla con uno de los tacones.

—Pero ¿vos qué hacés? ¡Vos estás loca…!

Seguí pateando con un gusto especial al pensar que además de la rabia que no sospechaba en mí traía puestas las botas de mi mamá.

Y al ver que estaba dispuesta a reventar el vidrio se retiró.

Mundial de fútbol del año 76, Argentina vs. México: vencido el país azteca sin llegar siquiera a cuartos de final. Por fortuna.

Me dejó sana y salva en casa de mis padres, es decir, en la casa donde ninguno de ellos vivía.

Cuando al día siguiente me preguntó Alejandra cómo me había ido en mi periplo rioplatense le dije, imitando a Mateo:

—Y... Ahí.

—¿Qué pasó?

—Nada, justamente no pasó nada.

Me pareció que decirle lo que Mateo me había confiado, llorando, y referirle que había tratado de violarme al final era un acto de deslealtad. Creo que si algo definió aquellos años fue la conciencia de lo que es cometer una traición, en cualquier orden. Así que me inventé una historia.

—Llegaron un par de policías con linternas, vieron los vidrios empañados y con la luz en la cara nos pidieron que nos bajáramos del coche. Al ver la diferencia de edad y sin averiguar más, se quisieron llevar a Mateo a la delegación. Después de discutir un buen rato le pidieron una mordida. Mil pesos.

—¡Malditos pacos! —dijo Alejandra—. Y malditos milicos. Los tendrían que matar a todos desde chiquitos.

—Estás empezando a hablar como ellos —le dije.

—Como quién.

—Como ellos.

Exhaló, haciendo un puchero de desprecio.

—Todos acabamos siempre hablando como alguien más —dijo, y se alejó con su morral al hombro, sin mirarme.

Querida mamá:

Yo entiendo que no quieres que se sepa dónde estás pero dame una pista y te prometo guardar el secreto. Acá ya están pensando que no volverás. Y lo hacen sentir de muchos modos, uno de ellos, naturalizando tu partida. Como si de veras fuera normal que el padre se haya ido y que la madre no regrese y sus hijos vivan solos. Menos mal que llega de vez en cuando una tarjeta postal tuya porque ya te estaban dando por muerta. Ya nadie habla de ti, ni bien ni mal. Yo incluida.

Me di cuenta de por qué el silencio que guardábamos entre todas me alteraba tanto. Me hacía cómplice de algo que yo no quería. Había permitido que otra gente pensara que mi mamá estaba muerta. Había permitido que la enterraran viva. Ya nadie preguntaba "y tu mami, ¿bien?" Y nadie preguntaba porque no serviría la respuesta automática que todos los demás podían usar en ese caso: "Muy bien, tía, gracias, y ustedes, ¿bien también?"

Al menos tu tarjeta me permite hablar de tus viajes. Mira: acá está la ciudad de Antigua, que es la capital de Guatemala, es el primer lugar adonde mi mamá se fue, en motocicleta. Éste es el Moulin Rouge, está en París, por esas calles caminaba hasta hace poco mi mamá. Y éstos son los canales de Venecia. Mi mamá me acaba de mandar una postal de allí —¿estarás viviendo en Venecia, mamá?—. Es que viaja mucho. "¿De veras, Fulanita? ¿No lo inventaste? Hay Gente que se manda flores el día de su cumpleaños y dice que otros se las han enviado, ¿no serás de ésas?" Cómo voy a hacer semejante estupidez si las postales que manda tienen el matasellos. "Podrías coleccionar timbres", sugirió alguien cuando le mostré el frente de la postal con el puente Rialto, cuidando de que no viera lo que escribiste atrás. "Sí, podría", le dije. Es obvio que no lo haré. Seguiré guardando tus postales en la caja de pastel de Sanborns donde tengo tus cartas, la explicación farragosa de Mateo que ni siquiera terminé de leer y alguna tarjeta Hallmark que me ha dado algún prospecto de novio.

¿Que cómo hice para tolerar lo que me pasó con Mateo aquella noche y seguir tomando las clases de filosofía con él como si nada? Fácil. No hay como tener un problema mayor para que el secundario se vuelva borroso y la mayor parte del tiempo desaparezca. El problema mayor era la huida de tu abuela, cuya ausencia ya se prolongaba hasta volvérseme insoportable, por eso todo lo demás era menos doloroso, menos preocupante. Ya se resolvería.

Tú dices que lo que hice con Mateo es una forma de claudicación, que pacté. Que pensé: "bueno, así son los hombres, tendré que encontrar al menos malo". Que eso hicimos en mi generación. Y que ustedes no pactan con el machismo, de ninguna manera. Y no es que el feminismo empezara con las millennials pero

206

con ustedes se consolidó. Se acabó. Cero tolerancia.
Sacan sus pañuelos verdes y hacen una coreografía:

> *Y la culpa no era mía*
> *Ni dónde estaba ni cómo vestía*

Por supuesto que no, la culpa de los asesinatos a
mujeres en todo el mundo no es de las mujeres y no
es de ahora. Pero tienes razón: la violencia ha aumen-
tado de manera alarmante y lo que yo te pregunto es
¿por qué?

Si tú no lo entiendes, yo menos. Me refiero al hecho de que violen y maten mujeres en esa cantidad ate-
rrorizante por el hecho de ser mujeres, esto de lo que
hablamos tú y yo tantas veces. De que haya una saña
tan grande. Claro que las mujeres siempre hemos pa-
decido abusos, menos o más atroces, dependiendo del
país y la condición social, y que todo esto se ha norma-
lizado de mil modos, como tú dices, pero te voy a decir
algo: el peor de los abusos contra las mujeres es que nos
vean a todas iguales ¿no? Como una masa anónima.

Ajá. Tus medidas son más radicales. Y más inme-
diatas. Las tuyas y las de tu generación.

> *El patriarcado es un juez*
> *Que nos juzga por nacer,*
> *Y nuestro castigo*
> *Es la violencia que ya ves.*
> *El feminicidio*
> *Impunidad para el asesino.*
> *Es la desaparición.*
> *Es la violación.*

Y la culpa no era mía
Ni dónde estaba ni cómo vestía

Yo también me la aprendí. Uf. Cómo encendió esta mecha. En todo el mundo, se volvió un himno global. Pues claro que también nos llega igual a las mujeres de mi generación.

¿Qué resultados traerá? En el corto plazo tú dices que visibilización de las mujeres. Puede ser. Pero yo creo que también aumento de la violencia de parte de los hombres. Y sí, claro que me parecen más agresivas y cómo no. Las jóvenes están desesperadas de no ser oídas, ni vistas.

Será un proceso lento, más lento de lo que tú crees.

El que pierde privilegios es el que más tarda en aceptar el cambio.

Sí, pienso lo mismo que tú: que las mujeres empezaron a obtener puestos de trabajo que eran exclusivos de los hombres y que éstos se vieron desplazados, de acuerdo. Ahí están varias de tus amigas, ahí estás tú misma. En puestos de trabajo que las de mi generación no soñamos. Y claro que el rechazo de los hombres tiene que ver con que las instrucciones en los mandos superiores en empresas y puestos de gobierno empezaron a provenir cada vez más de mujeres y esas órdenes se las dan a subalternos hombres y ellos no lo resisten. Claro que se debe a que algunas mujeres ganan más dinero que sus maridos, muchas veces desplazados o desempleados, y junto con el dinero vienen la independencia y el poder y esto tampoco lo aguantan. Nadie lo pone en duda. Pero el odio más feroz viene, creo, del hecho de que tu generación no está dispuesta a hacer concesiones. A que se han unido en masa. Una masa temible, guerrera, que enfrenta a policías y hombres de a pie, que raya y vandaliza monumentos con grafiti, que quema libros (acaban de quemar varios ejemplares de "terapias de reconversión" a homosexuales, por ejemplo, y ellos preguntan ¿quién traza el límite para saber qué libros deben ser prohibidos y cuáles no?) y usa la violencia para combatir la violencia. #MujeresJuntasMarabunta.

No, de ninguna manera me uno al coro de quienes las censuran. Por más que deteste la violencia, estoy con ellas. Es decir, con ustedes. Soy parte de ustedes, hasta el final.

Pues claro que no, la culpa no es de ninguna de las mujeres violadas, de las mujeres muertas. Ellas son las víctimas. Tienes razón.

Mira, sólo hay algo en lo que discrepamos: tú estás convencida de que las escucharán, de que habrá una política de Estado para legislar contra violadores, contra abusadores, de que los actos machistas se harán visibles, lo quieran o no. Yo sospecho que en la transición —y no sé cuánto dure esa transición—los hombres se volverán aún más violentos.

Conste: dije aún más.

¡Claro que eran violentos y que yo veía que lo eran! ¿Cómo crees que voy a negar algo que desde mi adolescencia era evidente? Pero eso era el mundo ¿me entiendes? Yo tenía que aprender a lidiar con él. Combatirlo de manera frontal habría sido un acto suicida.

Cómo que qué hice con Mateo. Nada. Mi manera de combatirlo fue no dejar de ir a su clase. Asistir, aprobar la materia. No iba a reprobar filosofía por él. Claro que era difícil. Dificilísimo. Sobre todo, porque Mateo nunca aceptó que lo que él hizo estuvo mal. Su farragosa carta era una larga explicación (exculpación) de algo que me sé muy bien. Yo no fui, fuiste tú. Fue tu culpa. Tú, como tantas mujeres, lanzas mensajes ambiguos. Y en tu caso es peor, porque eres menor de edad. Estás enferma.

Caray, por poco me lo creo. Lo único que me libró de aprenderme esa lección fue verlo dar la clase, de lejos. Hablar de que los efebos de la antigüedad clásica eran púberes, varones, de los que viejos filósofos como Platón se hacían acompañar (quería decir que sexuaban con ellos), aportándoles una vida de conocimiento y experiencia. Y eso era normal. Que las reinas egipcias se casaban púberes y las europeas y asiáticas, durante mucho tiempo, también. Que el hecho de que la sociedad decidiera muchos siglos más tarde que existía la mayoría de edad, que existía la infancia, era una mera convención.

Uf. Empecé a leer entre líneas.

Yo lo oía de lejos, y tomaba apuntes. Ya no le creía. Qué raro. No sólo dejé de creerle a Mateo, sino a Platón. Como si supiera que debajo de la túnica la filosofía estaba en pelotas.

¿Cuándo deja uno de creer? ¿Y por qué razones? Perder la fe en algo o en alguien no siempre implica un proceso racional. Dialéctico. Así hablábamos entonces.

Han pasado muchos años desde que me obligara a pensar en las personas como seres únicos; de que dejara la generalización que hice entonces sobre los líderes del Movimiento, sobre su situación o su nacionalidad, y simplemente empezara a desconfiar de los proyectos utópicos. Del ideal. Tuve muchos amigos uruguayos, argentinos y chilenos, lo mismo que españoles y mexicanos, pero al margen de la nacionalidad a todos se nos fueron cayendo cada uno de los términos con que nombrábamos el mundo, tal como antes se habían adherido a nuestro vocabulario —de manera arbitraria, azarosa— y así, sin darnos cuenta —sin darme cuenta yo—, empecé a pensar de modo distinto. No sé qué viene primero, si el lenguaje o la realidad que éste nombra. Si se pierde el lenguaje ¿cambia la realidad, nuestra realidad, aunque la otra, la realidad de allá afuera siga siendo la misma?

Casi estoy convencida de ello. Nada era distinto en el mundo exterior: en las peñas y en los casetes seguíamos construyendo el imaginario del canto popular urbano, desde el sapo cancionero hasta América está esperando que convivían con aquello de que Mick Jagger no pudiera obtener satisfacción por más que tratara aún después de haberlo intentado con todas las drogas sicotrópicas y sin embargo nos preguntáramos qué tan profundo era nuestro amor con los Bee Gees porque vivíamos en un mundo de tontos que nos querían separar cuando debieran dejarnos ser porque nos pertenecíamos yo a ti y tú a mí y cosas de ésas. La canción combativa frente a la liberación de los deseos y la declarada insatisfacción. Cada mañana me despertaba, moría un poco, apenas podía mantenerme en pie —mírate, mírate en el espejo y llora—. Señor: ¿qué me estás haciendo?, preguntaba a grito pelado con Queen, ¿alguien puede hallarme a alguien a quien amar?, porque, digo, algún sueño había que tener y el de ayer ya no. Pero entonces por dónde. Por dónde iba a ir si por la militancia ya no. Tal vez el mundo era el mismo, pero yo ya era otra.

Por fuera, la mía parecía una vida bastante rutinaria: de la casa donde vivíamos mis hermanos y yo, como en la isla del señor de las Moscas, sin adultos, a dar clases a los niños pequeños en la escuela en que trabajaba y de ahí al CCH. Haciendo los trayectos a pie y en autobús, lo que aunado a una dieta más bien magra me permitía estar en forma sin proponérmelo, por un lado, y por otro leer durante los tramos largos en el transporte público.

No, la sensación de soledad no la sentía.

Tenía amigos en la prepa, todavía iba algunos sábados a las reuniones del Movimiento y conocí a gente estupenda. Compañeros —así nos decíamos— unidos por la idea de mejorar las cosas para todos, cuando todos se llamaba Latinoamérica. Chilenos que en una simple salida a la calle habían escapado de los carabineros por los pelos y ahora estaban felices acá, tomando autobuses y pateando calles inmundas pero hospitalarias; salvadoreños y nicaragüenses que enviaban dinero a sus compatriotas después de recibir nuestra cooperación, historias, historias, relatos aún de cosas inverosímiles. Que una pareja de salvadoreños a la que México le había dado asilo en agradecimiento le puso a su hija Inra, nombre que sonaría a algo hindú en primera instancia, pero no, significaba Instituto Nacional de la Reforma Agraria, en agradecimiento a que ahí había encontrado empleo el esposo. Niños que al perder su gorro para el frío decían: "se me perdió mi gorra de camarada bolchevique" a los cuatro años, cumpleaños infantiles —la gente tenía hijos a una edad mucho menor que hoy— donde las piñatas eran la cara de Pinochet o de Videla, y todos cantando la música que se tocaba en las peñas. Uruguayos solidarios y sensibles a la literatura (de Onetti a Viglietti) a veces con sus requiebros fervorosos por poetas como Benedetti, que a mí me parecía cursi al grado de casi provocarte un coma diabético, ya ni te digo cuando lo interpretaba Nacha Guevara con su voz de soprano coloratura. Insufrible. La ideología vuelta poema. Pero no lo decía. Y hasta podía emocionarme un segundo con aquello de que si te quiero es porque sos mi amor, mi cómplice y todo y en la calle codo a codo somos mucho más que dos. La cursilería es asunto muy pero muy particular y por lo que he visto, algo que no se puede compartir.

Las reuniones habían cambiado de atmósfera aunque no de tema, sus miembros se habían transformado y se sumaron otros. Varios iban sólo de modo esporádico, algunos más se retiraron, como Isidro, que dejó de ir a las reuniones porque su trabajo en el gobierno ya no se lo permitía. Ahora las tertulias tenían música y comida que cada uno llevaba —a mí me tocaba siempre hacer chicharrón en salsa verde sin chile que no sé por qué siempre me pedían y que adoraban—. En esas reuniones posteriores fue donde por amigos supe que Isidro pertenecía a una familia de abolengo, abolengo chileno, lo que quiera que eso fuera, católica y dueña de un fundo con varias hectáreas, ganado y caballos que siempre conservó y que sus hermanas montaban en silla inglesa. Pinochetista. Escuché la historia completa y por alguna razón me pareció que eso me explicaba todo. Todo qué, no sé, pero todo.

Yo extrañaba a Alejandra. De todos, me parecía la más pura, la que nunca renunció a sus ideales. La que desde la URSS seguía soñando lo mismo a veinte grados bajo cero.

A veces, muy esporádicamente, supe de ella por carta. Seguía bien, hablaba ruso y lo entendía casi todo, estudiaba medicina y por las tardes trabajaba en una fábrica de zapatos; los suyos eran los únicos que quería usar todo mundo porque no apretaba la horma, porque no quedaban grandes ni disparejos y estaban cortados y cosidos con perfección de cirujana.

No se volvió a hablar más de ella salvo el día en que casi después de un año nos escribió.

Entonces oí a alguno de los compañeros del grupo decir que el problema con Alejandra es que no alborotaba la hormona. Que había mujeres maravillosas (ahí estaba Marie Curie) y hasta admirables, de las que tu razón te decía que debieras enamorarte. Pero te acercas y nada. Como estar con un pescado. Y es que en estas cuestiones uno no decide solo. No hay química, punto. Y ni modo, la hormona manda. Tú sabes, decía el compañero de nombre Fidel —sí, Fidel— hormona mata neurona.

El comentario me sorprendió y me dolió. Yo había pensado que Alejandra era más, mucho más que esa cara y ese cuerpo sin atributos convencionales. Su inteligencia y agudeza, su energía y ese no dejarse engañar me hacían sentir que cualquiera querría ser compañero suyo de por vida. Pero no era así. Hasta que escuché el comentario aquél no había reparado en que Alejandra tenía en común conmigo el hecho, a ojos de los demás, de "estar sola".

Pero si teníamos el Movimiento. ¿O no?

Pero si estábamos transformando el mundo.

O eso queríamos creer. Hasta que yo dejé de hacerlo.

Ya estábamos tocados de muerte por el cambio que trajeron el rock y el llamado cine de autor; el *American way of life* y las costumbres plasmadas en los programas norteamericanos de TV, los viajes de algunos al extranjero y las fotografías que mostraban quienes volvían, que aunadas a las de la revista *Life en español* y al *Time*, mostraban el cambio histórico.

Las revoluciones de América Latina, empezando por la de Cuba, y las dictaduras escritas de modo magistral en la literatura del *boom*. Las historias ideadas por mujeres, siempre al margen, pero siempre anticonvencionales y mucho más feroces como crítica del *statu quo*. Clarice Lispector, Maria Luisa Bombal, Julia de Burgos, Alejandra Pizarnik, a las que el lenguaje no les bastaba y por eso inventaban otro. De Clarice me asombraba su poder para hablar de otra forma de vida familiar, sus preguntas duras, honradas, Si recibo un regalo dado con cariño por una persona que no me gusta ¿cómo se llama lo que siento?

Elegir la propia máscara es el primer gesto voluntario humano. Y es solitario. Eso también lo había dicho ella.

Sus lazos familiares se parecían más a lo que yo había vivido. Pero pocos hablaban de esto. Pocos quiere decir aquí: nadie.

Y a pesar de todo eso y de las canciones de amor que hablaban de complicidad y no de sumisión; de compromiso y no de sublimación; a pesar del ideal de igualdad, la mayoría de las mujeres de clase media y media alta aspiraba a un mundo no tan distinto del de sus madres y abuelas. Trabajarían en los distintos campos profesionales —aunque no en todos—y lo harían básicamente al principio, después de terminar su carrera, antes de casarse y poco después. Pero cuando los hijos llegaran, sería otro asunto. Y llegarían. En muchos casos, en el mejor momento de su vida profesional. Porque por mucho que pospusieran el momento de tenerlos, ahí estaba el reloj biológico. Y antes de que sonara el despertador de ese reloj, que a fines de los setenta tenía un límite muy anterior a los 40 años, harían lo imposible por casarse. Tal vez algunas siguieran trabajando, unas pocas no. Pero lo hicieran o no lo hicieran sabrían que su papel fundamental estaba en eso que llamaban "la familia que ellas fundaron".

Serían el pilar de sus familias y sabrían colocarse en segundo término, por debajo de sus maridos.

Y sobre todo nunca les descubrirían a ellos o al mundo cuánta fuerza tenían.

Era obvio que el matrimonio y la maternidad no les bastaría, como no les había bastado a sus madres o a sus abuelas, que habían tenido que conformarse con amantes furtivos, anfetaminas, ansiolíticos o bebiendo alcohol a escondidas. Y perseverarían. Ante todo, harían lo imposible por perseverar. Porque aún el caso de los matrimonios que implican mucho fastidio o mucho dolor, ahí estaban los hijos, pero no como antes, los hijos como bastión del amor incondicional, sino los hijos para hacer de ellos unos triunfadores. Los hijos y la posibilidad excitante de hacer dinero, mucho dinero, para entretener el tiempo libre y dotarlo de esperanza.

Cuándo dejé de creer que éste era el único camino.

Quizá cuando tuve conciencia de que mi madre no volvería. Y que si volvía, ya no sería la misma.

Después del aviso de Mau diciendo que se iba a vivir con Lalo en amasiato y Maripaz anunciándonos que se iba a estudiar una maestría becada a Princeton, y se fue, después de que la vida nos cambió de vuelta porque ya no existía el mundo de las primas grandes y los primos se habían empezado a casar, y por lo tanto, a vivir sus propias vidas lejos, como si nosotras nunca hubiéramos existido ni existiéramos, mi hermana decía que la noche anterior al anuncio de la partida de Mau le había entrado una como angustia; que desde entonces todo el tiempo tenía angustia. Angustia de qué, le pregunté. De que nos fuera mal en la vida. Nunca supe si se refería a nosotras dos o a todas las primas en general. Sé que algo tenía que ver con el cambio, el que estábamos viviendo ella y yo desde la partida de mi madre, pero también el mundo, con la ruptura.

El orgullo de Mau era vivir sin casarse y demostrar a los otros que el contrato era innecesario: el matrimonio era una convención. Se podía vivir de otro modo. Se podía repartir equitativamente lo que uno y otro tenían sin necesidad de un juez que obligara a ninguna de las partes.

—¿Ves? —me decía mi hermana. Eso no va a ser.

—Pero qué negatividad, por qué crees que no. Si ambos quieren, se puede.

—Por eso precisamente no va a ser. Porque ustedes son más ingenuas que un recién nacido.

Con todo lo que estaba pasando se podía ver ya que los hombres no pensaban casarse ni mantener a las mujeres, pero eso no estaba mal, le decía yo, las mujeres podían trabajar y mantenerse a sí mismas y contribuir a lo que estaban haciendo entre dos, ahí está el problema, respondía ella, en tus retrógradas ideas socialistas, sólo ideología impuesta, hermanita, otra forma de colonización que tú te has comido con gusto y se la has comprado a tus amos por un precio baratísimo. ¿Y qué otra cosa sugieres?, le decía yo, si tengo que trabajar prefiero sacar provecho y no pensar que alguien vendrá a rescatarme, y cuando digo alguien quiero decir un hombre, prefiero pensar que ganar mi dinero es mi superioridad y a cambio no acabaré planchando o lavando por obligación para otro.

—Ay hermana, siempre acabarás planchando o lavando para otro, eso es lo que no puedes ver. Llámale marido, amante o patrón. Siempre.

Las discusiones con mi hermana me sacaban de mis casillas, me hacían sentir acorralada, sabía que ella sabía más, pero no quería darme cuenta, creía tener razón porque lo mío era la modernidad, el argumento que rompía con la tradición. Creía saber más, también, porque lo mío era un argumento optimista. Lo suyo no nos llevaba a nada mejor: a las mujeres les daban unos trabajos ínfimos que les duraban sólo mientras eran jóvenes y guapas y se dejaban seducir por el jefe. O no tan guapas, de acuerdo, pero jóvenes. O no tan jóvenes pero con poder. Y aun así, darte una patada a los 50 años ya era bastante cruel, ¿no creía yo? Y la edad se irá recorriendo, verás, a los 45, dentro de algunos años que ahora te suenan a siglos, pero es algo que te va a llegar, hagas lo que hagas, incluso a ti que quieres ser escritora. Ya entraste al mundo de úsese y tírese, hermanita. Entiéndelo.

La oía sin quererla oír, aferrándome al mundo del eterno ideal socialista. Todos trabajando a pleno empleo, obreros e intelectuales ganando lo mismo y leyendo a Bertolt Brecht cuyos libros le pasé a Serapio, esposo de doña Paz, que era la conserje de la escuela donde yo trabajaba y del que no se sabía nada más que se la pasaba crudo o bebiendo. Qué curioso, ahora que lo pienso. Los patriarcas del socialismo (salvo Lenin arengando a las masas de joven en las monografías) eran más bien viejos. Qué digo viejos, carcamales. Al menos, eso pasaba en el mundo de los libros y los imaginarios. Iósif Stalin gobernando hasta los 75. Mao Zedong hasta los 83. Fidel Castro siguiendo en el poder para siempre, con sus discursos de más de cinco inconmovibles horas bajo el rayo del sol, más firme y bien plantado que la reina Isabel de Inglaterra que como sabemos es eterna.

Pero es cierto que había signos que no supe leer. Desde entonces, unos años antes incluso, se empezó a hablar de relevo generacional. Aún en nuestro gobierno. López Portillo sucedió a Echeverría que a su vez sucedió al último mohicano de más de 50 años, 53 para ser exactos, Gustavo Díaz Ordaz. El PRI estaba rejuveneciendo, eso decían, y el ejemplo era el nuevo candidato a la presidencia Miguel de la Madrid. Menos de 50 años.

Mi único argumento era ya veremos, un falso argumento que deja toda la responsabilidad al futuro. Un futuro que tiene que ser mejor, ¿no? Porque si no fuera mejor y pudiéramos saberlo, ¿para qué vivir? ¿Querríamos vivir? Por eso le contestaba que el mundo estaba por cambiar, el socialismo cambiaría todo, todo qué, absolutamente todo, ¿no entiendes?, trabajaríamos por igual hombres y mujeres y por eso no tendríamos que preocuparnos ni nosotros ni ellos de algo tan vil como ver quién es más, quién domina a quién por razones financieras.

—El socialismo ya está dando patadas de ahogado, ¿qué no ves?

—No en todo. Hay una cultura muy rescatable que es lo que va a prevalecer.

—Sí, la cultura de explotar desde el otro lado a gente como tú.

—Lo que ocurre es que ya te pasaste al sector patronal —dije esto hablando como los del Movimiento en el que cada día creía menos.

Y luego, con toda saña añadí:

—Y quién sabe con quién andas y por eso ya no te diré quién eres.

Sólo contestó:

—Ajá.

—Mira, cuando yo me vaya a vivir con un hombre, si es que llego a hacerlo porque cada día lo dudo más, será alguien que trabaje y haga y torne a la par conmigo.

—Oquei, hermanita, con fe lo imposible soñar —citó la canción del musical del Quijote anunciado en la televisión.

—Suenas igual que mis tías.

—Al mal combatir sin temor.

—Prefiero no hablar. Desde que entraste a trabajar en tu famosa trasnacional te sientes la última Coca-Cola del desierto.

Mi hermana me miró con su cara de reina y sus ojos enormes como esmeraldas opacas y puso fin a la discusión diciendo: pero qué ingenua eres, de veras.

Aunque pareciera yo muy listilla en lo escolar, en asuntos de la vida según ella estaba totalmente desactualizada. Como pasmada, dijo. Creyendo lo que dicen los libros. O más bien: creyendo que la vida era todos los tiempos pasados en los que se habían escrito las distintas épocas y convencida de que la actual la escribíamos nosotros.

—Hermana, te tengo una noticia —dijo—. Eres una huérfana.

—Lo mismo que tú —respondí.

Sí, pero la diferencia entre ella y yo, según ella, era que yo no sabía ni tenía la menor idea de quiénes realmente escriben la vida. La de todos. La nuestra. No sabía, por ejemplo, lo que ella había aprendido en muy poco tiempo en la empresa donde entró a trabajar a una edad en la que nadie entra a trabajar aún: que el mundo actual era el mundo de las marcas. ¿De las qué? De las corporaciones. El mundo de los logos.

Fuera del logotipo nada, dentro del eslogan de la marca, todo. Coca-Cola es la chispa de la vida. A que no puedes comer sólo una. Kodak cambió el amarillo. Se burlaba de mí. Me hacía sentir su superioridad de nuevo rico.

La habían contratado en Eastman Kodak a una edad tempranísima y la venían a dejar a la casa siempre. Algo ya venía sospechando yo de sus novios que no eran sólo novios de mano sudada y beso de lengua. Mi hermana fue mucho más precoz que yo en ese terreno, o más bien: tuvo más suerte. Porque yo siempre pensé que frases como "guardar la virginidad" no sólo eran antediluvianas sino absurdas, en primera, porque nunca creí en la virginidad como un tesoro (no pertenecía a ninguna familia noble o poseedora de tierras, o bueno, poseedora de tierras sí pero ya las habían perdido todas, así que la virginidad no servía en mi caso ni en mi tiempo para garantizar al dueño del feudo que fuera suya la progenie, origen y sentido del matrimonio), y porque lo más difícil de la virginidad como te he contado en mi caso no fue preservarla, sino perderla. Cualquiera te dirá lo contrario, pero es que lo mismo que en cualquier otro terreno yo no quería que eso fuera una imposición. Y porque la generación de los hombres de clase media que a fines de los años setenta eran mayores que yo resultó machista a morir. Lo mío era de risa loca. Todos pensando ahí va la zorra, mira qué grado de zorrez y yo con mi secreto de que el que me metía mano facilito en el cine se quedaba solo mientras yo fingía que iba al baño y me fugaba, y en cambio por los que yo moría me decían en el momento de la algidez que me respetaban mucho y que lo que realmente querrían era casarse conmigo. ¿Casarse? Como lo oyes. ¡Pero si yo no me quiero casar!, les decía, ¡eso no entra en mis planes, *vade retro*, casarse para qué!, y entre más se los decía ellos más obsesionados con que algún día, algún día. Ya sé que ahora huyen todo lo que pueden del compromiso y más si alguna osa decir que a lo mejooor, querría alguna veeez, antes de la menopaaausia, si no fuera mucha moleestia, tener un hijooo, pero a mí me sucedió lo contrario porque era como su estampita difícil, ¿no? La misión imposible, la ¿no qué no?, la ¿ah, sí?, pues ya veremos. Cómo que por qué. Sospecho que me veían el lado maternal. ¿No? ¿No lo ves así? Ay, hija, de qué te ríes. Pues sí, puede que tengas razón: sabían que trabajaba y me veían potencial para Cenicienta. ¿Que qué pasaba con otros? Que les gustaba exactamente lo mismo que a mí, es decir, los hombres, así que se volvían mis mejores amigos. *Best friends forever.* No tengo la menor idea de por qué. Quiero decir: por qué me enamoraba de ellos. Por qué no me daba cuenta de sus gustos sino mucho después y por qué me habré sentido tan atraída por los gays antes de saber que lo eran. Por su belleza física, eso por descontado, claro. Quién va a negar que los gays se cuidan más. Bueno, puede ser que desde mi más temprana juventud y hasta casi cumplir los veinte tuviera debilidad por los hombres bellos, es hermoso mirar un hombre guapo al abrir los ojos, pero tampoco tengo tan pobre imaginación. Es más bien que descubría en ellos una forma de delicadeza que me hacía falta y que no siempre se encuentra en el macho alfa. Por no decir: que no se encuentra nunca.

El mundo de las marcas había dado a mi hermana un halo de misterio que no teníamos los herederos del socialismo tardío. Se movía en otro mundo. El primer mundo dentro del tercero. Nos vino a presentar a su novio Max. Lo trajo y nos lo puso enfrente a las primas y a mí, un día que todas fuimos a comer a casa de mi tía.

—Qué buena reproducción —dijo al ver un grabado en un muro de la sala de mi tía Paula.

Ella pareció sorprenderse.

—Rembrandt van Rijn —dijo el novio de mi hermana como si estuviera hablando de un pariente.

Enseguida se ganó a mi tía, en cambio a las demás nos cayó en la punta del hígado.

—Un esnob —le susurré a mi tío el de los libros que en vez de guardar la compostura se rio con la risa de Alka-Seltzer que tenía, comprobando que no se podía confiar en él para que guardara un secreto nunca.

—Y qué tan buena es la reproducción —lo picó mi tía.

—Eso se lo diré al terminar la comida, mi señora —le besó la mano, jugando a ser un caballero de otro tiempo.

El novio de mi hermana la volvió a sorprender antes de que pasáramos a la mesa, en el aperitivo.

—Ese doctor Atl vale una fortuna —dijo señalando a otro lado, tras dejar la servilleta.

Se refería a uno de los cuadros de la pinacoteca de mi abuelo que logró rescatar mi tío y que estaba colgado en el comedor. Mi abuelo murió intestado, pero como te he dicho, mi tío Paco logró rescatar un terreno para cada una de las hijas y un par de cuadros que ellas eligieron a su gusto.

—Una fortuna de cuánto —dijo mi tía haciendo crecer la tensión.

Max dijo el monto que superaba con mucho el millón de pesos en 1979, pero que en este momento no recuerdo con exactitud. En cambio, me fijé que hizo sonrojar a mi tío y cambiar el tema.

—Eso, si se subasta en Sotheby's —dijo el novio.

Costó trabajo empezar a hablar de otra cosa mientras comíamos el pollo en pipián, pero al final mi tío, que siempre conseguía llevar lo personal a lo abstracto, nos hizo —o intentó— cambiar de nivel. Qué pensábamos de Margaret Thatcher. Zas. No pensábamos nada. Cómo, ¿no nos decíamos feministas? Era la primer ministro en Reino Unido. ¿O primera ministra? Qué diría Maripaz, la lingüista. Pero Maripaz no diría nada porque estaba en Princeton ocupada con la gramática transformacional y mandando tarjetas postales y grabaciones en casete donde decía que extrañaba los chiles rellenos.

—Ustedes son de la idea de que las *cj* mujeres van a hacer más justo el *cj* mundo, ¿no, sobrinas?

Ya sabíamos que nos estaba aventando un buscapiés. Lo del *cj* era un tic que tenía mi tío y que se acendraba cuando empezaba a beber whiskey o se ponía en plan jocoso.

—Ahora veremos si de veras el hecho de ser *cj* mujer hace al mundo más justo.

Y nosotras de piedra porque sin mis primas las grandes nos sentíamos como Perseo sin su escudo y frente a la Medusa. La Medusa eran aquí todos los hombres que se reían de que nos dijéramos feministas. Porque no éramos hijas de ninguna activista famosa, digamos Mary Wollstonecraft o Simone de Beauvoir o Hélène Cixous o Monique Wittig que escribió *Les Guerrillères*, un libro donde todos los personajes son mujeres y usó una fórmula para no referirse al mundo masculino jamás gracias al pronombre femenino en francés (elles) que es intraducible a lenguas sajonas como aquella en que se expresaba Margaret Thatcher. No éramos feministas de ésas pero sí de las otras. Aunque qué le contestábamos a mi tío, a ver. Era un acertijo a lo *Catch 22*, como él me enseñó, una jugada de pierdes-pierdes digas lo que digas, como en la adivinanza con que nos provocaban de niños: "yo soy yo, tú eres tú, ¿y quién es más tonto?", porque si dices yo, pierdes y si dices tú, también.

—Yo sí creo que Margaret Thatcher hará la diferencia —dijo el noviecito de mi hermana dando un sorbo a su copa de vino.

—Si dice el año de la cosecha y el tipo de vino te juro que vomito y me voy —me susurró Popi al oído.

—Secretos en reunión son de mala educación —nos reconvino mi tía Paula, que se ufanó de los excelentes modales de la familia siempre.

Podíamos andar en andrajos pero con modales de marquesa. Por eso me encanta el *Lazarillo de Tormes* con su caballero hambreado que, no obstante, no se deshace de su palillo de dientes, para que crean que ya comió. En cierta forma me recordaba a mi hermana, a mí y en algo a mis primas.

—Y por qué cree que Margaret Thatcher hará la diferencia, joven —le preguntó mi tío a Max.

—Porque las mujeres mueven al mundo, señor.

Como hubieran dicho mis primos: chale. Muy mala respuesta para alguien que según comentábamos en el Movimiento apenas llegó al gobierno comenzó a privatizar las empresas estatales, pasando por alto la educación, por no hablar de las instituciones de ayuda social. Peor habiendo sido lideresa del Partido Conservador, puaj, y aún peor, ministra de Educación y Ciencia del Reino Unido… Y alguien que nada más entrar atentó contra cualquier forma de educación que no fuera la privada, y aun a instituciones tan venerables como Oxford les redujo el presupuesto… A desregular el sector financiero, a privatizar cuanta empresa pública se le puso enfrente, y a causar un alto desempleo pasara lo que pasara al pueblo. A vender los bienes del Estado y que ni se hablara de Unión Europea que Inglaterra es grande justo por ser independiente y haber empezado por ser lo que la hace grande: una isla.

—Pero no será ésa la única *cj* razón, ¿no, joven? Usted parece saber mucho de finanzas —dijo el tío en clara alusión a la velocidad con que Max parecía tasar los bienes de casa de mi tía con comprador y todo.

—Bueno, si me apura, estoy también de acuerdo con su idea de acabar con los monopolios. Nacionalizar el gas, el agua, la electricidad no ha sido buena idea. La nacionalización de bienes no beneficia nunca más que el paternalismo.

—¿Y dónde conociste a este joven tan *cj* enterado, sobrina? —preguntó mi tío a mi hermana.

—Tengo una empresa de proveeduría de bienes y servicios para Kodak, donde trabaja Almita —se adelantó Max.

Mi hermana lo miró con el entrecejo fruncido.

—Consiguió la licencia para vender nuestras fotocopiadoras en varias empresas —dijo mi hermana, como dejando en claro que una cosa era que no le molestara que Max dijera que ambos eran neoliberales y otra que no le molestara que hablaran por ella.

Todas hubiéramos querido que cambiara la conversación. Mosco estaba más interesada en hablar con Isa de novios y ya le había mostrado el cuerito que tenía en el cuello con una colección de dijes de sus distintos pretensos, mientras Isa se zafaba la pulsera de pelo de elefante auténtica que le había dado su galán. Mis tías se habían enfrascado en una conversación privada y Popi hacía bolitas de migajón mirando a mi hermana mirar con ojos de puñal a su flamante novio. En cuanto a mí, que he estado siempre tan interesada en política, hice lo que suelo hacer en estos casos: poner ojos de santa manierista sin decir esta boca es mía porque nunca me ha gustado hablar de ella en reuniones públicas. Será porque nací en una familia demasiado politizada. Será porque mi mamá y mi papá, que le hacían fuerte a mi tío el rojillo, ya se habían ido.

Será porque yo tenía mi propia opinión de la señora Thatcher que me parecía, ante todo, una plagiaria. Apenas había puesto un pie en el número 10 de Downing Street salió con un discurso que era la oración a san Francisco que nos enseñaban en el Oxford, pero acomodada a su modo:

"Donde haya discordia, llevemos la armonía. Donde haya error, llevemos la verdad. Donde haya duda, llevemos la fe. Y donde haya desesperación, llevemos la esperanza."

Vaya plagio.

A nosotras durante la primaria nos hacían repetir:

Señor, hazme instrumento de tu paz. Donde haya odio, yo amor. Donde haya injuria, perdón. Donde haya duda, fe. Donde haya sombra, luz. Donde haya tristeza, alegría. Oh, divino maestro, concédeme que no busque ser amado sino amar. Que no busque ser comprendido sino comprender, que no busque ser perdonado sino perdonar. Porque dando es como recibimos, perdonando es como tú nos perdonas y muriendo en ti es como nacemos a la vida eterna. Amén.

Todos los políticos eran iguales. Fueran hombres o mujeres.

Y entonces, qué.

Entre otras interrogantes notables estaba la de cómo habíamos logrado, o más bien, cómo mis tíos habían logrado no hablar de mis primas, mi tía Popi incluida. Desde que se casaron sus hijos, ella se limitaba a decir que todos estaban muy bien muchas gracias.

Uy, pero mi tía Paula. Por qué no decía nada de mi prima Mau y su decisión de la unión libre. Porque le parecía una fuga. Porque le parecía un arrejuntamiento sin futuro. Porque le había empezado a caer mal Lalo a partir de que se fue con mi prima sin casarse porque ya preveía que un compromiso sin papel de por medio es más volátil que una volátil pluma de pájaro recién nacido. Porque así es el ser humano. Porque así son los hombres.

Y de Maripaz sólo sabíamos que iba excelentemente en sus estudios. Era una de las primeras mexicanas que había ganado beca completa en lingüística en la costa este. ¿Del matrimonio? Misterio.

Terminamos la comida después de oír hablar a Max, la verdad con gracia, de anécdotas vinculadas al mundo de la publicidad que también conocía; de unas competencias de Polo en Jajalpa; de la Copa de Futbol Juvenil en Japón; de indiscreciones del sah de Irán y su esposa Farah Diba; de las manifestaciones de las mujeres contra el régimen del Ayatolah Jomeini y otra vez de la admiración que él tenía por Farah Diba.

Entonces nos dijo que antes de despedirnos lo esperáramos un segundo. Le preguntó a mi tía si le podía decir algo a la cocinera, por supuesto, Max, dijo mi tía con toda familiaridad y entonces Max le pidió a la susodicha que le abriera la puerta, salió de la casa y fue a su coche. Volvió. Nos mostró, sobre todo a mi tío a quien a toda costa quería impresionar, un artilugio muy curioso que sacó de la guantera de su elegantísimo Mercedes. Se llamaba walkman y era una cajita cuadrada apenas más grande que una mano a la que se conectaban un par de audífonos y le insertabas casetes. Casetes, se llamaban. Nos lo fue pasando a una por una, incluido mi tío, y oímos fragmentos del concierto número dos para piano de Rachmaninoff con una nitidez jamás escuchada en los así llamados acetatos, donde con frecuencia se atoraba la aguja. Mi hermana volvió a sonreír, orgullosa. Nos miró con cara de ya ven, y se despidió de mis tíos para irse con su Max en el Mercedes que más tardaría en encender y rodear el camellón que yo en llegar porque estábamos en la casa de atrás de mi tía, pero a pie vivíamos puerta con puerta.

Antes de salir, cuando mi tía admiraba el tablero que no sé por qué le enseñaba Max, mi tío le dijo a mi hermana:

—Lástima que te hayas enamorado de Raffles, sobrina.

Querida mamá:

Yo no sé si lo de la angustia de mi hermana es puro cuento o si es que se le atenúa cuando está con su nuevo galán. Sí, has de saber que tu hijita tiene novio. Le decimos Max aunque no he logrado saber si se llama Máximo, Maximino o Maximiliano; yo me refiero a él como el Joven Superlativo porque nos llevamos bien, pero ni así he logrado arrancarle el nombre. Como responde en muchos casos cuando le hacemos preguntas: simplemente sonríe o contesta con algún piropo. Hombre de misterios, ni hablar, pero es tal el embeleso por mi hermana y tantos los detalles que tiene con ella que nos ha ganado a las dos. La lleva a todos lados y la trae del trabajo cada día. Vive hablándole por teléfono las pocas horas que no están juntos y las que sí, está pegado como calcomanía. Con decirte que hasta la va a acompañar a no sé qué isla remota del Caribe donde la mandan por haberse ganado un premio en la empresa. Como lo oyes. Ya sé que si pudieras recibir esta carta te sentirías orgullosísima de ella y tendrías razón, pues no sabes con qué seriedad se ha tomado el asunto del trabajo. Todas las mañanas se levanta antes de que amanezca para ponerse los tubos eléctricos y vestirse como ejecutiva después de planchar su ropa. Y eso sin dejar de hacer la

232

parte de la limpieza de la casa que le toca. Su cama, por supuesto, pero también el pasillo, lavar algo de trastes y limpiar uno de los baños. Cómo le da tiempo, no lo sé, es un como ánimo interior que ella tiene. No te puedo explicar si por el trabajo o porque está enamorada. Quiero creer que es por el trabajo, porque la han empezado a promover como una manía, se la pasa en el cuadro del mejor empleado del mes según me cuenta y es porque consigue unas licitaciones y unas ventas que no logra nadie más. Claro que tiene que ver el noviecito en algo porque la lleva en su carrazo hasta el quinto pino a colonias donde el diablo perdió el sarape, lo mismo que a los rumbos más encumbrados. Son el dúo dinámico, sólo que mi hermana es Batman en este caso, con luces en el pelo corto y tupé, y el galán, más bajo que ella cuando mi hermana usa tacones, el compinche que siempre va a su lado. El tipo es pretencioso a morir y excesivo en todo, hasta en su entusiasmo. Al principio me parecía lambiscón, pasa tú, de ninguna manera, después de ti, ofrézcale primero a la dama y esas cosas. A mi hermana le dice mi dama, como lo oyes, enfrente de todos. A veces también my one and only, la primera vez que lo oí casi me da una apoplejía. Pero. Aquí viene el otro lado de la moneda. Es un tipo sumamente generoso. Y sí, aunque no lo creas, culto. Te impresionaría. No tengo la menor idea de dónde saca sus conocimientos pues jamás habla de su familia y lo mismo te puede dar información de cuestiones científicas y artísticas, como de boxeadores, boleristas, vedettes, y notables de la lucha libre, sin contar con que es capaz de imitar acentos y el habla de las barriadas.

Nos ha venido muy bien porque puede leer los ma-
nuales de aparatos eléctricos o ingeniárselas para
componer todo lo que en esta casa está roto que, co-
mo te imaginarás, es todo. Tiene ideas rarísimas de
cómo tapar trozos de muro que se nos han caído, con
periódico, resistol y cemento, mandarte a alguien a
que te haga arreglitos y dejar la casa como si la acaba-
ran de remozar para venderla. Bueno, ya sé que te
estoy hablando de él como si fuera la octava maravi-
lla. No es eso lo que pretendo, sino que te quedes tran-
quila. Que sepas que nosotros estamos bien, como le
digo a mi papá cuando habla por Navidad o en al-
gún cumpleaños desde el norte, donde vive. ¿Y cómo
están todos? Muy bien, papá, muchas gracias. Co-
mo debe ser, responde. Y como me imagino que estás
tú, mamá, donde quiera que estés. Muchas veces he
pensado que si algo te pasara, me moriría.

¿Que por qué no fuimos capaces de prever mi hermana y yo lo que vendría? No sé, cuando quieres algo
tienes una ceguera que te garantiza seguir queriéndo-
lo. Ahora, en cambio, puedo ver que todo empezó esa
noche en que, como siempre, Max se mostró muy dul-
ce pero actuó de un modo feroz. Imagínate la escena,
para que me comprendas. Ve el restaurante: gente ele-
gante, como vestida de fiesta, personas que si hubieras
hecho un examen habrían afirmado que nos reproba-
ban por nuestra apariencia. Nos pusimos la ropa de tu
abuela, tan bonita, pero sospecho que ya para entonces pasada de moda, ropa que mi hermana combinó
con su saco del trabajo que le parecía elegantísimo.
Ropa impropia de ese lugar, la verdad. No teníamos

otra. Max fue el de la idea de llevarnos a tu tía y a mí a cenar.

—¿Qué van a pedir? —nos dijo, cartas en la mano, frente al mesero del Maxim's.

Mi madre debió habernos mandado una señal porque allí todo era francés, pero nada. El salón tenía candelabros y meseros vestidos de negro con delantal blanco y largo, había ostras y mejillones frescos de esos que ella llamaba *moules* en una fuente con hielo, y platos que en la carta aparecían en español y en francés. Pues ni así. Mi hermana pidió *cannard a l'orange* pues se acordó de que eso le gustaba a tu abuela y cuando vino mi turno yo dije de tin marín de do pingüé y pedí una tártara pues me sonó a que eso era lo apropiado. ¿Por qué? Porque había leído *Miguel Strogoff*, de Julio Verne, que trata de la invasión de los tártaros a Rusia donde Iván Ogareff, un excoronel degradado del Imperio ruso, trata de tomar venganza por haber sufrido humillaciones, así que se alía a los tártaros y eso pensé que éramos mi hermana y yo, tártaros en tierra ajena. Me gustó la repetición de las sílabas en francés, *tar-tare*, así que me dije aquí voy. Sólo que no la pedí así. Cuando Max me preguntó qué gustas pedir, dije:

—*Tar-tare* término medio —con la misma actitud de desprecio con que el mesero veía mi blusa hindú, o sea la blusa de mi madre.

Al oírme, no pudo reprimir la carcajada.

—La *tartare* es carne cruda, madame —aclaró con sorna.

Sentí el golpe de sangre en la cara, pero no bajé la cabeza.

—Haga lo que dice la dama —le dijo Max, levantando la ceja.

El mesero, mosqueado, recobró su pretendida seriedad y se fue.

Traté, como se dice, de ahogar mi vergüenza en alcohol y me bebí lo que quedaba de la copa de vino.

—No te avergüences por algo que no es tu culpa —me dijo Max después que el mesero se fue. Desconoces. Acudes a lo que te es familiar y eso no es un pecado. El mesero actúa así porque lo entrenaron para que supiera cómo son los platos que sirve y fingiera una actitud de *connaisseur*. Seguramente tampoco ha probado la tártara. Puede ser que hasta le dé asco. Si le dieran a escoger no dudaría en ordenar memelas y carnitas.

Mi hermana y yo tuvimos que llevarnos la servilleta a la boca para no soltar la carcajada y escupir el vino, pero Max levantó la mano derecha y nos detuvo.

—No estoy haciendo mofa —aclaró—. Estoy hablando con objetividad. Eso es lo que él conoce.

Vino una larga disquisición sobre los pueblos llamados primitivos y sus costumbres. Sobre los raros hábitos de consumo de otras culturas. Yo no sabía si su intención había sido seria o se burlaba también de mí. Confieso que a pesar de ser un arrogante me entretenía muchísimo porque no sólo parecía saber de todo sino que decía cosas inverosímiles con su tono engolado y su cara de póker. Y además, te hacía sentir bien. A todos nos hacía sentir bien. En el fondo, era un buenazo. Cuando terminamos el postre, por ejemplo, y pidió la cuenta al mesero que se había reído de mí, lo miró con cara de ya sabes lo que tienes que hacer y le dejó una considerable propina.

—Ha sido un placer atenderlas, *mesdames* —dijo el mesero, mirándome con un respeto castrense.

Para entonces ya no me sentía tan mal. Es increíble lo que pueden hacer en alguien que no bebe un par de copas de Château Margaux.

Salimos a la entrada del Maxim's a esperar el coche. Max acariciaba el brazo de mi hermana quien se había reclinado en su hombro.

—Para que no quede mal sabor de boca —me dijo—. Fue una velada maravillosa. Y la falta no es tuya ni del mesero, cuñada.

Le había dado por decirme así y yo lo dejaba, porque a mí qué más me daba si la interesada no se oponía. Incluso llegué a pensar que en algún momento mi hermana y él se casarían.

Nos subimos al Mercedes, un dechado de comodidad con asientos de piel donde el vino hacía que incluso la experiencia de pasar un bache fuera placentera, y durante el trayecto fuimos riéndonos y cantando todas las canciones de *The Wall*, ese prodigio compuesto por Roger Waters. Max subió el volumen en *Mother*, que nadie cantó y que mi hermana y yo escuchamos como si estuviéramos en misa.

Cuando llegamos, antes de que nos dejara en la casa le pregunté:

—Y entonces, a quién se debe la falta, según tú.

Levantó los ojos como si observara la fachada.

—A que te falta mundo —dijo—. A las dos —y nos señaló llevando el índice de una a otra mientras asentía.

Al principio, el juicio me sonó arrogante, como todo en él, pero en seguida me di cuenta de que tenía razón. Ceremonioso como era, se despidió apenas rozando la mejilla de mi hermana y a mí me besó la mano.

—Pero yo se los puedo dar, si ustedes quieren.

Me sonó a música celestial. Porque metidas en la casa, ¿dónde íbamos a conocer nada de la vida? Ya sé que el mundo puede ser el microcosmos y esas cosas. Que ahí estaban las hermanas Brontë, y Emily Dickinson sin salir de su habitación. Pero yo quería ver el Mundo-Mundo, y si podía, comérmelo, como suponía que estaba haciendo mi mamá. Así que convencí a mi hermana de que me dejara pegármeles y salir con ellos la noche del siguiente viernes.

—Ay, hermana, pero no vayas a empezar con tu crítica marxista-leninista.

—No sé a qué te refieres.

Ella intentó darse la vuelta pero la alcancé enseguida.

—Oquei, pues, no.

—Ni vayas a ir pandrosa, vestida de morral y huaraches.

—¡Oye, si no quieres que vaya nada más dímelo!

—No es eso, por mí puedes venir. Pero es que todo lo criticas.

Prometí no hacerlo esta vez y lo más importante: me prometí a mí misma dejar de pensar con el rasero del Movimiento. Sí me percataba de que tenía una forma de pensar algo rígida donde el mundo se componía básicamente de un juicio moral. Esto estaba bien, esto no; esto era nocivo para el avance social, éstas eran lacras capitalistas. Ni por aquí me pasó que cuando mi hermana hablara de no hacer juicios morales se refiriera a otra cosa.

Y allá fuimos, por calzada de Tlalpan hasta Izazaga, cuando nuestra ruta natural era casi siempre el periférico. Conforme avanzábamos íbamos viendo el deterioro de la ciudad, más visible cuanto más nos acercábamos al primer cuadro. Antes de llegar al Centro Max se metió entre calles mal iluminadas y sucias, en un rumbo de rompe y rasga con el carrazo aquel y nosotras la verdad bastante arregladitas. Cuando llegó a su destino, se estacionó en batería. Con toda tranquilidad le dio las llaves al del valet parking y nos escoltó a un antro de mala muerte de nombre Sir Francis Drake donde, sí, nos veíamos algo distintas. Era un bar gay, quizá junto con El Nueve, uno de los primeros en hacerse tan populares entre la concurrencia, nos dijo Max como si estuviera hablando de uno de los salones de té que frecuentaba la reina de Inglaterra. Me llamó la atención ver la pista de baile. Retacada y con luces estroboscópicas como ya había tenido oportunidad de observar en un par de discotecas en el DF o en Acapulco, donde fui con algunos galanes, básicamente a moverme como Dios me daba a entender mientras fingía escuchar una conversación del galán en turno del que nada oía. La diferencia era que la pista del Sir Francis estaba llena de hombretones con bigote, camisa sin mangas por la que se asomaba el pelambre de las axilas, bailando unos con otros y dándose besos de lengua.

—Deja de mirar así —me dijo mi hermana—. Van a pensar que tienes alguna bronca con eso.

Pero cómo no mirar. Mujeres empiernadas unas con otras, hombres morenos de veintitantos o más vestidos de mujer con pelucas de cabellera rubia o pelirroja y tacón de aguja, maquillados con exceso en los ojos y varias capas de base de color más claro que el suyo, con brasieres de diamantina y falditas. Nos sentaron en una mesa por la que Max pagó una suma considerable, pidió una botella de champaña, cerrada, y nos dijo que si veíamos bien desde ahí, que el show estaba a punto de empezar.

—¿Te fijas lo que es dirigir a una nación, querida cuñada?

Al principio no entendí. Después me di cuenta de que se refería al maestro de ceremonias, un travesti como de 1.80, vestido y peinado de salón con aretes de perlita y traje sastre que dijo llamarse Margaret Teacher.

—Viene prestado de otro antro —nos susurró Max a mi hermana y a mí—. De El Sarape.

Un número de apertura inició el espectáculo en que las bailarinas simulaban ser la guardia de Buckingham Palace, sólo que en vez del pantalón ajustado llevaban microfaldas y pelucas de rizos ondulantes.

—Qué tal. Todas marchando al compás. ¡Eso es mano de hierro! —decía Max emocionado y brindó con nosotras.

Las luces se apagaron e inició el show. No puedo decirte lo que fue para mí ver ese espectáculo por primera vez. Las cantantes de moda interpretadas por imitadores agitando las cabelleras a uno y otro lados y gestualizando con la pista de fondo. El anuncio del showman invitando al respetable a aplaudir a Verónica Castro y a Lucía Méndez y después la oscuridad total a la que siguió lo inaudito. Dos travestis vestidos como aztecas, fingiendo ser el Popo y el Ixtla, haciendo el acto sexual en el escenario, cuya culminación consistía en que el disfrazado del Popo se ponía de espaldas, se arrancaba el taparrabos, encendía un cigarro y se ponía a fumar por el culo. Como lo estás oyendo. Los ojos se me desorbitaban, lo más cercano a la pornografía que había visto era la película *Homo eroticus* con Lando Buzzanca, un churro italiano donde un hombre no puede resistirse a los encantos de cualquier mujer porque tiene tres testículos.

Empecé a sentirme incómoda. Odié a Max por llevarnos ahí, aunque pude percibir que a mi hermana no le pasaba lo mismo. Haz de cuenta que estuviera viendo una película de Los Tres Chiflados, se reía donde se tenía que reír, se asombraba o aplaudía ante un acto inesperado o una posición circense. O sea: estaba totalmente hermanada con la concurrencia. Qué capacidad, pensé. Es como zen. Entender que las cosas son lo que son y de nada sirve juzgarlas. La máxima sabiduría a que podía yo aspirar como escritora. Ojalá algún día yo fuera como ella, concluí, pero de momento no, de momento quería irme en seguida aunque Max nos había dejado a ella y a mí solas, porque según mi hermana había ido al baño.

—Me parece una impertinencia —le dije.

—¿Una qué?

Me di cuenta de lo que acababa de decir. Cómo iba a ser una impertinencia ir al baño.

—Dejarnos aquí, solas…

—Ay, no puede ser. Y tú te dices independiente de los hombres. No sabes ni de lo que hablas, hermanita.

Tenía razón. Bastó con que me moviera de mi zona de confort para convertirme *ipso facto* en otra persona. Para abjurar de mis creencias. Y como si hubieran olido mi miedo, en ese momento se nos acercaron dos mujeres unos años mayores que nosotras y con apariencia terrorífica. Una alta y serpentina con la ferretería en la cara; la otra gorda como tinaco.

Yo miré hacia donde solía mirar cuando algo me descolocaba. Un lugar que dicen que ya no existe pero que entonces existía: el limbo.

—Cómo están —nos preguntaron.

Estábamos bien, tuve ganas de decir, pero no me salía ni media sílaba. Se presentaron dándonos la mano: una se llamaba Eloísa y era ruda; la chaparra, Leonila, era técnica.

—Qué están tomando.

—Ya ahorita viene nuestro novio —dije sin que viniera a cuento y vi cómo mi hermana me echaba unos ojos de pistola.

—Ah, pues qué bueno. Así se nos une.

Nos contaron que pertenecían al CLETA, un grupo de choque de la Casa del Lago y que su líder era El Llanero Solitito.

—A ella le interesa mucho la política —dijo mi hermana, señalándome.

—¿Ah, sí?

—Mjm —dije rápido, mientras daba el último trago a la copa de champaña.

—Ya se te acabó, amiga. ¿No vas a pedir otra? —dijo la chaparra.

Dios. Trágame tierra. Por qué me tenía que ocurrir esto a mí. Qué necesidad tenía yo de vivir esto. Mejor Emily Dickinson, escribiendo en el comedor de su casa y comunicándose con los demás sólo por carta. Trataba de simular y hacer como que no me daba cuenta de que la serpentina le había pedido a mi hermana que le mostrara su arete de bisutería y lo observaba como si fuera una joya precolombina. ¿Por qué no la dejaba en paz? ¿Y por qué las dos no se iban por donde había venido, con su Llanero Solitito? ¿Y qué pasaba con Max, carajo? ¿Pues qué hacía en el baño? No le habría preguntado esto a mi hermana frente a la ruda y la técnica ni bajo tortura, pero de pronto me surgió una necesidad imperiosa de hacer algo contra su irresponsabilidad.

—¿Son pareja? —preguntó de pronto la chaparra amenazante, que yo no entendía cómo o en qué era la técnica.

—No, somos hermanas —dijo la cándida de mi ídem.

Cada vez comprendía yo menos por qué mi hermana iba a lugares así y por qué no se alteraba estando en ellos. Por qué le atraía alguien como Max. Su personalidad, sin duda singular, lo predisponía más que a ningún otro ser que yo hubiera conocido a la multiplicidad en la existencia: podía ser el más exquisito o el más arrabalero de los seres; de pronto era detestable y arrogante o bien se volvía el más humilde de los cuñados. Era como camaleón —y ahí sospeché que mi hermana tenía un punto en común—: se adaptaba al medio. En el Maxim's se había vuelto un hombre de mundo capaz de nombrar todos los cócteles inventados o por inventarse, había preguntado por los vinos por tipo de uva y añada (hasta conocerlo no había oído esa palabra) y de pronto, conmigo y en confianza era un humilde bibliotecario sin más pretensiones que encontrar el libro que tanto había buscado y que me rogaba que le regalara de hallarlo alguna vez: *Opiniones de un payaso,* de Heinrich Böll.

Yo no sabía qué hacer con él aunque en realidad no tuviera que hacer nada. Pero me sentía intranquila de que mi hermana hubiera elegido esa relación.

Las luces se apagaron otra vez, pusieron el efecto estroboscópico en la pista y empezó a sonar *Querida,* de Juan Gabriel.

—Vamos a bailar —dijo la chaparra—, ésta es buena.

—No, la verdad, yo estoy esperando a su novio…

—Ah. ¿Pues no que era el tuyo? —me retó, y me la imaginé haciéndome la quebradora.

Mi hermana acompañó de mala gana a la serpentina a la pista aunque ni de chiste iba tan asustada como yo.

A poco nos había dejado Max en ese antro. O a poco lo habían golpeado en el baño con tal de sacarle el dinero y estaba tirado en el piso, sin volver en sí y con la nariz sangrando. Seguro había sacado la cartera para dejar un billete al que limpiaba el lavabo. Por qué se le habría ocurrido dejar propina. Por qué tenía que hacerse siempre el generosito. Como si no pudiera imaginarse que lo iban a asaltar. Que con esa facha y ese lenguaje en un lugar como ése era un blanco fácil. Aunque a lo mejor se había puesto a platicar, seduciendo a su audiencia en el baño con su léxico florido y alburero. Pero no, porque tendría que haberse dado cuenta de que ni así los habría podido engañar. Con esa cartera y esa ropa de marca lo habrían descubierto, le habrían dado baje, alguien habría dicho que era el güey del Mercedes y quién le mandaba meterse en terrenos que no eran los suyos. Seguro ya lo estarían sacando del antro por la puerta de emergencia, con una conmoción cerebral, callados para que nadie notara algo raro y nosotras entre los brazos de la celadora asesina y su compinche. O a lo mejor hacía algo más. Vendía o compraba algo que de lo que yo prefería nosaber.

Por más que trataba de meter los codos y ponerle la infalible palanca al pecho, Leonila era como la Tonina Jackson, me apretaba y yo ya no podía ver a mi hermana en la pista. No tengo que recordarte que no gozo de mucha altura y aunque esto ha sido una ventaja en el caso de los galanes con los que salía pues cuando me desagradaban y tenía que bailar con ellos la diferencia de estatura me evitaba conversar o tener algún contacto de otro tipo, en esa ocasión ser de la misma altura que Leonila fue una desventaja terrible: es espantoso tener a alguien que no quieres respirándote en el cuello.

—Oye, ¿sabes qué? —le dije, de pronto—. No me lo tomes a mal, pero necesito ir al baño.

—Órale —respondió, zafándose enseguida—. Aquí te espero.

Sentí una bocanada fresca aunque el lugar estuviera a 42 grados y apestara. El baño, una cloaca con una borracha despatarrada en el suelo gimiendo, me pareció lo más cercano al paraíso. Ya me imaginaba viviendo ahí para siempre. Empecé a idear una manera de amistarme con la que limpiaba los charcos que impregnaban el baño de olor a orines y amoniaco, pero entonces vi a mi hermana salir de un gabinete tan campante.

—Ey, tú, qué haces ahí —le pregunté.

—Cómo qué. Lo mismo que tú, me imagino.

—¡Vámonos, hermanita, por lo que más quieras! —junté las palmas como si le fuera a rezar.

—¡Oye!, está bien. Pero no te pongas así. Ni que fuera tan tarde.

—¿Y Max? —me atreví, temiendo lo peor.

—Está allá, en la entrada. Tiene un rato ya. Nos está esperando.

No sé qué me causó más sorpresa, si la tranquilidad con la que mi hermana me estaba diciendo esto o el hecho de que me lo dijera. Ni para qué preguntar nada. Estar junto a quien no siente el peligro es lo más peligroso del mundo.

Me escurrí entre la gente que bailaba pegada al muro y evité mirar hacia la mesa donde habíamos estado sentadas. Alcancé la suerte de mostrador donde estaba el tipo que se las daba de recepcionista y a quien casi abrazo por el hecho de jalarnos a la puerta. Mi mayor sorpresa fue ver a la chaparra y la serpentina ahí.

—Eso que hicieron no se hace —advirtió la chaparra, echándome el cuerpo como un policía que encuentra a un par de ladrones huyendo de propiedad ajena.

—Ustedes creen que pueden faltarnos al respeto —contestó la serpentina.

—¿Saben qué, mayatitas? —la chaparra me empujó del hombro con bastante brusquedad— ¿Saben qué? Que no tenían ningún derecho de humillarnos.

Busqué la manera de apaciguar el ánimo furibundo de las representantes del CLETA.

—Perdón… —atiné a decir aunque no entendía de qué estaba pidiendo perdón. No entendía siquiera dónde trazar la línea de quién es el que abusa y quién el abusador: no en este caso.

Max nos gritó sacando la cabeza por la ventanilla del coche. Súbitamente, se le había acabado la caballerosidad. ¡A veeer a qué hooraaaas! Luego se puso a tocar el claxon como poseso. Fue la primera vez que agradecí que un hombre nos llamara tocando el claxon y dando de gritos fuera de la ventanilla: increíble que nos estuviera salvando la vida la más acabada estampa machista.

—Déjalas, manis —dijo la serpentina como si hubiera perdido la esperanza en la humanidad—. Esta gente no sabe ni entiende de valores.

Me tomó días entender qué había sucedido. Más bien: qué me estaba sucediendo. En apariencia, continuaba con mi vida de siempre pero no perdía oportunidad de salir con Max y con mi hermana a donde me invitaran. Al mismo tiempo, ciertas conductas entre ellos me parecían deleznables. Que trabajaran en una trasnacional. Que no se separaran el uno del otro. Que Max le regalara a mi hermana joyas costosas.

—Qué te pasa, por qué me ves así —me preguntó un día en que se arreglaba para salir, poniéndose una gargantilla de oro con un granate en el cuello.

—Los lujos extremos no sólo son innecesarios, son inmorales.

—Ay, no. Ahí viene de nuevo la marxista-leninista. Hermana, sal y cierra la puerta por afuera.

—En serio, hermanita, me estás dando miedo.

—Uf. Ya va a empezar la moralina. Mira, tu problema es que no te ves. Te aferras con uñas y dientes a lo que aún nos queda mientras te las das de ser de izquierda; hablas de tener conciencia social pero jamás romperás del todo con tu inmunda clase.

Tenía razón. Mi hermana siempre me hacía pensar en lo que no se me había ocurrido. Me confrontaba con la opinión de mí misma a la que me afianzaba —como hace cualquiera con las ideas que lo hacen sentir bien— y que según yo me constituía. Lo peor

249

es que después de las salidas con ella y con Max yo ya no sabía dónde colocarme. ¿Qué no un escritor tiene que conocerlo todo para poder escribir desprejuiciadamente? ¿Qué no es eso lo que distingue a un autor con garra de uno filosóficamente ingenuo? Yo me daba cuenta de que metida en mi casa sólo yendo al trabajo y a la escuela no iba a adquirir Mundo. ¿Y no era ésa la razón por la que yo salía con ellos?

No. No estaba segura. Bebiendo la champaña que Max solía pedir cuando salíamos, Mundo no era precisamente lo que había adquirido. Había adquirido nuevos gustos, eso sí. Hice un rápido análisis: en qué me había traicionado, sólo por hablar de mis antiguas metas. Seguía estudiando, sí, y cuando no estaba con ellos me adaptaba a mi dieta frugal sin lamentarlo, tomaba transporte público y llegaba a donde tuviera que hacerlo caminando kilómetros, con los zapatos pelados de los tacones. No era una privilegiada aunque lo pareciera y quería un mejor destino para todos. En eso no había cambiado un ápice. Creía que aún podía cambiar al mundo o al menos hacer que el mundo no me cambiara. Por otra parte, aunque a mi modo, seguía buscando a mi madre. Ahora. En el tema del sexo, estaba reprobada. Lo manejaba todo en la teoría pero en la práctica, cero. Me sentía un raro espécimen. Junto con mis primas las feministas, yo creía ser la única joven clasemediera del país sin prejuicios sobre el sexo —al menos comparada con las de mi antigua escuela— y lo mismo que mi hermana, la que más conocía de métodos anticonceptivos, gracias a las postales que nos mandaba mi mamá dándonos consejos de cómo cuidarnos y recordándonos que nuestro cuerpo era sólo nuestro. Una innovación para la época. Pero en la realidad, yo era casi como decía el anuncio de los Hielos Polar: jamás tocada por la mano del hombre. Depravada y virgen. Como de película porno de cine club chafa.

Salvo uno que otro faje vulgar y precipitado, subidas y bajadas de cierre de pantalón —de ellos más que del mío—; salvo uno que otro trabajito oral con el que se sentían felices y sin culpa —esto era lo que más me sorprendía, que no sintieran culpa ni se dieran cuenta de mi frustración—, salvo esos pálidos esbozos de la obra de gran formato, nada. Puro intento furris de caballete.

Y como no se me había olvidado la promesa no hablada y hecha el día en que se fue mi madre, encontrar a alguien que fuera capaz de verme como su amante la veía a ella, y como pensé que eso sería dificilísimo y que bien podría conformarme con completar el rubro "encontrar" y el rubro "amante", en un arrebato de almohada al que llamaré "canto a mí misma" me prometí perder la virginidad como fuera, volverme una kamikaze del sexo, una dama de hierro inflexible a cualquier no, una mercenaria bajo la única orden de mi convicción: una mujer de Mundo no puede llegar virgen a la universidad. Confesaría a Max mis intenciones, le pediría que me presentara a alguien y si eso no se daba o ese alguien no llegaba, me largaría a otro lado donde tuviera la esperanza de un ligue que me llevara a mi objetivo, siempre y cuando no fuera un patán con espuelas. Actuaría como juraban hacerlo los gobernantes con los crímenes de importancia: llegando hasta las últimas consecuencias, cayera quien cayera.

Obligada a estrenar mi carácter de *femme fatale*, dije:

—Oye, Max, ¿no tendrás un conocido que me puedas presentar para no hacerles mal tercio?

—Tú nunca haces mal tercio, cuñada.

—Gracias, de veras. Pero lo que quiero decir es que yo feliz de salir contigo y con mi hermana, y muy agradecida, pero se me hace feo que ustedes no puedan platicar a gusto porque estoy yo como escolta...

—¡Oye!, no estás como escolta. Compartimos nuestras conversaciones. Tu punto de vista siempre nos interesa. Además, cuando Almita y yo queremos estar solos, estamos solos. ¿Cuál es el problema?

—No, si no es problema.

Cómo le iba a confesar mi plan. Si un hombre confesaba su deseo ni siquiera llamaba la atención, era lo más natural del mundo. En esos años hasta los amigos, si no los propios padres, los llevaban con prostitutas. Y ninguna mujer los trataba mal. Quiero decir, físicamente. En cambio, una mujer que no tuviera reparos en mostrar su deseo y ponerlo en práctica era un blanco fácil para ensañarse y maltratarla. Como si eso fuera lo que hubiera estado buscando. Que la humillaran y la golpearan. "Ella se lo buscó", ¿de dónde salía esa frase? Entre más lo pensaba más comprendía lo absurdo de la forma que revestía mi decisión. Lo mejor era seguir de llanero solitario, buscando por mi cuenta alguien con quien Dios, en quien no creía, o los hados, que pertenecían a una mitología antiquísima, o el destino, que era impredecible, me pusiera en contacto. Que me topara un hombre decente en mi camino. Sólo eso, fíjate, ya no aspiraba a más. Que no fuera un patán, punto.

Un hombre que después de hacer el amor conmigo no se sintiera tan culpable o tan responsable de mí que tuviera que despreciarme. Ya sé, suena absurdo. Pero así era la cosa y así sigue siendo hoy. Si no ¿de dónde esas frases de "date a deseo y olerás a poleo", "déjate ver a cada rato y olerás a caca de gato" y estupideces por el estilo?

Total, que fui en pos de un hombre que no fuera como los del Movimiento, porque ésos te daban órdenes a diestra y siniestra. Con decirte que después de las comidas de traje ni siquiera se levantaban a recoger sus platos. Así como te digo, haciendo brigadas para cambiar al mundo y no cambiaban ni una silla de lugar. A lo más que llegaban, si querían quedar bien, era a echarte un piropo sobre lo rico que te había salido el guiso. Muy bueno, ¿eh?, nadie como tú para hacer el chicharrón en salsa verde. Hombre, pues gracias, cuánta generosidad.

Eso es el samsara, me enteré en unas clases de budismo que empecé a tomar. Mientras vivieras, sufrirías. Que viniera lo que tocaba y a aprender con lo que tienes. El mundo era un aprendizaje permanente.

En lo que tocaba a aprender, sí estaba adquiriendo conocimientos a una velocidad pasmosa. Había accedido al verdadero aprendizaje que para mí se daba en los tramos para llegar a la escuela donde leía desaforadamente pero, sobre todo, en las noches de los viernes y a veces los sábados en que nos íbamos a nuestro recorrido por los antros del DF. Uno proscrito e impronunciable en el trabajo o la escuela pero al que fuimos varias veces: El Nueve. Esferas de espejo y luces en el piso, reflectores estroboscópicos y todos bailando como John Travolta. Gays y heteros todos uniformados, moviéndose de forma idéntica como si tuvieran toc. ¿Cómo que por qué iba ahí? ¿Cómo que te parece frívolo? Todo lo contrario: para mí fue como ir a Cambridge. En serio. No estoy siendo irónica. En esos antros aprendí una de las cosas más importantes de mi vida. Aprendí que existe la diversidad. Y aprendí a amar la diferencia.

Ya ni te digo que El Nueve era un lujo asiático junto a otros antros a los que fuimos. A El Nueve iban celebridades, y las veías en bola o en fila india bailando entre estolas y lentejuelas. Algunos con el afán nada más de ver ¿no?, de decir "yo estuve ahí", como nosotros, tal vez, al principio. Pero los *habituées* eran gente que ponía por encima de todo su libertad. Su derecho a asumirse.

En esa época empezó el concepto de barra libre y eso sí tuvo su lado oscuro. Mi hermana y yo vimos salir a varios en camilla con la Cruz Roja esperando afuera.

No sólo fuimos a antros de mala muerte. A Max le gustaba ir de lo alto a lo bajo y otra vez arriba y abajo, incansablemente. Restoranes donde probamos de todo —menos caracoles, que teníamos por decenas en la maleza a la que llamábamos jardín y que nos esperaban de noche, con la estela plateada de su baba— como viajeras del XIX. Discotecas y bares, sobre todo estos últimos, tal vez los recorrimos casi completos. Aunque Max también nos llevó a lugares como Rockotitlán, con el gusto de oír a Botellita de Jerez en vivo, un sitio donde escuchamos rock mexicano y del otro, del que oíamos en Rock 101. No, antes nunca imaginamos ir a un lugar así. Con mi mamá sólo música clásica oíamos. Y la seguimos oyendo. En los mismos acetatos. Increíble.

Pero con Max y su eclecticismo oímos cuanto se tocaba en ese tiempo y vimos cuanto espectáculo excéntrico había, de preferencia en fin de semana y en un lugar de noche. Era como un mentor de tugurios ¿no?: ahora les voy a enseñar éste y luego éste y ya verán que con este otro se van a fascinar. Tan grande era la sed de Max de compartir bares y centros nocturnos que hasta al Señorial fuimos a dar. Un lugar en la Zona Rosa con entrada de embudo donde tocaba un grupo de españoles que se hacía llamar Los Churumbeles y a los que Max conocía personalmente. Siempre les pedía que tocaran para él *El gitano señorón*. En cuanto lo veían llegar empezaban Los Churumbeles con aquello de *ni ná, ni ná, que mira, mira va, sa, sa, Era yo el gitano señorito/ Y al cabo de algún tiempo mi menda progresó/ Hoy que me ven de estas hechuras/ Me llaman tos los payos el gitano señorón, y mi hermana y yo batiendo palmas como los demás, y olé gitano*, con tal ritmo y tanta enjundia que se nos unían los de las otras mesas, y así con el ánimo exaltado y entre humo veíamos a Max pasando de señorito a señorón, desplegando un garbo y un salero que iba de lo sublime a lo ridículo sin poderse uno decidir. Acababa por robarse el show.

Max tenía duende.

Tenía también dinero. Mucho. ¿De dónde sacaría tanto? Para entonces ya se había ido de Kodak y hacía sus negocios en otras empresas, en Mexicana de Aviación, en Procter & Gamble, Unilever, los laboratorios Roche. El mundo de las trasnacionales crecía, se fusionaban unas con otras, se volvía el edén de los *young professionals* cuyas drogas favoritas ya no eran la marihuana y el LSD con que experimentaron mis primos, sino el polvo blanco y estar despiertos para siempre jamás. Nunca me tocó ver a Max dándose un pasón, por suerte. Tampoco lo vi conectar, así que no me consta que fuera yupi de aquéllos. A veces no ves lo que tienes que ver. Por miedo, básicamente. Y por una suerte de pudor. Es rarísima esa forma de proteger al otro de lo que ya está desprotegido. Lo mismo que pasa con el abuso. Como si al no nombrarlo no existiera, ¿no? Pero existe. Y sí, esos ojos brillantes y ese no estar dispuesto a terminar la fiesta eran síntoma inequívoco y sin embargo lo que veíamos era nuestro propio hartazgo. Terminar la farra contra los ruegos de mi hermana y míos en algún agujero donde hacían el split vedettes con nombres como Gloriella, Fiorella, Emmanuella, ahora todas terminadas en *ella*: eso empezó a ser una señal repetitiva y urgente.

Cómo decirle que a la próxima me cortaría del grupo. Jamás será heroico, ni siquiera loable, el papel del desertor.

—Querido Max, pasé una noche fantástica, pero…

Pues sí, seguramente había todo lo que dices alrededor. Nosotras sólo bebíamos. Y ni siquiera tanto. No consumíamos drogas y nos desagradaba —tal vez debiera decir nos aterraba— que muchos lo hicieran. Sí, es posible que pecáramos de ingenuas con Max.

Con Max y los dizque amigos que surgían cada noche, todos distintos.

Estaba en lo de buscar la mejor manera de espaciar las salidas cuando Max pareció recibir una iluminación. ¡Oye!, ¡Ya sé a quién te voy a presentar, cuñada! Se van a hacer superamigos.

—¿Por lo menos lee? —me atreví a preguntar.

—Mujer, pero si es todo un caballero. Muy viajado. Alto funcionario de Mexicana de Aviación.

Mi hermana pensó que Max no podría presentarme a un hombre vistiéndome como me vestía. Así que según me contó después le dijo a Max: querido, está mal que yo te pida esto, pero ya que le vas a hacer el favor a mi hermana, hazlo completo. Dices que el pretendiente es un ejecutivo, ¿verdad?

—De Mexicana de Aviación, nada menos. Y como tú y tu hermana misma comprobarán, un caballero.

—Pues mira, mi hermana necesita ropa adecuada para poder ligarse a tu amigo.

—Vamos a comprársela ahora mismo.

—¿Y no necesitas que venga ella con nosotros?

—No te ofendas, preferiría que no. La mente es muy traicionera y podría orillarla a elegir aquello a lo que está acostumbrada.

—¿Y la talla?

—No te preocupes, las conozco perfectamente.

Si yo hubiera sido mi hermana, una respuesta como ésta me habría puesto a girar. Habría pensado: ¿la vio desnuda o qué? Pero mi hermana no era así, para ella fue un comentario muy natural y allá fueron a ajuarearme con ropa de marca, la primera ropa de marca que usé en mi vida.

Me emocionó saber que tendría ropa nueva.

A partir de entonces tuve sueños de diversa índole. Me imaginé viajando en primera a los países más ambicionados de Europa. Paseando tomada del brazo de un hombre al lado del Sena o caminando por los andadores de Champs Élysées; discutiendo frente a los cuadros de los impresionistas de l'Orangerie, de los impresionistas del Louvre, del Marmottan Monet, del número 12 de la calle de Cortot y preguntándonos cómo podía haber tanto cuadro impresionista por el mundo, si estos jóvenes pintores que decidieron salir al aire libre a retratar la luz habrían pintado como desquiciados o si los cuadros se habían reproducido en serie. O conversando entre los canales de Venecia o en la plaza de San Marcos, admirando el bloque de granito de la catedral traído de Tiro en el siglo XII o subiendo a la Torre del Reloj o parando a tomar un expreso en el Caffè Florian. Momentos Kodak, ¿no? Mi hermana me había hecho vivirlos. Con suerte y estando en Europa hasta me encontraría en uno de esos lugares con mi mamá.

Pero los días siguieron pasando y con ellos las semanas y el hombre al que a veces imaginaba de traje y quién sabe por qué, otras veces, de uniforme, siempre tenía una junta o un viaje de último momento. O quién sabe. A lo mejor tenía familia y Max no me lo decía. El caso es que cancelaba su supuesta llegada con dos o tres días de anticipación. Con la misma confianza o más bien con un cierto derecho que da el que otro no cumpla su promesa empecé a espaciar mis salidas con ellos. Pretextaba un examen, el interés por ver un programa en la tele o simple cansancio.

De salidas ni hablar, porque de no ser con ellos en esa época de noche no salía. Me había desconectado de mi grupo. Me daban pereza. Me quedaba en casa leyendo, pero me descubría de pronto distraída con una escena donde Max aceptaba el micrófono y cantaba un bolero dedicado a mi hermana: *tanto tiempo disfrutamos este amor/ nuestras almas se acercaron tanto así/ que yo guardo tu sabor pero tú llevas también sabor a mí*; o donde hacía el paso doble, sin la menor escuela y la menor inhibición, y volvía a reírme pensando que era el ser más *kitsch* y más desacomplejado de la creación.

No creo que hubieran pasado más de ocho semanas, a lo sumo diez, cuando mi hermana, llorando a mares, me dio la noticia. Al principio no entendí bien qué me decía; sólo poco a poco pude unir las palabras sueltas en un todo que fue cobrando significación. Max. Mexicana de Aviación. El supuesto amigo. Fraude. Cárcel.

Mi hermana y yo fuimos a ver a Max al Reclusorio Norte donde los presos se vestían de beige y caminaban como zombis por el patio. Recuerdo su mirada ajena y desencantada, perdida. Recuerdo haberle dicho que la revisión había sido minuciosa y humillante, sobre todo para mi hermana. Recuerdo haber visto a mi hermana mirando a Max y después mirando a los otros reos en el patio, tranquila. Recuerdo haberle dado a Max lo que nos dejaron meter mediante "una cooperación" que nos pareció excesiva. El libro de Heinrich Böll, *Opiniones de un payaso*, que encontré en una de las librerías de viejo de Donceles.

He leído la copia del acta mil veces, he revivido la historia tal como imagino ocurrió, tal como me la contaron tu papá y tú y todavía me aterra. Tengo el acta aquí, en el cajón inferior de la mesa del estudio y cada vez que siento nostalgia de ti y vuelvo a pensar que no había razón para que te fueras tan lejos; cuando no me basta con los mensajes y los correos que tú y yo nos mandamos, leo partes de la denuncia que levantó Volker y traigo a mi mente lo que se quedó ahí, cincelado a fuego, como si yo hubiera estado presente ese día. Lo veo con toda claridad, sucediendo frente a mis ojos:

El auto delantero se detuvo, impidiéndoles el paso. La calle empedrada y angosta tenía del lado izquierdo casas construidas sobre la barranca; del derecho, edificios levantados sobre el desfiladero. No había para dónde moverse. Lo prudente era esperar un segundo, ver si se les había parado el motor. Tu padre tocó el claxon, una vez, varias veces más, pero el coche frente a ustedes no avanzaba. Tal vez se había descompuesto. Trató de meter reversa sólo que al mirar por el retrovisor se encontró con otro coche detrás, un Sentra blanco del que se bajaron dos tipos armados. Se apostaron a cada lado de las ventanillas del auto en el que iban ustedes y les apuntaron: ¡bájense, culeros, qué no están viendo o qué! ¡Bájenseee!, la mano sujetando la pistola de metal gastado como fierro viejo, ¡que no veen!, lista para disparar si algo salía fuera de los planes. Claro que veían, pero el que hablaba estaba a mil revoluciones por minuto por la coca y por más que ustedes se bajaran del coche a la velocidad de la luz para él todo ocurría en cámara lenta. Salieron cada uno sin verse, primero tu papá, tú después, a ti te pasaron al asiento de atrás y a él lo sentaron en el lugar del copiloto, donde tú habías estado. Ahora compartías lugar con uno de los tipos que antes venía en el coche de adelante, un hombre menor que los otros, bajo de estatura y algo pasado de peso que salió del auto medio empujado por su compañero y se sentó junto a ti y te apuntó a la sien con una pistola sin dejar de verte el pelo, muy concentrado en el preciso lugar a donde te apuntaba mientras el del volante se desgañitaba, ¡hijos de la veeerga, hijos de su putíííisima madre, donde hagan un gesto o traten de decir algo! ¡Se mueren, me cae de madreees!, ¡se mueereeen!, decía, golpeando el volante. ¡Sobre todo tú! —se dirigió a ti—. Ya lo estás viendo, ¿no? Ya viste que mi compañero tiene síndrome de Down y si lloras, dispara, y en ese momento te congelaste y dejaste de sentir, fue rarísimo porque en la radio seguía sonando la canción de Billie Holliday que venían oyendo tu padre y tú, *Stormy Weather*, en la que no habías reparado y que ahora te transmitía una grata sensación de paz. Qué maravilla Billie Holliday, con esa voz podía hacerte sentir que todo estaba bien aunque todo estuviera mal, y a lo lejos, pero muy allá, oías el ¡ahora sí, hijos de su reputíííisima! ¡Ya se los cargó la veeerga, pero como va, como vaaa!, y el tipo tronando los dedos y acelerando en tal forma que chirriaban las llantas del coche, ese coche que rentó tu padre para que salieran de viaje porque eran vacaciones de fin de año y él y tú tenían ese acuerdo: verse en México, donde tú vivías y a donde él volaba un par de veces al año desde Alemania. Se llevaban bien, tú y tu papá. A pesar de la distancia, a pesar de la lengua, porque él hablaba un español germanizado y tú no hablabas alemán ni lo ibas a aprender, como le dijiste un día. Que te hablara en tu lengua, que se entendieran en esa forma en que sólo puede uno entenderse en su lengua materna, con modismos e invenciones, con todos los mexicanismos posibles y te solazabas usándolos con él y que te entendiera y a la gente le hacía gracia oírlos hablar a los dos, la mexicanita y el teutón, a él como si fuera más de acá que de ningún otro lado, con ese acentazo de quien masca tuercas y se come todas las vocales, oyéndolo decir güey y eskuinklitoz y ezto esztá rrascuache con esa r gutural de los germanos pero con ese amor por este país como si se lo estuvieran regalando. Juntos conocieron los pueblos del norte y sur de México, las playas del Pacífico, juntos durmieron en búngalos atendidos por exhippies y en hoteles de hamaca; juntos, aunque a veces con uno que otro pegoste de amigo de tu papá, fueron a las pirámides de Teotihuacán, y a Tulum, y a Xel Há, y a Chichén Itzá, y a Monte Albán, y te encantaba molestarlo diciendo: ¿aquí también vamos a ver las ruinas, pa?, y oírlo decir te dije ke no zon ruinaz, bazamentoz piramidalez, son trez mil añoz de hiztorria, este país tiene una kulturra milenarria, y verlo comiendo chapulines y gusanos de maguey y bebiendo mezcal en Oaxaca, diciendo ooopa, cada vez que se empujaba el caballito al gañote, grande y bondadoso, tu padre, con un corazón del tamaño del pie de dimensiones extraordinarias con el que lo molestabas. ¿Ya te vas a esquiar con tus esquís integrados, papá? No me digaz pa, dime Volker. Cuando yo erra bebé rezien nazido, te decía, me ponían zapatoz de niño de doz añoz, riendo a carcajadas y el diminuto niño oaxaqueño oyéndolo contar estas historias y tu padre fascinándolo con otras más en las que hablaba de ogros de dos metros con pelos de elote como él y dándole un abundante taco preparado con sus manazas y algunos billetes, preguntándole, ¿errez zapoteka? ¿Mizteko zapteca? ¿Te sabez *Dioz nunca muerre*?, su melodía mexicana favorita, una canción con ese título que hablaba de Dios, hazme el favorr, azegurando que erra eterrno, aunque él fuera más ateo que la chingada como solía decir, sin aclarar por qué pensaba que era atea la chingada. Había crecido en Berlín oriental, en la Alemania cercada por el muro que levantaron de la noche a la mañana cuando él tenía siete años. Mil veces te había contado cómo se acostó a dormir después de merendar su Milchschokolade y se despertó con la noticia de que habían construido un muro a unas cuadras de donde vivía y nunca más pudo ver a sus primos y a sus tíos que quedaron del otro lado, esos tíos y esos primos que les mandaban postales que siempre retuvo la Stasi donde les pedían tarros de Spreewaldpickles y Mocca Fix para ver qué era eso que vendían en el este a cambio de mermeladas de frutos del bosque y *Rote Grütze* que nunca llegaron y les dijeran que todos estaban bien y esperaban que ellos también. Cuando tu padre se ponía en ese plan después de beber mezcal o si le sobraba doppelkorn (Bismark, su favorito) que traía desde la RFA dizque para ti en la maleta, se ponía en un ánimo que él llamaba "Ostalgie" y te contaba cómo los niños de la RFA llevados por su escuela se subían a una escalera especialmente puesta para ello formados de uno en uno y se asomaban a ver cómo vivían los niños del otro lado, o sea del suyo y de quienes se quedaron en la RDA. Ellos. Te decía cómo él siempre se imaginaba que algunos de esos niños serían sus primos, Bruno, Franka, Törsten, Sylke, Ute, Markus, Annika, a los que había dejado de ver y de vez en cuando saludaba hacia allá aunque no pudiera ver ni los otros niños lo vieran. Te contaba cómo nadie se podía acercar a ese muro vigilado por guardias armados desde sus torres con el fin de evitar cualquier intento de escalar o de escapar cavando debajo y cómo muchos ni siquiera se atrevían a mirar en esa dirección pues los soldados estaban permanentemente ahí, apostados día y noche, y cómo había una garita en Checkpoint Charlie por donde entraban de Alemania Occidental quienes obtenían un permiso de un día, y eran rigurosamente vigilados al regreso. El mensaje era que cada quien estuviera en paz sin pensar en los otros del lado contrario de su muro, sin pensar en nada más que en cumplir con lo que a cada cual le tocaba, porque según pensaba el gobierno de cada una de las Alemanias, cada uno estaba en el mejor de los mundos posible, así el mundo se hubiera dividido de un lado en tres: sector estadounidense, francés y británico, y de otro, en el sector soviético sin preguntarte de qué lado te hubiera gustado más quedar. Él no hubiera ni soñado acercarse al muro hasta que decidió huir definitivamente, es decir, soñaba con el otro lado del muro, con lo que creía era la Alemania libre, él que amaba la libertad por encima de cualquier otra cosa, pensaba a menudo en él, en el muro, y en los metros de tierra de nadie, la franja de la muerte que separaba a los dos países que habían sido uno; pensaba en el muro y en quienes como él vivían de este lado, en el este, separados por esa zona sembrada de minas terrestres a la que nadie se podía acercar porque sólo soportaba el peso de los conejos. Y estas pláticas y esos recuerdos, mientras oías a tu padre, se mezclaban con aquel otro en que el hombre que iba hasta arriba de cocaína y que había levantado tu primer muro entre tú y tu propio país los llevaba a ti y a ese mismo padre en el coche rentado, manejando fuera de sí, como poseso, gritándoles: ¡ustedes ni sueñan con vivir la vida que nosotros teneeemos!, refiriéndose a él mismo, a su cómplice de secuestro y al que te venía apuntando: miren nuestros tenis: Nike de última generación, Adidas Superstar, miren nuestras chamarras, North Face, y el Rolex Oystersteel ya ni se los enseño porque les voy a dar envidia, ¿lo oyen? ¡Envidiaaa!, mirando hacia atrás, donde estabas tú, y aullando de pronto a través de la ventanilla: ¡cabrooonees!, ¡valen vergaaa todoos!, ¡valen verga y me la pelaaan!, ¡me la pelaan!, y cuando pensaste ahora sí chocamos, por la vuelta en u tan cerrada que hizo al auto dar un coletazo y casi girar sobre sí mismo, pero no chocaron porque se enderezó, y cuando el fuera de sí tapado de coca y seguramente algo más pudo entrar al estacionamiento del centro comercial Perisur y decir: ¡óraleee, ya llegamos y aquí te bajas tú! —le dijo a tu padre— ¡y haz de cuenta que vamos de compras de Día de Reyes y eres nuestro tío!, lo que hiciste fue mirar a tu papá como desde lejos y hacer el intento de bajarte. Nooo mamacitaaa. Esooo sí que no. Tú te quedas con él, te dijeron, y el tipo con síndrome de Down se quedó concentrado en ese fragmento de pelo que venía observando todo el camino y apuntándote con la pistola repitió: tú te quedas con él. Tu padre parpadeó como para darte confianza y como diciendo: no pasa nada, se bajó flanqueado por los otros dos y tú ni siquiera tuviste que aguantar las ganas de llorar ni el miedo porque no sentiste ninguno de los dos y más bien le contestaste al que te apuntaba preguntándote si el anillo de bisutería que tenías te lo había dado tu novio: sí, y se lo mostraste. Dos corazones enlazados que él miró arrobado. Luego te preguntó cómo podía hacer para conseguir novia y con toda objetividad y todo rigor le explicaste cuáles eran los pasos: primero mirar sonriendo un poco a la chica, de lejos, para no darle miedo, luego hacerla sentir bien con un pequeño regalo o una flor o con una palabra bonita; oírla conversar o si era callada contarle una historia fantástica pero no de horror o sufrimiento sino de algo especial que hubiera visto, como un colibrí, por ejemplo. Hablaban de esto una y otra vez, el tipo con síndrome de Down te insistía, pero de veras, cómo le hago para tener novia, y de vez en cuando tu padre volvía al auto pues había pedido como única condición —como si estuviera en la posición de poner condiciones— que lo dejaran volver al coche entre compra y compra para cerciorarse de que todo estuviera bien contigo. Y por lo visto cumplieron cuando menos esa petición, y tu padre y el hombre tapado con cocaína y el otro que se fue callado todo el camino, sentado a tu derecha, y que también se bajó al centro comercial fueron llenando el coche con bolsas y paquetes varios: dos aparatos de audio y bocinas y cadenas de oro diversos y varios colgantes Swarowski y un par de relojes que dejaron en la cajuela y cuando ya no cabían, entre tus pies y los del tipo con síndrome de Down que apenas veía venir al que estaba fuera de sí por la coca te volvía a apuntar en la sien con la pistola. Y así estuvieron un tiempo ¿cuánto tiempo? ¿Cuánto habrá pasado? Quién sabe cuánto sería porque no usabas reloj y tal vez frente al tipo con síndrome de Down no te habrías atrevido a mirarlo si lo hubieras usado, pero te diste cuenta de cómo se hacía tarde, primero, y después cómo se hacía de noche, y ya no cabía ninguna cosa más en el auto pero el tipo aquel y tu padre seguían viniendo con paquetes y mucho tiempo después, cuando por fin llegaron a tu casa, a nuestra casa, tu padre te contó, nos contó, que había pagado con las tarjetas de crédito, con todas las que tenía, las que había ido obteniendo luego de que se fugó de la RDA y empezó a trabajar en la RFA, primero en el mantenimiento de un conjunto de edificios, empleo que le consiguió uno de sus primos (Bruno) que lo reconoció tras mil esfuerzos cuando el otro primo (Törsten) le dijo qué no ves que es Volker, ¿de veras, Volker?, sí, salió hace tres días de la RDA, urdimos todo el plan durante cuatro años o más y helo aquí, ¡Volker!, tantos años pensando en él y en cómo se divertían sobre todo en Navidad con el armón, no lo puedo creer, Volker, trabajando luego en la oficina administrativa de su primo Bruno al que no le dijeron nada de la fuga por precaución y quien lo contrató y luego lo retuvo porque resultó ser buenísimo para los números y honrado a morir, cuestión que aprendió en la RDA como uno de los valores inamovibles, un sentido de lealtad arraigado: poca propiedad privada que había y la que existía era sagrada, podías envidiar lo del vecino, incluso tratar de intercambiarlo por otros bienes o por trabajo, arreglos imprescindibles de la casa, enmiendas de la construcción para las que era buenísimo, pero robar nada, ni hablar, te decía tu padre cuando viajaban juntos, quizá porque sabía lo que significaba para alguien tener algo: mucho más que un simple bien o un objeto, el resultado de un sueño o un recuerdo que perteneció a la familia y que se pudo preservar, algo precioso y más cercano a la identidad que a la posesión. Y eso y ser trabajador como pocos lo había llevado a tener distintos empleos y finalmente a independizarse tras reunir los ahorros que tenía y de los que había tenido que echar mano mediante todas esas tarjetas con las que había pagado lo que se les ocurrió a esos criminales de mierda durante el secuestro. Pero lo que más lo indignaba, dijo tu padre mientras se bebía el gigantesco vaso de cerveza que le serví y mientras te bebías tu vaso normal de cerveza para calmar el susto aunque no parecían tener ninguno y yo era la que estaba a punto de un colapso, lo que le parecía el colmo en verdad y algo inconcebible de los bancos y de la propia American Express era que se hubieran conformado con que él les diera por teléfono sus datos confidenciales, una y otra vez proporcionando los datos confidenciales a través de llamadas que hacían los empleados de los almacenes para autorizar los pagos. ¿Cómo no pudieron sospechar en los bancos que se trataba de un secuestro? Eran los años en que en este país nos volvimos expertos en secuestros exprés pero los bancos se escudaban al decir que ellos sólo seguían un protocolo y que mientras el cliente diera sus datos confidenciales estaban obligados a autorizar los pagos. Eran días posteriores al Año Nuevo, víspera de Día de Reyes, así que era perfectamente creíble que alguien hiciera compras desorbitantes para repartir regalos a diestra y siniestra. Que reclamara después, le dijeron en cada uno de los bancos a los que llamó desde la casa, que enviara una carta explicando lo del secuestro y pidiendo la devolución. Y tu padre, ingenuo como era, o esperanzado, alemán al fin que cree que existen la justicia y la ley, envió la carta y nunca le devolvieron un peso de todo lo que aquel día le robaron. Denunció el secuestro a pesar del temor de que pudieran hacerte daño, de que los secuestradores se enteraran si la gente del ministerio público estaba coludida con ellos, de que los tipos supieran que los habían denunciado describiendo sus rasgos con pelos y señales, de que volvieran ahora que lo habían oído dar tu dirección, nuestra dirección, cuando le pedían un domicilio en esta ciudad al dar los datos a los bancos. ¿Que por qué lo pensaba? ¿Lo de que volvieran? Según él porque tenía experiencia en asaltos y drogas duras que en Alemania Occidental se vendían como caramelos y acá también y se las ofrecían por donde fuera, mucho más aquí por ser extranjero y sabía que los cocainómanos y los que fuman cristal y lo combinan con pastillas no sienten miedo y están alterados al grado de poder sufrir un paro cardiaco en cualquier momento, un ataque de paranoia que los hace enloquecer y torturar y matar sin experimentar otra emoción que la excitación misma y porque invariablemente tienen ligas con la policía y porque están tan enchufados que siempre quieren más. Tiempo después te confesó que había pasado más de dos años trabajando en todo lo que pudo para pagar la deuda que ni el Deutsche Bank ni American Express, la llave del mundo, le quisieron condonar aun cuando les explicó que había sido objeto de un secuestro en México. Lo sorprendente para mí fue que ni eso lo desmotivó de seguir viniendo a este país ni de ir contigo en coches alquilados a recorrerlo. Y que tampoco a ti el incidente que a mí me dejó insomne para siempre te hubiera alterado ni hubieras pensado —no aún, todavía no— que aquí todo estaba perdido y había que huir, irse a vivir fuera.

Cada vez que tengo insomnio, revivo la escena, y siempre se presenta así. Porque la memoria no sólo se hace con lo que nos ocurre sino con lo que otros nos narran sobre lo que les sucede a ellos. Mi memoria está hecha con palabras tuyas que quizá tú no aceptarías como propias y con las que le he puesto a mi madre y que para mí son ya para siempre suyas.

Claro que creo que contar nuestra historia, la que cada uno puede narrar sobre sí mismo, es hablar a través de lenguas que no son nuestras. Por supuesto que creo que sólo a través del lenguaje de los otros podemos decir quiénes somos, recuperar lo que es nuestro aunque antes de narrarlo no lo sepamos. Tú crees que decirte esto que te digo es un modo de eludir o de suavizar lo que es doloroso o inescrutable sobre tu vida y sobre la mía. Yo sé que no. Y ya sé que como dices ésta es sólo mi versión, no podría ser de otro modo. Y aunque ninguna versión es definitiva —de ahí la extraordinaria riqueza de la literatura, que es infinita— cada historia es un intento de dar voz al pacto de silencio que vivimos cuando renunciamos a contarnos, a narrar nuestra historia a otro. Y no, no estoy evitando decirte qué pasó entre el último de los hombres con el que estuve y tu padre. Qué pasó con los sapos antes de encontrar al príncipe. Ni siquiera estoy segura de que fuera el príncipe. Como en el juego de las sillas musicales, a veces pienso que de pronto se detiene la música y simplemente escoges al que está a tu lado: te toca sentarte ahí. Ya sé, esto suena demasiado injusto para alguien como Volker. Tú lo sientes injusto porque es tu padre y porque ha sido bueno contigo. Yo lo siento injusto porque fue el primer hombre con el que pensé "quiero tener un hijo". No nos tiene que ir bien en la feria a nosotras mismas, las que decidimos tener al hijo, con un determinado hombre, para pensar que la elección fue la adecuada. Lo importante es qué significa ese padre para el hijo o hija que quisimos tener. Conste que no digo: lo que importa es cómo será ese padre con el hijo o la hija que tendremos. Eso no se sabe nunca. De acuerdo, puede haber indicios, pero nunca hay una seguridad. Nadie te firma una garantía, aunque te la firme. A mí Volker no me la firmó, conmigo fue muy claro desde el principio: no puedo arraigarme, me dijo, no soy un hombre de arraigos. Lo que no quiere decir que no ame, que no me transforme, que no dé lo mejor que pueda. Lo dijo con su español gutural pero perfectamente inteligible. Y directo. Sobre todo eso: claro y directo. No por nada había estudiado en la Universidad Humboldt filosofía y germanística. No por nada, tampoco, se había decepcionado de la censura que existía sobre la verdadera situación en la RDA y sobre la imposibilidad de escribir algo que tuviera que ver con su experiencia real. Sabía que si alguna vez él o sus compañeros eran leídos sería por los lectores occidentales y en buena medida eso fue lo que lo impulsó a escapar de una cultura y un país que dejaría de existir tras la caída del muro pero sobre el que escribiría y que viviría recordando el resto de su vida. Vivir, *vivir realmente*, conocer, viajar. Poder hablar. Pensó que eso era lo que quería, se preguntó qué era lo que más valoraba y en ese momento decidió que la libertad. Y escapó. Se fue a Alemania Occidental. Durante un tiempo pensó que no volvería a pisar la RDA, que los archivos de espionaje de la Stasi lo tendrían proscrito, pero en realidad pasaron unos cuantos años antes de la unificación y muy pocos más para que todo eso hubiera quedado en el olvido. No en el suyo, ni probablemente en el de quienes vivieron esa experiencia. Pero sí en el de la Historia que es la peor memorista porque selecciona lo que le conviene a quienes vencen en el futuro inmediato.

Qué significa el padre del hijo o la hija que uno va a tener. Para mí tu padre significaba lo mismo que mi madre: libertad. Capacidad de ser quien uno quiere ser, se equivoque o no. Y bondad. Algo innato y difícil de describir: todos nos consideramos buenos, en principio. Todos. Pregúntale a un narcotraficante o a un asesino, jamás te dirá que se dedica a envenenar y torturar a otros, a arruinarles la vida. Ningún reo se siente culpable. Por eso todos están dispuestos a hacer suya la frase de "haber sido injustamente encarcelado por un crimen que no cometió". Un criminal te dirá que cometió un error, nada más, algo que tuvo que ver con su captura. Nunca te dirá que es intrínsecamente malvado. Pero Volker era bueno porque sin hacer alarde, la mayor parte de sus actos implicaban hacer algo por alguien más. Y le dolía ver el dolor ajeno. Le dolían los actos injustos, no del modo en que dicen dolerse los políticos o los falsos mesías sino con una especie de rabiosa impotencia que lo hacía ponerse de malas y tratar de hacer algo al respecto. Tal vez eso fue lo que me enamoró. Verlo tratar a los demás con una atención particular, como si cada uno mereciera ser considerado una criatura única, especial. Yo fui quien se acercó a él. Porque supe que era preferible ser rechazada que no ser vista.

—¿Te puedo ayudar a encontrar lo que buscas? —le dije al verlo mirar un mapa en la cafetería de la Cineteca.

Me miró entrecerrando los ojos, con una media sonrisa.

—Eztoy zegurro ke zí —dijo.

Y ahí supe que mi suerte estaba echada.

Me empezó a latir el corazón muy fuerte, me dio vergüenza pensar que él lo escucharía y se daría cuenta del efecto que me estaba causando. Aun así me mostré muy tranquila. Fingí ser otra y sentándome en la silla que estaba a su lado, mirando el mapa, pregunté:

—A ver, ¿qué buscas?

Dio vuelta al mapa y lo cubrió cruzando sobre él sus manazas.

—Es pozible que haya encontrrado lo que buzkaba —dijo, mirándome a los ojos.

Nunca, pero nunca, pensé que un alemán pudiera ser así. La idea que tenía de ellos era la de personas más bien prácticas, cautas si no es que reticentes al ser abordadas por los otros. Sí, piensa que aunque estuviéramos en mi país en este caso yo era lo otro. Pero se veía que precisamente venía buscando eso otro porque en ningún momento lo sentí incómodo o molesto. Al contrario. Pedimos un par de cafés —cuando vino el mesero él decidió cambiar a cerveza— y nos pusimos a charlar, él completamente olvidado de aquello que buscaba. Te daba la impresión de que no había hablado en días. Me contó su historia en el transcurso de tres cervezas (él) y dos cafés (yo) que me dejaron muy nerviosa. Yo entonces no bebía café, casi no tomaba alcohol —lo de Max había sido una época excepcional en mi vida— y cualquier medicamento me hacía una reacción como a niño de cuatro años. Uf, tan independiente, tan vivida y sin embargo habitando el mundo como en un estado de pureza. Y ahí estaba, como ante las óperas interminables de Wagner, escuchando aquel borbotón narrado con extraña naturalidad y fluidez, haciéndose más y más intenso conforme más avanzaban las horas. En tres patadas me contó su infancia en la RDA, su juventud, su fascinación por la poesía y los mitos que lo había llevado a estudiar germanística o sea literatura de sus tierras en un tiempo y un país —esa otra Alemania— en que estudiar era hacerlo de veras. Había pasado muchos de los mejores momentos de su vida inmerso en la poesía romántica alemana. Heine, Schiller, Hölderlin, Kleist, Rilke, por encima de todos Rilke. Se soltó recitando versos en alemán y luego traduciéndome algunos, incluso me tradujo el epitafio de Rilke que es hermosísimo. Luego habló de dos enigmas: Goethe y Broch. Ambos transmitían la sensación de que la vida era un todo —como en el budismo— y era eterna. Me contó su estancia en la universidad en una época en que parecía que algo estaba a punto de estallar. Era 1987, él había ingresado unos años antes, ahí había nacido su idea de la fuga.

—¿¿Te fugaste de la RDA??

Empecé a sospechar que mentía.

Él pareció no darle importancia a la excesiva curiosidad de mi pregunta y volvió a la poesía. Tres semestres habían sido suficientes para darse cuenta de la grandeza de la literatura alemana, dijo, y de la enorme censura a los escritores contemporáneos. Al cuarto semestre, desertó. Se inscribió pero ya no acudió a las clases, en vez de eso se metió como oyente a tomar cursos de arquitectura y urbanismo. Siguió viendo a algunos compañeros y maestros de literatura de forma clandestina pero reorientó sus intereses y sus estudios. Se inscribió en arquitectura. Gracias a un amigo consiguió un puesto de ayudante de obra y estuvo inmerso en la división y subdivisión de espacios: a sacar un vestíbulo y un baño en lo que fue una cocina.

Luego se fue a la RFA.

No, ahora no me diría cómo lo hizo, eso ameritaba otra charla. Otro día. Ahora quería hablarme de su vida actual. Bueno, de su vida antes de hacer lo que ahora hacía. No, tampoco me hablaría de lo que hacía ahora: eso llevaría aún más sesiones que la historia de su fuga. Me dijo rápidamente, sólo para despachar el asunto, en modo telegráfico (sí, existían los telegramas):

Los verdes. Die Grünen.

—¿Qué?

Ecología Política, liberalismo de izquierda. Pacifismo. Economía mixta.

No quise decir que no entendía exactamente qué quería decir y escuché como quien oye un rezo, una letanía.

Cuidado del medio ambiente.

Sociedad multicultural.

Reconocimiento de las parejas homosexuales. De la diversidad de géneros.

Cuotas.

—¿Cuotas? —pregunté sorprendida—. ¿Pagas por estar donde estás? —no entendí muy bien dónde estaba.

No, ellos pagaban —soltó una carcajada—. Pero no del modo que pensaba yo. Mantenían un sistema de cuotas para garantizar la equidad de las mujeres.

Lo que quiera que hiciera Volker me parecía *avant garde* e interesantísimo y hubiera querido conocer los pormenores, pero él no estaba dispuesto a hacer otra cosa que el breve recorrido por su vida sin detenerse en ningún periodo, salvo el presente.

Los conocimientos de arquitectura aprendidos en la RDA le habían servido para hacer lo que había hecho desde que consiguió instalarse en la RFA. En principio, dedicarse al mantenimiento de edificios, pero al cabo de poco tiempo ayudar en la remodelación de los departamentos de esos edificios.

Ésa fue la primera vez que me dijo que no sólo tenía talento para administrar sino también para reconstruir. Administrar y reconstruir, pensé. ¿Acabaría haciendo eso con mi vida? Pero él, ajeno a lo que yo pensara —y ajena yo al subtexto que él estuviera generando— lo oí decir que ahora multiplicaba los departamentos que la compañía de su primo alquilaba. Tenía idea de la arquitectura y según le habían dicho los demás, no tenía mal gusto. No podía ser un alarde, pensé, no cuando se me quedaba viendo así, podía perfectamente estar hablando en sentido figurado. Pero quién sabe. Quién sabe cómo se lanzan al ruedo los alemanes. Y a diferencia de sus colegas, siguió, tenía idea del ahorro. Cómo hacer más, con menos. ¿No era lo que había hecho toda su vida en la RDA? "Maximizar", como ahora se decía, "optimizar". Como qué. Todo. El espacio, los recursos, la experiencia. Hacer rendir el dinero. Aunque no hubiera terminado la carrera de arquitectura, los conocimientos adquiridos —planos, cálculo estructural, materiales— eran básicos y suficientes para su especialidad: remodelar buhardillas. En la RFA la moda era la remodelación de buhardillas. En menos de tres semanas tenía el proyecto modelo para restaurar los departamentos del edificio completo y una serie de trece buhardillas, algunas con vista al Spree, al Tiergarten, a la Puerta de Brandemburgo. Volker los sorprendía a todos. Resultaba que el joven un poco salvaje pero buenazo que se había fugado de la RDA hacía poco más de tres años era un lince para cualquier propuesta de trabajo que le pusieran enfrente. Y tenía una habilidad especial para los negocios de remodelación y expansión del oeste. No sólo eso: podía hacer amistad con gente de distintas clases sociales —algo que cuando menos en teoría no existía en la Alemania Oriental, pero que en realidad adquiría una forma tan sutil que volvía a sus habitantes más perspicaces en el arte de distinguir jerarquías— de modo que en un tiempo récord tenía ya sus papeles en regla.

Me impresionaba la seguridad y la falta de pudor con que me contaba todo esto, la falta de modestia. La precisión. Una nueva forma de objetividad para mí. Y que fuera tan lenguaraz, tan confiado. Mucho más para ser alemán. O no era verdad nada de lo que decía y estaba fingiendo el acento o había llegado de nuevo el momento, para mí, de romper el pacto con lo previsible.

¿Cómo hizo para sintetizar su relato de modo que tras la primera conversación yo sintiera que lo conocía? No sé. Dicen que la lengua alemana es aglutinante, y por tanto el pensamiento alemán es también así. Parece que un alemán dice cinco palabras y cuando menos te esperas ya postuló un teorema. Ya sé. Suena ingenuo. Pero ésa fue mi impresión con él y estoy tratando de acudir a las emociones más que a los recuerdos. Al fin y al cabo las emociones son lo que queda. Tú quieres saber qué me atrajo de tu padre y cómo fue el encuentro.

Seguramente no fue de esa forma, pero así lo sentí yo entonces y por eso me enamoré de él *ipso facto*.

Piensa que una conversación está inmersa siempre en un contexto. Las mismas palabras, dependiendo de qué atmósfera las contenga, impresionan de forma distinta. Como te dije, estábamos en la Cineteca y acabábamos de ver cada uno por su cuenta la novedad de Werner Schroeter: *Der Rosenkönig*, una película extrañísima sobre una mujer inestable que se va con su hijo a Portugal a sembrar rosas. El hijo, Albert, está perdidamente apasionado por el granjero Arnold. Supongo. Porque también se puede plantear al revés: Arnold es quien se apasiona por Albert. En todo caso, hay una sobreexposición de escenas eróticas masculinas sobre un fondo musical de canciones completas cantadas en varias lenguas, en español incluso. Pero eso no era lo importante, aunque salvo Pasolini, ver esa clase de escenas fuera insólito para la época, ya ni te digo para mí. Lo importante era que la película no podía interpretarse como cualquier historia sino con base en un juego de asociaciones. O más bien: lo importante era que en esa época nada que fuera lineal, nada que obedeciera a una ley de causa y efecto podía gustarnos, quiero decir, gustarme. Mucho menos sorprenderme.

Y algo semejante al efecto de la película de Schroeter me ocurrió con Volker. El encuentro con él no fue una narración lineal y despaciosa sino un golpe de impresiones y asociaciones que tuvieron en mí el efecto del encantamiento. Una metáfora. Un hombre muy alto, más salvaje que bello aunque bello pero sin percatarse de su belleza, con cabello rubio y ensortijado y siempre en desorden, una estructura ósea y un cuerpo perfectos si no fuera por las proporciones exageradas de la escultura del Tercer Reich. De acuerdo. Tal vez no era tan monumental, tan lleno de experiencia, tan intenso. Pero así es en mi recuerdo. Es el efecto que Volker tuvo en mí. Apabullante. Creo que nunca más me he sentido de esa forma.

Lo más impresionante: ya sé. Su historia. El cuerpo sin historia no existe ¿verdad? La carne es la historia. Muy bien, no abundo en detalles, eres mi hija. El caso es que tu padre terminó de contarme la historia de su vida al mismo tiempo que escuchó la mía y siguió contándola de modo aleatorio, trayendo a cuento sólo ciertas escenas mientras nos besábamos y acariciábamos en mi departamento. Ajá, para ese tiempo ya vivía sola.

Fue excitante y terrible. Porque el alcohol y el sexo soltaban la lengua de un hombre de por sí deslenguado, porque se bebió el vino que encontró en mi casa y eso lo volvió más extraño siendo ya extranjero, e impredecible, y porque yo hubiera querido poderme hacer una idea comprensible, controlable, hubiera querido poderlo asir aunque desde el principio supiera que estaba perdida en mi propósito. Volker era un hombre que no echaría raíces.

—Yo eztoy kontigo aunque no ezté kontigo —me dijo con su acento cruel.

También me dijo que claro que le gustaría que pudiéramos vivir juntos, ser el uno para el otro y nada más, pero el mundo no era así y por eso las cosas no podían ser así.

Lo maravilloso ya era que nos hubiéramos encontrado y nos amáramos.

—Volker —le dije—. ¿Por qué no tenemos un hijo?

Él echó la cabeza hacia atrás y soltó una carcajada.

—Pero ke zea hija —me amenazó.

Y todavía pienso que es lo mejor que me ha ocurrido.

¿Cuándo empezó todo?

Cuando nació en ti el deseo de irte, cuando empezaste a hacerte preguntas cada vez más grandes de las que te correspondían, más terribles. Si pienso en ti de pequeña, incluso si veo las fotografías que te tomé y que atesoro, sólo puedo ver a una niña sonriente mirando casi siempre la cámara; una niña de pelo castaño y alborotado más alegre que el resto de sus compañeros, y la veo jugar durante infinitas horas, inventar, descubrir. Veo una niña con un rodete de chocolate en la boca y el moño medio caído o mostrando sorprendida una paloma que acaba de atrapar: una niña tan inquieta y con tanta energía que —por más que me divirtiera contigo— me orillaba a decirle en algún momento de la tarde: "oye, vamos a jugar a que nos dormíamos, ¿zas?". Por supuesto, nunca aceptaste. Enseguida me dabas algo —una mona de trapo, una pieza de Lego— e imponías las reglas del nuevo juego que empezábamos a jugar.

Nunca te gustó quedarte en la casa y exigías tu dosis diaria de salidas y de sol. A donde quiera que te llevara te gustaba. Al parque, a los mercados, a ver cachorros, a una convivencia infantil. Te encantaban las cosas típicas de este país: sus fiestas populares con algodones de azúcar y huevos llenos de confeti; su comida comprada en los puestos y los elotes cocidos en bote de metal; viajar en coche o visitar iglesias con Cristos de pelo natural con la cabellera hirsuta y suelta al lado de la cruz que cargaban con el torso semidesnudo y sembrado de moretones. Tenías el gusto gourmet de los niños de acá: te gustaba comer paletas heladas de limón con polvo de chamoy a la salida de la escuela; te encantaban los Cazares y los dulces picosos con tamarindo y chile, los cacahuates japoneses que no se conocen en Japón.

Te gustaba ir a las plazas públicas donde jóvenes casi miserables se vestían de payasos que pretendían ser graciosos sin conseguirlo jamás.

Salíamos de viaje todo el tiempo. Llegamos a viajar en el Volkswagen casi con todos los amigos, y en varias ocasiones con Volker, que rompió su promesa de venir una vez al año o dos, nada más. La mayor parte de las veces íbamos por el mundo solas, tú y yo. A ver las mariposas Monarca. Al mar.

Pero algo debió gestarse desde entonces.

Creo que fueron dos cosas las que intuiste desde muy chica. La primera ocurrió cuando visitamos un panteón antes de que obtuviera la beca que nos llevó a vivir temporalmente a Estados Unidos. Al entrar al cementerio te expliqué qué era ese lugar, la casa de los muertos, en la que estaban dormidos para siempre en sus tumbas. Como era cercano al 2 de noviembre la gente adornaba, o como ellos decían, "enfloraba" las tumbas con cempasúchil y terciopelos —esas flores rojas que según tú parecían cerebros—, y finalmente acomodaba cirios que se encenderían y arderían, te conté, toda la noche. Te expliqué cómo un día al año la gente ponía comida y bebida a sus muertos y cómo la compartía con ellos platicándoles, recordando. Te asombraste muchísimo. Poco a poco empezamos a recorrer los sepulcros leyéndote yo las inscripciones, viendo con atención cada una de las tumbas: las de familias adineradas que parecían pequeños palacios pero también las humildes que te dije eran las que más me gustaban: esos montículos de tierra que tienen tan sólo piedras encima y una o varias cruces. En uno de ellos, mientras yo decía en voz alta los nombres que aparecían en las cruces te leí: "Su cuerpo no la contiene entera". Traté de explicarte lo que eso quería decir y algo te quedaste pensando porque a partir de ese momento permaneciste muy seria, con esa seriedad de los niños que impone mucho más, quizá porque lo natural en ellos es que estén riendo. Tenías sólo seis años pero a veces ya mostrabas esa mirada seria, ensimismada, de quien se queda pensando en algo muy profundo. Seguiste caminando y observándolo todo pero sin preguntar ni comentar ya nada. Algo se había escapado de ese cuerpo que se descomponía a tres metros del suelo, y ese pensamiento se apoderó de ti. La sorpresa de aquel descubrimiento —sorpresa de la que no me percaté sino mucho después haciendo memoria retrospectiva— fue superada en el momento en que entre varios epitafios de otras tumbas te leí uno que decía: la niña Herlinda González (aquí venían las fechas y por tanto, te dije, murió a los seis años), un angelito. Sus padres la lloran y la recordarán siempre.

—¿¿Los niños se pueden morir?? —preguntaste, asombrada.

A menudo se piensa en los niños como proto personas, como un embrión o un proyecto, alguien que no se da cuenta de lo que ocurre. Basta con observar su mirada, sus reacciones, para percatarnos de la profundidad con que lo absorben todo y cómo se quedan pensando en eso que los atrajo. Tú tenías casi seis años, la edad de la niña en la tumba. Sí, te dije, nos podemos morir en cualquier momento. Lo dije sin tener conciencia de lo terrible de mis palabras en ese instante en que te estaba inoculando la idea de la muerte.

A los pocos días llegó el resultado de mi solicitud: me habían aceptado en dos distintas universidades y me daban beca completa, colegiatura, vivienda y alimentación. Nos fuimos a vivir a Estados Unidos. Volker prometió pasar una que otra temporada con nosotras: las vacaciones de verano o unas semanas en Navidad, pero para eso faltaban todavía unos meses. Tú recibiste la noticia como lo peor que te podía ocurrir: una desgracia. Además de tu ropa, te ofrecí llevar una caja con los muñecos de peluche que acomodábamos todos los días sobre tu cama, pero no quisiste llevarte más que el elefante de estambre. Todo el trayecto en el avión fui tratando de darte consuelo y me puse a dibujarte las extraordinarias cosas que encontraríamos. Por momentos, hacías como que me creías. Pero bastó que aterrizáramos para comprobar tu desengaño. Desde la llegada te sentías ajena, sola, recibiendo de los demás palabras incomprensibles dichas en una lengua que no conocías. Te desesperabas. A partir de entonces me decías todos los días: ¿por qué tengo yo una mamá que se tuvo que venir a *otro* país? Era muy difícil explicarte en qué consistía que hubiera obtenido una beca para estudiar literatura fuera de México. Para ti era haberte arrancado de tu lugar, de tus amigos a los que llamabas "primos" y a quienes querías tanto como si fueran hermanos.

—¿Por qué hiciste una cosa así? ¿Qué no te das cuenta de que ya no me voy a poder mecer en el columpio con mis primos a los seis años? —me decías, exasperada.

Yo respondía con mi mejor argumento: pero te mecerás a los diez, cuando regresemos. Movías la cabeza a uno y otro lado cerrando los ojos, como uno hace cuando oye una necedad, y juntando en un puño los dedos de la mano derecha que llevabas a la frente me decías:

—Pero no entiendes que no me voy a volver a mecer de seis años. De SEIS.

Qué razón tenías. Junto a lo que acabábamos de vivir semanas atrás en aquel panteón, tu argumento era impecable: sólo tenemos el día de hoy.

Se me ocurrió que necesitarías una mascota. Fuimos a una tienda donde se vendían animales. En Estados Unidos, a diferencia de México, no hay a quién acudir para pedirle un gatito o un perro y ayudarlo a acomodar a los cachorros de una camada. Allá todo se vende y se compra. Así pues, compraríamos un gato. Busqué una tienda de animales. Ahora bien: nada es tan fácil como suponemos. Los gringos son raros. Exigían "una familia unida y bien constituida" para poder adoptar un animal. Qué quería decir eso, pregunté. Dieron vueltas a un argumento en el que me quedó claro que implicaban que no fuera una familia de una madre sola o de compañeras de cuarto o una familia homoparental. Increíble. Era el fin de los años ochenta y el SIDA había desatado un pánico irracional hacia el mundo gay, hacia las relaciones abiertas, hacia el sexo en general y eso se reflejaba en que para hacerse de un gato callejero había que pasar por un proceso de adopción donde no podíamos decir cómo era nuestra verdadera familia. Quiero subrayar que estábamos en California. La tierra-epítome de la libertad. El lugar donde desde el primer día de la escuela primaria te hablaban de su famosa *First Amendment* con su libertad de expresión. Pero desde los años de Reagan se vivía constantemente una doble moral. De un lado, Sunset Boulevard hinchado como pavorreal luciendo sus antros y discotecas y succionando al mundo a la consabida noche de excesos que lo hacía brillar como ningún otro sitio en la Tierra, Madonna semidesnuda con ligueros negros y crucifijos arrastrándose por el suelo "como una virgen", y Michael Jackson acosando a los niños e invitándolos a pasar varios días en su Neverland de la que pronto se sabría que salían sin rastro de inocencia infantil. Pero los anuncios comerciales y el auge de las comedias de situación de la tele pretendían una vuelta al sueño de la familia americana de los años cincuenta con los avances y la moda de los ochenta y una acotada nota de color. Bill Cosby se encontraba por las noches con una audiencia que lo idolatraba: era el progenitor modelo del *sitcom* familiar, "el papá de los Estados Unidos", y *The Cosby Show* era el programa número uno y lo fue por muchos años más. Hoy Cosby está acusado y sentenciado por agresión indecente agravada, es decir, por asalto sexual provocado por drogas y abuso sexual infantil.

—Rogelio, te quiero pedir un favor —le hablé a mi amigo el becario.

—Claro que sí. ¿Cómo está *ya sabes quién*?

Me preguntaba así por ti y de ese mismo modo le contestaba yo para que no supieras que hablábamos de ti y para que tu tristeza irreparable por tener "una mamá que se tenía que haber ganado una beca" no fuera recordada a cada instante.

Le expliqué a Rogelio mi plan. Extrañabas a tu país que no podía traer conmigo y a tus amigos primos que tampoco; te había desterrado pensando que sería mucho más fácil la adaptación. Pero te sentías distinta, ajena. ¿Qué podía hacer? Siempre fuiste proclive a los felinos, le expliqué a Rogelio, así que pensaba que eso te aliviaría del dolor de la ausencia y a mí de la culpa por haberte sustraído de un país que sentías como tu columna vertebral exógena, como una parte irrenunciable de tu ser. Sólo que en la tienda de animales pedían una familia constituida con papá, mamá e hijos, le expliqué.

Rogelio soltó una carcajada.

—¡Típico! —dijo.

—Oye, pero antes dime si *ya sabes quién* sigue diciéndote lo que nos dijiste que dice todos los días al desayunar.

—Sí —respondí, refiriéndome a que por las mañanas, antes de comernos el cereal, me pedías que cantáramos el himno nacional.

Cuando un día, harta de una representación que me parecía digna de familia cristiana, te dije que ya había sido suficiente de cantar el himno de un país que de todos modos estaba ahí, respondiste:

—¡¡Es la tierra que me vio nacer!! —como si eso lo explicara todo.

Pensé que adoptar al gato era una posible solución. Resultó una de las peores ideas que tuve.

No quiero recordarte el cuestionario y el examen que tuvimos que hacer Rogelio y yo cada uno por nuestra cuenta y fingiendo ser pareja; en nada nos pusimos de acuerdo. Y no nos pusimos de acuerdo por la sencilla razón de que no nos conocíamos lo suficiente. Él estaba casado con Lucía, becaria también, y vivía con ella y con su hija a unas cuantas casas del Family Student Housing, y cuando nos reuníamos era para hablar de la última película que habíamos ido a ver a Melrose o de política y de la reciente decisión del gobierno de enviar a los jóvenes norteamericanos a la guerra de Kuwait o para simplemente compartir las dificultades de ser becarios extranjeros en una universidad de excelencia que nos ponía a competir a unos con otros. ¿Cómo íbamos a saber que cuando nos preguntaran por separado él diría que sí, que desde luego propiciaría que el gato durmiera a los pies de nuestra supuesta cama de esposos mientras que yo negaría categóricamente que eso fuera a ocurrir, entre otras cosas porque era falta de higiene y además yo padecía de alergia al pelo de gato en los ojos? Y cuando el tipo cambió el blanco de su pregunta y la dirigió a ti yo intervine en el acto y le dije que claro que no dormiría contigo tampoco; no iba a propiciar que a mi hija le diera alergia. ¿Cómo iba yo a saber que Rogelio había asegurado que lo metería bajo nuestras cobijas y le compraría la comida de gato suficiente para un año de la marca exclusiva que vendían en la tienda? Por mi parte yo había respondido a esta última pregunta que sí, le daría las croquetas pero también le pondría leche tibia en su plato por las mañanas. El flaco y nervioso dependiente parpadeó como si hubiera oído algo inaudito:

—¿Y cuándo ha visto un gato cerca de una vaca? —me preguntó.

—¿Perdóóón? —pregunté mirándolo como a alguien que está fuera de sus cabales antes de que me aclarara que era el gerente general. *Excuse me?*

Las preguntas de los exámenes de los norteamericanos me dejaban pasmada siempre. Experimentaba una sensación de incredulidad. Siempre me llevó un tiempo reponerme antes de responderlas, incluso las que me hicieron por escrito al ingresar a la universidad:

—¿Es usted caucásica, blanca, hispana, latina o descendiente de las colonias españolas?

Zas. Cómo se contestaba a eso sino diciendo: "todas". Y además ¿por qué hacían semejante pregunta? ¿Qué tenía que ver eso con mostrar los conocimientos suficientes para hacer un posgrado en literatura?

El empleado de la tienda de mascotas continuaba mirándome con una atención ansiosa, como si me estuviera dando la última oportunidad: ¿y bien, le dará leche al gato o comprará la caja de 35 kilos de croquetas de una vez? Y yo lo miraba también, esperando que el Espíritu Santo bajara a decirme al oído lo que tenía que responder.

Por fin, negando anotaba algo en su block.

—Me decepciona que diga que le dará leche tibia a Friskey —concluyó en su inglés nasal con un mohín.

Para qué le iba a explicar que en mi país se les daba leche tibia a los gatos de pequeños, y sopa de fideo, y se los dejaba dormir en un cojín de la sala y se lavaba su plato en una llave aparte y no en el fregadero con los trastes de toda la familia con jabón Cascade como él pretendía. Pero ver tu carita cada vez más triste me hizo entender. Me deshice en disculpas con el tipo melindroso que tenía delante y compré también el manual de cómo cuidar a un felino: el *Catopolitan* y prometí educarme y enmendarme. Luego le hice una seña a Rogelio, me dirigí a la caja y me mantuve dos pasos atrás, tomada de tu mano y dispuesta a mirar con timidez al empleado y al piso, sucesivamente, como si fuera Lady Di.

Llegado el momento, extendí un cheque por la bárbara suma que el vendedor nos cobró por el gato, la jaula, el tapete, el manual y un kit de latas y croquetas y salimos con fanfarrias electrónicas que el gerente hizo sonar mientras anunciaba que la familia Tal (nosotros) ya contaba con un miembro más. En la calle, nos empezaron a aplaudir. Ver para creer, pensé. Esto es el primer mundo.

Nos despedimos de Rogelio y Lucía, que había permanecido oculta todo el tiempo en el coche con su hija María, entramos a la casa con el gato y ahí firmé mi sentencia.

Livia, que así le pusiste, decidió vivir en lo alto de la cortina, probablemente porque había sufrido abuso antes de que algún vivales la fuera a vender a la tienda del hombre aquel lleno de aspavientos. Verla todos los días en el cortinero, aterrada, me agobiaba y te agobiaba a ti, por añadidura. Le ponías croquetas, galletas, Whiskas de lata que parecía paté, toda clase de tentaciones bajo el ventanal y la llamabas continuamente como una amante perdida de amor a su novia indiferente, sin la menor posibilidad de que respondiera.

Decidí tomar cartas en el asunto.

—Vamos a bajarla —te dije—. No puede seguir encaramada arriba del cortinero más de tres días sin bajar a comer, es una crueldad.

Estuviste de acuerdo.

Tras un poco de equilibrio en la escalera y una sesión implacable de arañazos logré ponerla en el piso y tú la miraste comer, desesperada. Luego, la acercamos para que viera el jardín, desde la ventana.

—¿Y si la sacamos a dar un paseo? —te propuse—. ¿No crees que así, aclimatándose al vecindario, se quede ya más tranquila y reconozca la casa como su hogar?

Asentiste también.

De nada valió la correa hecha de estambres que le pusimos alrededor del cuello. Apenas abrimos la puerta, Livia salió destapada, trepó por la cerca que dividía los departamentos del Family Student Housing y no la volvimos a ver.

—¡Te odio! —me dijiste llorando de rabia—. ¿Lo oyes? ¡Te odio!

Sentí una punzada igual a la que se me instalaría en el estómago años más tarde, el día que me dijiste que no podías vivir más en México y que te irías. Miré hacia otro lado, evitando llorar. Debí haber entendido que sólo era una niña de seis años quien hacía patente su dolor por haber perdido su gato y en cambio lo tomé como toda madre primeriza toma las frases de su primer hijo, de modo literal. Hasta la fecha, siento la reverberación de esa segunda frase con la que remataste, mirándome con el odio que en ese momento dijiste sentir:

—Un día ya no me vas a quitar lo que es mío.

Me tomé tu frase muy en serio y me prometí que nunca perderías algo más por culpa mía. Y no hablo de lo evidente: no intervenir en una decisión que involucrara mascotas, objetos, amistades. No te quitaría el derecho a enojarte conmigo o a reclamarme cualquier cosa pese a que yo nunca le hubiera reclamado nada a mi madre. No te impondría mis gustos ni mis aficiones. No te obligaría a ser amiga de los hijos de mis amigos, no te abandonaría jamás. Respetaría tus decisiones y no trataría de imponerte mi vida como modelo ni como deseo.

Habrían transcurrido ocho o nueve meses de estar viviendo en Estados Unidos cuando un día a la hora de comer empezaste a hablar conmigo en inglés con toda naturalidad. Fue como si algo que ya estuviera dentro se accionara de golpe sin el menor titubeo; como si te hubiera pertenecido siempre. La famosa gramática interna que según Chomsky poseemos todos y por la que los niños absorben en la primera infancia una, dos, varias lenguas extranjeras con naturalidad, sin necesidad de traducir a la lengua de origen. Lo más sorprendente para mí fue que pareció no sólo ser la lengua sino la cultura anglosajona lo que hiciste tuyo y que se manifestó de un día para otro. Empezaste a leer y a referirte a tus sentimientos en inglés. *Mom, I wanna talk to you*. Era una nueva frontera, un territorio en medio de algo que ya siempre compartiríamos.

Devorabas libros en inglés.

Tu infancia empezó a ser la de las protagonistas de las historias escritas por Laura Ingalls Wilder o Judy Blume. Aunque no fuéramos pioneros ni hubiéramos tenido una casita en la pradera tú viviste en esa casa de madera construida por un padre imaginario con gorro de piel de castor que en las tardes cortaba trozos de madera sobre un tronco a hachazos, mirando complaciente el humo de su cabaña, y pasaste incontables días de Acción de Gracias cenando pavo y pay de calabaza con parientes imaginarios a las seis de la tarde. Y aunque tus amigos no tuvieran como precepto la Primera Enmienda, comenzaste a ser parte de esas familias.

Keep your hands to yourself.
Teacher, teacher, he is hurting my feelings.

Qué raro sonaba eso de no tocar a nadie viniendo de una cultura donde todo es táctil: abrazar, acariciar, referirse a un tercero sin que éste lo note haciendo a otro una señal de entendimiento con el codo, besar cuando saludamos aun a los desconocidos. A nadie en México se le ocurre decir en voz alta *"Excuse me!"* en un pasillo del supermercado para indicar a otro que va a pasar a un metro de distancia. O a nadie se le ocurría, hasta que llegó esta situación en la que ahora estamos que lo ha cambiado todo.

Pero no quiero desviarme, no todavía. Quiero entender cómo es que llegamos aquí. No sería justo de mi parte sacar una conclusión sin hacer el camino completo, y estaría fallando al propósito que me hice en Estados Unidos de no quitarte nada que en rigor te perteneciera. Ni siquiera el derecho a sentir lo que me has dicho que sentiste entonces —¿sería en esos años cuando se gestó todo?— y a tomar la decisión de irte. Cómo evitar que mi madre entre de nuevo a cuento, cómo ser fiel a los hechos sin que en ellos se mezcle la imaginación. Lección número seis de Sherlock Holmes: "Uno empieza de manera insensible a retorcer los hechos para acomodarlos a sus hipótesis, en vez de acomodar las hipótesis a los hechos".

Tres años después de nuestra salida a EU, en unas vacaciones en que volvimos a México y te inscribí en un curso de verano te indignaste porque los concursos en este país eran de niñas contra niños. "Ahora, vamos a jugar quemados, niños contra niñas"; "ahora, guerritas de globos de agua, ellos contra ustedes". Yo ni siquiera había reparado en que ese hecho, formar equipos de hombres contra mujeres, era lo más natural aquí. Lo fue durante toda mi infancia. Por supuesto que exacerbaba la rivalidad de género, yo sólo te estoy diciendo que antes de que me lo dijeras no lo pensé. Y tienes razón en que esa diferencia de género se nota absolutamente en todo, desde que escogen el color rosa para vestirnos de bebés a las niñas y a los hombres de azul. Dar a las niñas muñecas y a los niños patines para que vayan veloces a conocer el mundo. No, hombre, eso ya ni lo discuto, los roles establecidos y las aspiraciones equívocas, como llenar las fantasías de las niñas del deseo de ser princesas. Con lo mal que les va a éstas en la vida real.

Pues sí, por eso te compraba palas y carros de juguete para llenarlos con tierra, bates y rodilleras para jugar beisbol.

Bueno, a lo mejor exageré al llevarte de pantalones con tirantes al curso de verano en vez de vestidos. *Mea culpa*, te dijeron marimacha por mí.

¿No? ¿De veras no lo crees?

Tienes razón, y eso es lo que pienso, que te lo habrían dicho de todas formas al encaramarte al primer árbol.

Entre más lo pensamos juntas, más me sorprendo de haber visto como algo natural lo que no era natural en este país. Pero te confieso que eso no fue lo que más llamó mi atención de tus múltiples quejas cuando te recogí de aquel curso. Fue otra cosa. Algo que sonó como un campanazo y ya no dejó de reverberar en mí. Dijiste "este país" y no "mi país". Dijiste "los niños todo el tiempo te ofenden". Y cómo te ofenden, pregunté. Dicen pinche vieja y las viejas son estúpidas. ¿Te lo dijeron a ti?, pregunté. Entonces resoplaste y pusiste tu expresión aquella de cuando me explicabas que no te mecerías con tus amigos-primos en el columpio de seis años nunca más:

—Lo dicen, mamá. ¿Entiendes?

Traté de entender.

—Y dijeron muchas cosas más.

—Como qué.

—No te lo voy a decir. Porque si te lo digo, me vas a sacar del curso de verano por eso y no porque me quiero salir.

Pasé toda la noche imaginando escenas de abuso sexual. Me debatía entre obligarte a decirme lo que había ocurrido y respetar tu derecho a no decirlo y confiar tanto como para darte de baja en el curso al día siguiente.

Tenías sólo nueve años y ya te habían inoculado con un veneno lo suficientemente poderoso como para desprenderte de algo que era tan tuyo como un país.

Por supuesto, te saqué del curso de verano *ipso facto* pero eso no impidió que te preguntara en todo momento y en todo lugar:

—Qué fue lo que ocurrió.

—Nada, mamá. No pasó nada.

—Nada, no. Porque si no hubiera pasado nada no te habrías querido salir. ¿Abusaron de ti? ¿Te tocaron? ¿Te hicieron algo que te dio mucha vergüenza y te obligaron a no decir?

Un día, de regreso del cine al que te llevé a ver *La sirenita* que ya habías visto en EU pero que quisiste volver a ver, esa película basada en el cuento de Hans Christian Andersen donde una sirena que se enamora de un humano renuncia a su situación acuática y pasa el resto de sus días en un medio tan ajeno a ella como el terrestre con un par de pies que le hacen sentir un dolor insoportable cada vez que da un paso, "como si caminara sobre cuchillos", todo por amor a un hombre, como de la nada soltaste en el coche:

—¿Sabes lo que nos dijo uno de los niños del grupo de los grandes en el curso de verano?

—Qué —te dije disimulando el efecto que me causaban tus palabras, con el corazón a punto de salírseme.

—Que en este país hay niños a los que matan.

Me pasé todo el camino dándote un largo sermón sobre los secuestros a manos de esos que antes se llamaban robachicos, asegurándote que si nunca te desprendías de mí o del adulto que estuviera contigo en cualquier situación eso no ocurriría, y pensando en los niños que matan para comerciar con sus órganos, tratando de consolarme con la idea de que tampoco era lo más común y podía suceder y de hecho sucedía en otros países, no sólo en el nuestro; y a la vez recordando que no eran infrecuentes los crímenes de niños: en varias familias, generalmente las más pobres, la violencia es tan brutal que los padres o madres alterados por las drogas, el alcohol y la frustración llegan a golpear a sus hijos al grado de matarlos; pero no entendía por qué un niño mayor del curso de verano les había dicho esto a los chicos, y entonces te dije que estaba pensando muy seriamente en ir a hablar con los organizadores para ponerlos en alerta y que lo corrieran porque no había por qué intoxicar la mente de los más pequeños metiéndoles miedo, diciéndoles cosas que pasan en todos los lugares del mundo y que no tendrían por qué o para qué saber.

Te esperaste hasta que se me terminaron el aire y el ánimo y me oíste maldecir por no haberme orillado en el Periférico a tiempo de tomar la lateral.

—No, mamá —dijiste tan tranquila—. En este país a los niños los matan porque se meten al narco.

En 2006, a los once años, el Ponchis, niño sicario, fue reclutado. Tenemos evidencia de que en 2010 a los catorce años fue detenido por posesión de armas exclusivas del ejército y acusado por su participación en secuestros, torturas y homicidios.

¿Cuándo empezó todo?

Quiero decir, cuándo empezó todo para ti.

Hago memoria de nuestras pláticas y discusiones en la casa. Sigo pensando que era una costumbre sana, buena, conversar. Sigo creyendo que exponer ideas y comentarlas abiertamente, sin censura, respetando el criterio de cada una, es la mínima forma de respeto que podía haber entre nosotras. Qué equivocada estaba.

Para ti, una relación consanguínea, sobre todo entre madre e hija es otra cosa. Tú piensas que las relaciones familiares son muy vulnerables y se vulneran más si se toma a la persona amada como un compañero de banca. Tú y yo debatimos mucho en los años de tu adolescencia y primera juventud y quizá ése fue uno de los errores, los hijos son para quererlos sin discutir con ellos a partir de cierta edad. Cuando hay una relación familiar, es decir, cuando hay sangre de por medio, hay una historia que pesa más que cualquier idea. Es una suerte de mandato ancestral, el mandato de cuidarse, de protegerse, de quererse por encima de cualquier argumento. Y ése es el que se traiciona cuando sobre el amor está la defensa de una idea.

Pero era imposible que yo lo viera entonces. Cómo que por qué. Era la escuela de mi madre ¿de dónde más podía haber obtenido esa convicción? Por más atípica que haya sido, ella me enseñó una forma de quererse, la única que yo concebía como válida y deseable. Éramos muy unidas, más bien dicho, éramos una sola. Yo era ella y por años me bastó. No sé cuándo dejé de serlo, ni siquiera estoy segura de haber dejado de serlo. De ser realmente alguien más. Sí, ya sé que suena extraño. Y más extraño que esté convencida de que no por ser ella dejo de ser yo.

Y con todo, entiendo eso de "tu derecho a no saber". Yo, que todo lo supe de mi madre y ella todo de mí, jamás pensé que eso pudiera ser posible, respetar el derecho del otro a no saber. Y considerar, sin embargo, que eso no es guardar el famoso secreto que pudre a las familias. Entiendo lo que me dices. Una cosa es saber y otra es exponer. Y en esa exposición llevar el argumento a límites insospechados. Retorcerlo, deformarlo. Herir.

Sí, exactamente, como en el cuento infantil del rey que tiene orejas de caballo y el pobre forastero que se entera no puede cargar con el horror de saber.

Ambas sabemos muchas cosas.

No tenemos por qué decirnos más.

Ni siquiera te atormentaré como en aquellos años preguntándote: ¿me quieres? ¿Cuánto me quieres? ¿Cómo de aquí a dónde? Esperando que tú me contestaras: te quiero como de aquí a Acapulco de cojito, y riéndote ante mi decepción, añadieras: no es cierto. Te quiero mucho más. Te quiero como de aquí hasta donde vive mi papá. Y como no sabíamos en ese momento en dónde viviría Volker (podía estar oponiéndose a la cacería de elefantes en África o salvando ballenas en los mares del Japón) tu declaración quería decir te quiero como no se puede querer más. Entonces mi necesidad quedaba satisfecha, como si tuviera que constatar tu amor de un modo expresamente verbal.

Un día aprendí a quedarme sin esa constancia, sin esa cifra. Aprendí a vivir sin tener la confirmación en palabras de algo que me era esencial. Pero ¿aprendí? ¿De veras se puede vivir sin tener la certeza de algo que consideramos primordial al menos para establecer un pacto de confianza?

No sé cuándo decidimos que sería mejor no saber.

Hasta antes de que te fueras, los niños muertos en los enfrentamientos armados eran víctimas colaterales que morían por balas perdidas en combates entre grupos criminales y fuerzas del Estado. A partir de 2010, el año en que decidiste que había sido suficiente, en los medios oficiales y no oficiales todo cambió. Se empezaron a documentar los ataques dirigidos a menores. ¿Qué tienen que ver los niños con el narco, cómo pueden estarlos matando?, nos preguntábamos todos, consternados. Porque entonces no sabíamos o queríamos pensar que siempre que mataban a los niños se trataba de hijos de policías o soldados o hijos de personas vinculadas al crimen: los niños eran los botines de las venganzas.

En 2012, según está documentado, ya no sólo se trataba de homicidios, se empezó a mutilar cuerpos. También empezó la modalidad de asesinar familias completas. En junio de 2017, por ejemplo, "un comando de hombres armados entró a asesinar a la familia Martínez Pech en su casa. Mataron al padre, a la madre, y a cuatro hijos de tres, cuatro, cinco y seis años". Dice la nota que "lo que se buscaba era generar terror, dolor e indignación, pero sobre todo el tipo de terror que llamamos pánico ante la total impunidad. Los asesinos contaban con que en ningún caso habría una respuesta de la autoridad que identificara a los culpables y mientras así fuera, el poder de los asesinos estaría en alimentar a la población con más terror". Un nuevo tipo de monstruo frente a los ciudadanos de este país, una masa anónima que se alimenta de su dosis diaria de pavor. ¿Cuánto terror es uno capaz de soportar sobre sus espaldas antes de dimitir? ¿Cuánto tiempo puede sobrevivir un individuo tratando de llevar su mente a otro lado cuando lo que lo rodea son imágenes verbales y visuales de tortura y matanzas?

Ahora eres tú quien me dice esto y soy yo la que querría no saber.

Eres tú quien me aclara que nadie ha contado la cifra exacta, los niños en este país no son un asunto que preocupe al Estado, pero es evidente que esa cifra es cada vez más grande. Y no sé si me dices esto porque yo decidí quedarme en este país y lo dices a modo de advertencia, para que me lo piense mejor o porque a pesar de que te fuiste pensando dejar a esos niños te dedicas a trabajar para otros más: niños migrantes, sin familia, retirados de toda posibilidad real de un futuro.

¿Hasta dónde es un fantasma capaz de perseguirnos?

¿Puede abandonarnos alguna vez?

Cuando empezaron a registrarse las muertes de niños por parte del narco, tu mente estaba todavía en la prepa y en tu futura vida universitaria. ¿Te acuerdas con qué alegría iniciaste tu carrera? La vida universitaria, para quien tiene el privilegio de vivirla, es lo que nos define de modo más absoluto. No importa si ejerceremos o no la carrera que estudiamos. El futuro está abonado para surcar un camino. El mundo se ensancha de un modo espectacular. Ir a la universidad era un triunfo de las dos. Tuyo, por supuesto, pero también mío, y en cierta forma de las mujeres que nos antecedieron. Porque ellas no soñaron siquiera con hacer estudios universitarios y ejercer una profesión y por eso cursar una carrera fue un ajuste de cuentas con el pasado, un propósito con el que pagábamos la impotencia de las mujeres que vinieron antes de nosotras. No le resto mérito a Volker, que contribuyó económicamente a tu educación. Lo que digo es que este ejercicio de un privilegio que vivimos las mujeres y que hoy consideramos un derecho, algo por lo que no ejercerlo si podemos es casi una traición, es cosa que también pensó tu padre y en su caso tanto como en el mío tiene un componente adicional: somos producto de la educación pública de distintos países. Me refiero a la universidad y a los años posteriores a ésta. Y por eso a lo largo de tu juventud Volker te alentó a seguir una carrera universitaria, aunque él estuviera fuera, tratando de entender a un país que se unificaba tras la caída del muro y empleándose en una causa que a mí me sonaba a un pretexto más para huir: unirse al partido verde. Salvar la naturaleza. Combatir los excesos de los humanos que han contaminado las aguas, las tierras, el aire, hasta asfixiar una a una a todas las especies. Míranos ahora, viviendo los efectos de esta pandemia y viendo cómo la vida renace apenas nos encierran a los bípedos implumes. *Sapiens sapiens*, nos autodenominamos. Como decía Volker: para morrirze de risa.

Qué razón tenía y yo no le creí.

La verdadera vida está en lo que un individuo haga con su futuro, te dijo en aquellos días, y la única manera de que la vida valga la pena es contar con uno. Él tenía ese sueño largamente acariciado: ver a las dos Alemanias volverse de nuevo una patria; volver al mundo el bosque intocado de extrañas y bellas colinas, esteros claros, rocas rojas, desbordamiento de sombras de abetos de la Selva Negra de la que hablaba Hermann Hesse. La unidad nacional y la libertad. El mundo entero vuelto naturaleza, rescatado en todo o en parte para tu generación. ¿Desde Alemania?, preguntabas con ironía. Pues sí, ya ves que los alemanes son tantito nacionalistas. Pero también seamos justas. Hay que darle crédito a tu padre: ellos empezaron con esta conciencia furibunda antes que otros desde allá. Fundaron un partido que tuviera esta prioridad. Para ti, tu vida en cambio estaba fuera de la idea de un país. Estaba en un proyecto que podía llevarse a cabo donde quisieras, porque el mundo pareció borrar sus fronteras por un momento, durante los noventa y en las dos primeras décadas de los años 2000: ahora todo parece haberse encogido de nuevo. Compartimentado, replanteado. La pandemia nos ha hecho vivir la misma realidad de forma simultánea en todo el mundo, pero ha venido a terminar con el sueño de la globalización.

Cuando inició el nuevo siglo tu sueño estaba también en tus amigos: Sebastián, que me desesperaba. El Barbas, cuyo destino no vislumbraba porque no lo vislumbraba él mismo, y Mariana, tu mejor amiga. Venían a comer a la casa y a llevar a cabo sus prácticas de comunicación. Sebastián era aprendiz de fotografía y creo estaba enamorado de ti aunque no te lo decía. Se hizo (o fingió ser) amigo mío, estoy casi segura de que como una ruta alterna para llegar a ti. Mariana en cambio tenía una voluntad de hierro pero era distante. No sabía entonces que planeaba contigo una forma distinta de ser mujer. Como mejores amigas adolescentes típicas se pasaban las tardes cuchicheando, muertas de risa. Tenían un lenguaje secreto, hábitos secretos, y cada vez que me acercaba yo a donde estaban cambiaban el tema. Cuando eran más chicas Mariana te invitaba a dormir a su casa con frecuencia y yo me encelaba porque a su mamá le decías "ma", mientras que a mí me decías por mi nombre. ¿Te das cuenta de que eres la única persona en el universo que me puede decir mamá?, te preguntaba yo, al ir a recogerte a su casa. Tú asentías, con actitud retadora, como diciendo: "claro que me doy cuenta. De eso se trata". Uf. La adolescencia de los hijos es para los padres siempre caminar con piedras en los zapatos por un buen rato. En el caso de la relación madre-hija el empedrado es particular. Es caminar a veces sobre ascuas ardientes. A menos que te propongas como madre destruir la personalidad de tu hija, someterla o aniquilar la tuya. Hay una competencia sorda, no dicha, entre madre e hija que en tu caso se manifestaba a través del cuerpo. Adelgazar, adelgazar, ir más allá de la talla cero como prueba de control absoluto. Un control que yo nunca tuve sobre el mío. Un modo de decirme: ¿ves? Yo sí puedo. Si eras capaz de soportar el hambre de ese modo, sin desfallecer ni dejar de hacer tus actividades, ¿qué no podrías soportar después?

Y en efecto, lo has soportado todo. O casi todo.

Has soportado el exilio, la nostalgia de tu pasado, la soledad.

Has vivido sola en distintos países, luchando por aquello en lo que crees.

Has huido del machismo en todas sus formas y lo has denunciado y seguirás haciéndolo, según dices, por toda la eternidad amén.

Por cierto: nunca te lo dije, pero me gustó verte repitiendo ese himno que se ha vuelto famoso en todo el mundo, en medio de esa multitud de mujeres, con tu pañuelo verde.

Yo hubiera querido que te tocara una época mejor. Un mundo mejor. Pero ya ves, has vivido en todos esos países sin sentir que ninguno es tuyo y sintiendo a la vez que te pertenecen todos, y sin embargo, has visto que ninguno se salva de los mismos problemas: migraciones masivas, desigualdad económica, falta de empleo, deterioro social, violencia. Todos o casi todos los países adolecen de tener gobiernos fallidos, incapaces de librar a sus pueblos de los problemas que los llevaron a ser electos.

Tú me dices que todo el tiempo intenté, sin resultado, reclutarte para mi causa cuando todavía creía que había una. Que quise por todos los medios anclarte a este país. Había sido tan feliz contigo en la infancia, tuviste una niñez tan divertida en la que fuimos tan cómplices que pensé que nuestra relación sería igual siempre. Que seríamos amigas, mejores amigas y que viviríamos una al lado de la otra. Pero ése era el sueño mío con mi madre, dijiste, no el tuyo. Qué ingenua eres, aclaraste antes de irte, lo que una hija quiere de su madre es que sea su madre, esté donde esté, no su amiga. Y que mi madre, aun habiéndose ido hace tanto, es la sombra que sigue estando encima de mí.

¿Cuándo habrá nacido en ti esa furibunda idea de que te tenías que ir? ¿Habrá sido esa primera noche en que te quedaste a dormir con tus amigas después de terminar la universidad?

Como en la escena del secuestro, la de aquella noche con tus amigas se quedó grabada como si yo hubiera estado ahí, contigo:

Las tres llegaron al lugar donde se acababa de mudar Estela, entusiasmadas de pasar la noche juntas: noche de amigas. Pero justo en el momento en que oprimió el botón del elevador, Estela se dio cuenta de que se le habían olvidado los hielos. Habían comprado todo tipo de botanas para pasar la noche las tres, Mariana, Estela y tú, a fin de compartir más que de conocer el departamento, en realidad un huevito en Polanco que Estela llamaba "mi guarida", y que había podido rentar con todo y el mes de garantía gracias a que acababa de ser contratada en la televisora más importante como productora de noticieros. Un sueño dorado. Nadie al terminar la carrera conseguía tan rápido una posición así. Estela les contó emocionada cómo después de asesorarse y llenar la solicitud estuvo una semana completa elaborando el CV sin salir del cuarto en la casa de la familia con la que vivía, un cuarto con derecho a cocina y área de lavado que le rentaban sus papás quienes vivían en el norte del país.

Durante la semana del CV se la pasó alimentándose sólo con lonches y Coca-Cola. Lonches llamaba Estela a los sándwiches, *winis* a las salchichas y no había poder humano que la convenciera de que eso no significaba nada por acá. A donde fuera seguía preguntando si no tendrían chilorio o aguachile y extrañándose de que no lo hubiera, ¿cómo que no tiene aguachile?, pues no, aquí hay agua y chile, pero aguachile no. ¿Ni pan de mujer? Pues acá es de harina, señorita. Mmm, de lo que se pierden, decía riendo con sus dientes grandes, blancos, perfectos y veía a los meseros caer rendidos a sus pies. Estela era de Culiacán, producto cien por ciento culichi, como ella decía, de exportación. No lo decía por el cuerpazo, ni por las proporciones perfectas del rostro o el pelo con un mechón blanco natural al frente que le daba un aire exótico, difícil de asimilar y hacía que al ser presentada a alguien, el susodicho o la aludida tardaran un minuto en entender que aquello que tenían era una mujer perfecta, no para los estándares del tiempo de las pálidas, lánguidas talla cero sino de aquellos otros míticos, inmemoriales, donde menos es menos pero más es más.

Estela estaba orgullosísima de ser del norte donde, según ella, todos eran francos y no agachones como acá.

—No entiendo cómo puede estar orgullosa de ser del estado más violento del país, con más muertes por día —te decía yo.

—Cada quien, mamá. Aquí también matan sólo que no contabilizan.

En esos entonces no contabilizaban, es cierto, ni tampoco hoy, pero en 2006 el Cártel de Sinaloa, el de Ciudad Juárez, el del Golfo y de Michoacán llevaban una delantera que ni con falta de contabilidad podía no llegar a los oídos de todos.

—Oye, ¿y tu amiga se pasea así como así por las calles de Culiacán cuando va de visita?

—Uy, se va a dar vueltas a las plazas de noche. En auto, con sus novios o con sus amigas, a pie. Dice que se siente más segura que acá.

Estela nos tenía embobados a todos porque era como rayo láser para contestar, lista y simpática como ella sola. Su franqueza consistía en no tener el filtro que todos tenemos para decir lo que según Confucio más valdría callar y porque era aventada, la primera en lanzarse al ruedo sin esos pudores que ciertamente no tenían ya tanto tus amigas y menos tienen ahora pero que se quedaron como un resabio, flotando en ciertos círculos, sobre todo el profesional.

Lo malo de haber olvidado los hielos es que era de noche y la agüita de alberca no les sabría igual. Así llamaban a un brebaje azul que bebían con vodka y curazao azul con el que podían pasar la noche entera en pláticas de amigas o en fiestas multitudinarias con todo tipo de especímenes que las tres eran especialistas en organizar. Es raro: yo siempre preferí las reuniones de largas conversaciones y pocos amigos y tú siendo hija única fuiste fiestera y amante de las multitudes como nadie que yo conozca. Eras como cantante de rock. Te hacían falta la noche, la euforia y la bola. La más solicitada, la más popular. Sacándole jugo a la vida hasta que este país se empeñó en hacerte sentir que eso estaba mal.

Y la culpa no era mía, ni dónde estaba ni cómo vestía.

Y la culpa no era mía, ni dónde estaba ni cómo vestía:

El violador eres tú.

Lo malo también era que si tres mujeres salían a buscar hielos a un Oxxo a las diez de la noche la cosa podía ponerse ruda. Podían ser asaltadas, violadas, *levantadas*. Podían no volver.

—Ni se te ocurra decir que se te olvidaron los cigarros —dijo Mariana.

—Pues sí, se me olvidaron.

Noo. Cómo podía ser. Estela, tan eficaz para unas cosas y tan mala para todo lo práctico, siempre acababa hallando una solución a los problemas que se le presentaban: conformarse. Confórmense, plebes, les dijo. A seguir adelante con lo que hay. No era para tanto, comentó contigo refiriéndose al enojo de Mariana que había ido a disimularlo al baño, y como estaban en casa de Estela y se iban a quedar a dormir y era la primera vez, decidiste que sí, que le dirías a Mariana que era mejor tratar de pasarla bien. Pero como también estaban algo nerviosas, sobre todo Mariana, por la falta de cigarros, que no hallaba con qué suplir, dejaron a Estela irse a cambiar a su cuarto y se pusieron a arreglar las cosas: no hay como hacer algo, a toda velocidad, sin pensar en lo que queremos, para que la frustración pase. Se fueron directo a la cocinita a sacar lo que habían traído y comenzaron a acomodar las carnes frías en el platón que Mariana compró en La Lagunilla y que le regaló a Estela por su reciente mudanza, las rebanadas de pan horneado especial en una canasta, las aceitunas calamatas en un tazón turco que el Barbas le había regalado a Estela con la esperanza inútil de convencerla de que los negocios turbios de su tío no eran tales, que el tío lo había contratado como empleado de confianza por ser su sobrino favorito, que a su lado le esperaba un destino prometedor, y las tres decidieron obviar por esta ocasión la agüita de alberca y cambiarla por vino blanco, que era algo dulzón pero al menos estaba frío. Sugirieron también poner algo de música: a ver, Estela, estamos en tus dominios. Estela conectó su iPod. Estelaaa ¿Tienes el iPod nano? ¿Además del otro? Ajá, dijo Estela con toda naturalidad, en este tengo todas las rolas de Sting, y movió el brazo con el que hizo tintinear las pulseras, como obviando la intención de la pregunta, aunque tú y Mariana se preguntaron cómo es que tenía de pronto cosas tan costosas cuando hasta hace poco le invitaban los cafés latte descafeinados a fin de mes. ¿Te gusta Sting, de veras? Me gusta lo que le gusta a la mayoría, dijo Estela, orgullosa de tener el gusto general y no ser una rara como ellas. ¡Los peores gustos musicales son los de Esteelaa!, comunicó Mariana a un público imaginario, y las tres recordaron que su amiga había sido capaz de cantar *Sobreviviré*, de Mónica Naranjo, a voz en cuello cuando en la universidad la mandaron a un extraordinario en Historia de las Mentalidades, como única forma de protesta posible antes de que el maestro la corriera de la clase diciéndole que su mentalidad estaba comprometida seriamente. En vez de responder, mientras juntó y guardó sus cosas para salir de la clase Estela tarareó *It's My Life*, de Bon Jovi, y antes de cerrar la puerta le cerró un ojo al grupo, miró al maestro y le cantó la primera estrofa de *Ingrata*, de Café Tacuba. Lo peor de todo es que Estela cantaba muy bien.

Y te hacía reír.

Porque se tomaba en serio lo que no se debía tomar y al revés. La música sí la tomaba muy en serio, a veces lo peor de la música, es cierto, pero se la tomaba en serio. Y podía cantar con mariachi y con banda si no la paraban hasta el fin de los tiempos.

Y cambiar el estado de ánimo de los que estuvieran cerca.

Y recordar anécdotas memorables de Sinaloa.

Y de tiempos pasados en la carrera, con ustedes.

Y las tres se estuvieron acordando muertas de la risa de sucesos pasados con Estela.

Y ya habían recorrido los episodios ejemplares de los años pasados en la universidad sin referirse aún a lo que harían en el futuro porque salvo el de Estela el de las demás era incierto; ya habían dado fin a la botella de vino y pensado en qué más podrían beber, decidiendo enseguida que el vodka puro en caballito tequilero diciendo *nasdrovia* cada vez que brindaran no era mala idea; ya habían repasado a los compañeros que algún día pensaron que podrían ser prospectos de amante y quedaron en amigovios o en tristes errores de juventud y recordado cada una alguna anécdota memorable de las otras, esas pequeñas historias que hacen que las amistades se vuelvan íntimas aunque a lo mejor en el fondo no sean tan compatibles, cuando Estela les contó cómo fueron las semanas previas al contrato impresionante que firmó.

Ya no hablaba con claridad.

Pero lo que decía era coherente o eso les pareció a las otras, a Mariana y a ti. Quizá porque estaban en el mismo nivel de coherencia y eso siempre ayuda a que el argumento fluya y tenga densidad y hasta una posible conclusión. Todo es cosa de estar en el mismo nivel etílico para acabar sintiéndose elocuente como senador romano.

La historia se remontaba al momento en que el director general de noticieros de la empresa televisora más importante del país quedó fascinado desde que vio a Estela entrar a la supuesta entrevista de trabajo en su oficina. Por qué digo supuesta. Si se tratara de un hombre, si el candidato hubiera sido un compañero de la carrera y no ella ¿habría dicho supuesta? Pues no. No creo, ni creyó Estela según les dijo esa noche, que el dicho director se la hubiera imaginado de cuerpo entero por más que en ese entonces en el CV se incluyera la foto y Estela hubiera pegado una imagen superfavorable, según les dijo, como habría hecho cualquiera tratándose de un tema donde más que hablar de competencia a muerte entre candidatos se hablara de causar buena impresión. Tampoco creo que las simples referencias de un tercero aunque sí, podría jurar que esas sí las hubo, hayan influido en el interés inmediato del director general de noticias de conocer a Estela personalmente. Tuvo que haber algo más. Pero qué. ¿Cámaras escondidas? ¿Te parece de veras imposible pensar que en esa empresa de televisión que vivió por años de la explotación de estrellas de la pantalla chica a las que volvió famosas a cambio de favores sexuales no tuviera cámaras ocultas en las oficinas de los grandes socios mayoritarios, de los jefes máximos? Además de los estudios fotográficos que entonces se pedían, claro está. Varias fotos de frente, de tres cuartos, fotos de perfil en bikini y sin él porque había que ver si la cámara amaba a la señorita en turno o no. La solicitud no aclaraba qué puesto era el que la empresa ofrecía o lo decía de un modo tan ambiguo que no se sabía si el candidato o la candidata aparecería delante de cámaras o no. Y tratándose de una televisora, de La Televisora, era obvio que la prueba incluiría más información que la escrita. Era obvio que para estar en un programa de noticias haciendo lo que sea, incluso dando el pronóstico del clima (o más bien: especialmente dando el pronóstico del clima) lo mismo que reuniendo información, el físico del candidato o la candidata es fundamental. Ah, pero no cualquier físico. La cámara en estos casos es la que manda y hay bellezas a las que simplemente no ama la cámara, que no tienen una relación de compatibilidad, pues. La vida real y la televisión son dos cosas. En la vida real puedes ser un portento pero si la cámara considera que tienes un gesto regular o kilos extra; si la cámara no te quiere, no hay forma de entrar a una empresa que hará su fortuna con tu imagen a través de sus programas de concurso, o de chismes, o de revista que viene a ser más o menos lo mismo pero con algún grupo musical, o en su top de tops, el imperio del gran Khan que ya en esos años empezaba a declinar y declinaría a la velocidad de la luz: la industria de la lágrima. Ya ni había telenovelas ni buscaban nuevas actrices de telenovela, apenas algunas jóvenes medio articuladas a las que llamaban "conductoras" de los pocos programas de revista que quedaban en la televisión. Pero a ti, Estela, le dijo el director de noticias, te quedaría muy bien estar detrás de cámaras, en un sitio donde brille tu inteligencia, en la organización de la información de los noticieros. Produciendo.

Y Estela quedó fascinada.

Y claro que dijo que sí y que desde luego aceptaba ir a la cena del próximo viernes con los otros potentados de la empresa a la que la estaba invitando. Habría estado loca de desaprovechar semejante oportunidad.

Irían varios ejecutivos, le dijo. A ella pasó a recogerla un chofer.

Y Estela se puso el mejor vestido que tenía, el que usó para la boda de su prima más o menos rica en Culiacán, su prima segunda, Dafne, el vestido color durazno con tirantes de hilo, muy pegado, que un día les enseñó, y claro que fue a peinarse a la estética donde invirtió lo que no tenía y se hizo manicure y pedicure porque iba a usar sandalias. Y claro que su entrada al restorán fue sensacional. Y claro que el director general depositó la servilleta de tela sobre el plato y se puso de pie y la fue a recibir y le besó la mano. Los otros ejecutivos la ovacionaron.

La cena transcurrió muy agradablemente, la verdad, les dijo Estela. Es bonito que alguien pida la cena por ti ¿no? ¿Cómo que no? ¿No es agradable? ¿Ni siquiera si piden manjares que en tu vida has probado?, le preguntó a Mariana y luego en ti buscó cierta complicidad. Bueno, Estela, estabas experimentando, concediste, mirando a Mariana. Siempre has sido diplomática cuando se trata de mediar. Cuando es así la velada, dijo Estela, como dices tú, un experimento, todo discurre como un sueño y ni se te ocurre comer lo que estás acostumbrada a comer ni hablar de lo que acostumbras porque todo te parece que sería inferior y en cambio en cada tiempo te sorprenden con una novedad, explicándote que es la nueva cocina de un chef catalán que trabaja con espumas de alimentos y otras texturas y te encantan con todo, incluido el postre y te ven sonreír y todos aplauden otra vez.

Imagínate que te festejan todo lo que dices, que todo les parece graciosísimo, que te hacen sentir de veras ingeniosa, lista en serio, y que lo único que te parece raro es que estés esperando que de un momento a otro lleguen las parejas de los demás directivos, tal vez no sus esposas, pero alguna pareja, actrices de la empresa, no sé, hasta mujeres ejecutivas con las que vas a discutir el plan de trabajo o los procedimientos o yo qué sé y que nadie más acuda. Y que de pronto te des cuenta de que el restorán está prácticamente vacío salvo por esa mesa donde estás con esos señores importantes de la televisora, y de pronto se oiga la música muy fuerte, música para bailar, y que todos te animen y los inviten a ti y al director general en plan de relajo a bailar *Payaso de rodeo*. Sólo a ustedes dos. ¿Quééé? Sí, dijo Estela, como si fuera de lo más normal. Imagínate que te pones de pie y medio avergonzada dices que sí, les dijo Estela, que ésa te la sabes, claro, si es una pieza antediluviana con una coreografía bastante simple donde hay que dar unos pasos al frente, otros de lado, otros atrás, levantando una pierna y terminando con un aplauso en cada compás. Y allá van los dos. Les abren las mesas como haciendo pista y tú te lo llevas de calle, desde el inicio, porque será muy director de noticieros pero tiene dos pies izquierdos y es arrítmico, nada más no te entiende dónde tiene que dar la vuelta y cuando por fin lo hace un pie se le mete dentro del otro pie. Y hasta se sostiene de ti, o se quiere sostener y te toma del hombro desnudo a no ser por el tirante del vestido, que jala, y sientes su mano húmeda, de caracol.

Y entonces declina, dice que mejor se irá a sentar, pero que te quedes bailando tú sola en la pista, ¿cómo cree?, dice Estela que le dijo, esto no es para bailar una sola, y el director de noticias la miró de un modo especial como haciéndola sentir que era ya su jefe, y le ordenó que siguiera bailando y se empezara a quitar la ropa, así, como lo oían, que se fuera desprendiendo de su vestido color durazno, mientras los otros directivos siguieron aplaudiendo y ella continuó llevando el compás, levantando una pierna larga, y luego la otra, sabiendo que ya no tenía forma de escapar, atenta a cómo resbalaba el vestido y cómo los grandes senos se bamboleaban al girar, sintiéndose humillada, percibiendo las miradas de los otros, imaginando —esto era raro— su inadecuación, su propia celulitis y sabiendo también que desde ese momento el puesto era suyo.

Estela se bebió el último trago el vodka que quedaba en su caballito echando la cabeza para atrás.

Mariana y tú se miraron. Y sin haber acordado una coreografía se pusieron de pie al mismo tiempo y empezaron a recoger los platos en silencio.

¿Ocurrió así o es otra de las cosas que mi memoria tiene necesidad de imponerte para explicarme tu partida?

De acuerdo.

Tal vez lo que nos hace cambiar no nace en un solo momento, con una escena. Es probable que los hechos que hacen dar un giro a nuestras vidas se vayan gestando poco a poco sin que nos demos cuenta. Nadie puede decir con claridad "ésta es la última vez que haré tal cosa" o "por esto que me está ocurriendo sé que en un tiempo mi carácter cambiará y me volveré de tal forma". Pero por qué unas escenas se quedan fijas y por qué acuden una y otra vez a nuestra memoria y a nuestras conversaciones posteriores. Por qué se quedan como si las hubiéramos vivido aun cuando hayamos reconstruido esas historias a partir de lo que otros nos dijeron. Concederás que eso es un misterio. Según el sicoanálisis debe tener una explicación. Estoy casi convencida de que junto a lo que ocurrió en casa de Estela el incidente posterior con Mariana te dejó marcada en la etapa previa a tu partida. Me atrevo a decirlo porque a mí me marcó también. Y ya sé que lo que le pasa a una no tiene por qué pasarle a la otra, mucho más en el caso tuyo y mío teniendo tan distinta personalidad, pero una duda me asaltaba: por qué nos hemos referido tanto a ello aunque no sea de manera directa. Por qué forma parte de ese cúmulo al que aludimos cuando decimos que hubiera sido mejor no saber.

Sí, asumo que lo decimos sin la intención de que de veras sea cierto (*we don't really mean it*, dirías tú en tu nueva lengua). Ya sé que de eso está hecha la vida, pero es una manera de implicar que poseer algunos de los secretos dolorosos de la gente que amamos es sinónimo de quedar rotas. De un modo u otro ¿no? Nunca nos recuperamos, ni la imagen de esa persona que queremos permanece intacta. Pero si no estuviéramos dispuestas a compartir el dolor de aquellos a quienes amamos, ¿podríamos considerar ésa una relación íntima, valiosa? Y ya sé lo que vas a preguntarme. Que hasta dónde es posible soportar la carga de las quejas y las desgracias de quienes nos rodean. ¿Hasta dónde podemos resistir el cambio de alguien que amamos cuando nos damos cuenta de que ese cambio no es para bien? No lo sé. Es verdad que todos tenemos un límite y que éste varía de unos a otros. Y sé también que los otros no tienen por qué saber cuál es el límite de nuestro dolor.

Por tu parte, hiciste lo posible por no juzgar. Es el primer mandato de la amistad. Pero es también un mandamiento falso. Al menos en las mujeres, lo es. Desde chicas, nosotras estamos viendo a nuestras amigas de cerca y haciendo cálculos morales. Sopesando. Somos incondicionales. Es probable que seamos capaces de hacer casi cualquier cosa por una amiga íntima, pero a cambio exigimos que no haya una traición. Los hombres son más dados a perdonarse, a pasar por alto incluso ser traicionados por un amigo con la propia mujer (antes dejarían a su mujer que al amigo que los traicionó), pero nosotras, no. Y lo que tú sentiste con Mariana fue una suerte de traición. Se traicionó a sí misma. Y tú hiciste lo que tenías que hacer. Cómo no te ibas a poner de su parte. Al menos en principio. Era espantoso lo que le había ocurrido, y la conocías desde hacía tanto.

Venías de un colegio horrendo al que te metí cuando regresamos de vivir en Estados Unidos. No sé ni por qué lo hice. Supongo que porque para entonces hablabas y escribías mejor en inglés que en español y hubiera sido exigirte mucho esfuerzo que ahora te adaptaras a un colegio que no pusiera énfasis en la cultura anglosajona. Habías pasado los años más significativos de tu formación básica en California, incluso hacías sumas y restas eternas de forma horizontal y no vertical, como acá. Pensé (y de nuevo me equivoqué) que si estabas en un colegio bilingüe, que impartía las materias básicas en inglés, te sería menos difícil el choque cultural de regreso.

¿Qué dices?

De acuerdo, colegio seudoinglés.

¿Que no? Está bien, que *se las daba* de ser inglés.

Mira, no puedo discutir contigo: tienes razón. Siempre la tienes. ¿Te acuerdas cómo me decías de niña cuando te regañaba por algo? Después de oírme disertar algunos minutos, contestabas: "Tienes razón... Pero estás mal".

Bueno, pues aplica esa frase a ti ahora.

Tu percepción de ese colegio seudoinglés es correcta: no se me ocurre nada más ridículo que esa circular dirigida a los padres de familia donde se les pide que para el Festival del Día de las Madres hagan el favor de traer un sombrero que no sea de ala ancha. Que sea pequeño, por favor. Ni siquiera entendí a qué se referían.

Ya sé, estaba distraída porque tenía que entregar un artículo para el periódico al día siguiente, siempre tenía que entregar algo escrito para alguien, que preparar una clase, revisar una tesis, corregir un prólogo. Mi cabeza ha estado siempre llena de palabras, las que vienen de afuera pero también de adentro, de la historia que estoy escribiendo o leyendo en ese momento. No es falta de interés en el mundo. Bueno, a veces sí, es falta de interés, te lo concedo, pero no siempre. Es vivir habitado de dos maneras distintas. Lo dijo Sergio Pitol: escribir es oír voces. Todos tenemos algún rasgo esquizoide pero quien escribe lo alimenta.

No, no me voy por las ramas. Leí esa circular por encima porque no creí que un informe sobre el Día de las Madres tuviera importancia. Fue hasta llegar al festival que me di cuenta a qué se referían. Delante de mí, sentadas en las gradas, había una multitud de mamás con vestidos de flores y sombrero a lo Lady Di. De no creerse. Todas emulando a las damas de la monarquía inglesa. Menos mal que pasé esa vergüenza a solas, no le hubiera pedido nunca a una amiga que me acompañara al festival del Día de las Madres de la escuela de mi hija, y pensar en Volker... bueno, ni vivía aquí ni me hubiera acompañado.

Primer error craso: enviar a tu hija a una escuela pretenciosa.

Segundo error craso: enviar a tu hija en un país como éste a una escuela pretenciosa. A una escuela con nombre inglés.

Estaba haciendo lo mismo que hicieron conmigo.

Es increíble el lugar por donde salta la liebre: no lo sospechas.

Y que eso tuviera que ver con mi madre, con lo que algún día quiso para mí me resulta casi increíble ahora que me lo dices. De veras, nunca hubiera podido unir las piezas del *puzzle* si no me lo estuvieras señalando tú. Quiero decir: no habría podido dar el salto de allá hasta acá: las pretensiones del colegio inglés. Noo; no pienses eso. Ella estaba pensando tan sólo en darme la mejor educación. Una educación que ella no tuvo. Como te he dicho, era la persona más culta que yo conocía y sólo llegó hasta tercero de primaria.

No la defiendo. Es que cualquier madre de su generación habría hecho eso: enviar a su hija a una escuela en la que cree que tendrá la mejor formación académica. Piensa que fue la generación de mujeres que luchó por la escolaridad de sus hijas. Lo demás eran cosas en las que no se pensaba. Al menos en el caso de mi madre (y de mi padre, entonces) no lo pensaron. No me mandaron a ese colegio para que me relacionara con gente poderosa. A mis padres, y sobre todo a mi madre, las relaciones les valían un pepino.

Mira: no lo quiero discutir. Ella me dio lo mejor que tuvo. Pues sí, al irse me dio también algo: me dio mi libertad.

Se es madre de muchas formas distintas, incluso a la distancia.

No, para mí no es una necedad seguir enfrascada en la explicación de quién fue. Entender quiénes somos, de dónde venimos, quiénes fueron las mujeres que nos precedieron es un primer paso para poder encontrarnos. De otra forma estamos condenadas a repetir el mito del cine y la literatura. A pensar que las madres siempre tienen que ser de una sola forma y las hijas lo mismo y actuar en consecuencia, y que cualquier otra posibilidad es desnaturalización de parte de las primeras, y de las segundas, ingratitud. Pero te recuerdo que ese mito fue escrito por hombres. Y que en el mejor de los casos esos hombres fueron padres, no madres. E hijos, no hijas.

Si yo no hubiera entendido esto, que hay muchas formas de maternidad y que lo que importa es cómo una hija la recibe y lo que es capaz de hacer con ella, habría seguido repitiendo el mismo error del pasado. Me habría pasado la vida buscando a mi madre sin poderla encontrar, sin entender que la tengo dentro de mí. Y que gracias a la libertad que me dio al poderla imaginar de mil maneras, al escribir cartas que la convertían en todas las posibilidades que en mí cupieran, mi madre empezó a acompañarme cada vez que abría un libro, y me acompaña así hasta el día de hoy, porque ahí está su voz. Una voz que me dice que no estoy sola.

Por eso, hoy puedo también discutir con ella, oponerme a sus ideas. Claro, si logro percatarme de que son suyas, como dices tú. Crecemos con el poderoso mensaje no dicho de nuestros progenitores creyendo que sus deseos son nuestros deseos y convencidos de que aquello de lo que carecen es nuestra responsabilidad. Yo crecí exactamente al revés. Creyendo ser absolutamente libre y es hasta hoy que me doy cuenta de cómo en cierta forma viví una vida que era la vida que ella habría querido tener. Gracias a ella no tuve una necesidad que me atara: ni la del amante ni la de la fuga. Estoy bien aquí. No necesito ir a otro lugar. No necesito *irme*.

Uf. Nada perdonas. Entiendo tus comentarios crípticos. Ya sé que en este momento nadie puede ir a ningún sitio. Estamos viviendo una pandemia. Como en aquel juego infantil: Encantados. Que ni se nos ocurra movernos. Esto nos ha obligado a todos a confinarnos.

Me habría gustado que la razón fuera otra, que hubiéramos terminado con ese apremiante deseo de ir de un lugar a otro porque hubiéramos decidido que aquí estábamos bien. Que quedarnos en este país es también una razón válida. Que podemos permanecer en él para registrar lo que ocurre. Me habría gustado que la causa de estar como estamos fuera otra. Que no tuviéramos que quedarnos inmóviles, encerrados en nuestras casas porque el otro se ha vuelto nuestro enemigo.

¿Cómo dices?

Pues sí, se cumplió la fantasía más temida en un país tan violento como México. Ahora todos están armados. Todos menos uno, claro, siempre y cuando exista la fantasía de que uno no está enfermo.

Me gustaría saber cuándo se gestó en ti esa idea de México como el país de la violencia irremediable, donde el otro es siempre tu atacante.

Tal vez sucedió al reencontrarte con tu país, a nuestro regreso.

Fue en el colegio inglés o seudoinglés aquel donde los nuevos ricos querían emular a la realeza inglesa, pero carecían de la mínima educación para tratarse como seres medianamente humanos donde te rehusaste por primera vez a ir a la escuela. Yo no sabía lo que supe después: que los niños les hacían semejantes bromitas a las niñas. Ignoraba que entre unos y otros se daban el trato más clasista y que trataban a los maestros como si fueran sus sirvientes particulares importados de alguna de colonia inglesa del siglo XIX. Yo pensaba que los alumnos serían hijos de la clase media. Claro, el problema era aquello en lo que la clase media se había convertido. Algunos eran hijos de profesionistas. Otros más, quizá la mayoría, hijos de comerciantes y empresarios, el mundo se había convertido en una gran empresa. Producir y consumir, ése era el mandato de la era global de los noventa. Tú dices que más que comerciantes eran "traficantes" y en ese término encierras un universo siniestro del que yo no me di cuenta. Debí verlo pero no lo vi. Familias con gran poder adquisitivo que probablemente estaban directa o indirectamente ligadas al crimen organizado. Sí, no sólo me refiero a posibles hijos de narcotraficantes. Coincido contigo en que algunos de los hijos de políticos no se salvaban tampoco.

Pero eso que me estás diciendo que ocurría, como madre (o como padre de familia) ¿cómo lo sabes antes? ¿Cómo te puedes imaginar que los papás de los compañeros de salón de tu hija están involucrados con el crimen? Más fácil es suponer, como lo hago ahora, aunque lo haga *a posteriori*, que no hay escuela de este país que se libre de eso. Ni pública ni privada. Este país está involucrado con el crimen organizado hasta la médula.

El Día de las Madres aquel tuve una sospecha. Claro que lo primero que llamó mi atención fue ver a algunas de las mamás de los niños de primaria con semejantes atuendos. Parecían salidas de un capítulo de *Alicia en el país de las maravillas*, región 4. A muchas las vi desde que bajaron de sus coches. Llegaban en carrazos manejados por choferes que les abrían la puerta, la madre con cuerpo de gimnasio acompañada por la abuela zotaca y retacona pero ambas vestidas y maquilladas como si asistieran a una pasarela. Seguramente habían copiado sus atuendos de la revista *Hola!* y salvo por la piel morena y los rostros retocados por el cirujano plástico emulaban a la princesa de los sueños de todas las mentes colonizadas, Diana de Gales. Con proporciones atómicas, eso sí. Noventa, sesenta, revienta. Como yo no tenía contacto con ninguna pude darme el lujo de ver a varias, detenidamente. Entraban una después de la otra, compitiendo sordamente por mostrar una alcurnia inexistente. De lejos me pareció ver a una que recordaba por sus opiniones ríspidas en una reunión de padres de familia; una mujer salida de unos cuarenta y tantos infiernos que dijo no estar de acuerdo en que hubieran reprobado de año a su hijo y cuando la maestra sugirió que ella debía revisar las tareas y ayudarlo a estudiar, la mujer montó en cólera y le aclaró, gritando, que para eso mandaba a su hijo a la escuela; que ella no tenía *su* tiempo y amenazó con hacer lo que fuera para que corrieran a la maestra.

En ese momento la miramos incrédulas.

Claro. Por supuesto que también había madres de familia vestidas de pantalón, de forma casual, como yo. Pero a nosotras nos sentaron hasta atrás en las gradas y no pudimos ver los números preparados para el Festival del Día de las Madres a causa de los sombreros. Entenderás mi pasmo. Y mi decisión de pensar seriamente en cambiarte de escuela.

Esa decisión se aceleró unas semanas después, el día de tu cumpleaños, cuando invitaste a un grupo de amiguitas a las que llevé contigo a comer y a un parque de diversiones llamado Reino Aventura. Luego de subirse a algunos juegos mecánicos percibí algo raro entre el grupo de amigas y tú. Te habían dejado de hablar. Te llamé aparte pero no quisiste decirme qué pasaba. Cuando llegamos a la casa, esperaste hasta que pasaron a recoger a la última. Entonces me dijiste que te habían hecho la ley del hielo porque en cierto momento de la plática dijiste que tus papás no te habían bautizado.

La semana siguiente ocurrió algo que hizo que fuera a hablar con la directora y le dijera que había decidido sacarte de la escuela. Le expliqué los motivos. En la mochila de una de tus compañeras de salón apareció un Kotex con tinta roja. Al sacar un cuaderno, el Kotex había volado por los aires causando la carcajada general del salón. Era una broma. La maestra descubrió al autor del crimen quien además confesó con el cinismo del gandallita que no sentía ninguna vergüenza de haberla hecho. Sí, el bromista era el hijo de la señora que había amenazado a la maestra.

¿En qué escuela podría meterte donde no ocurriera nada de esto?

Todavía no existía el término *bullying* pero la agresión hacia las mujeres —siempre con tintes sexuales— era clarísima.

Busqué con desesperación a Volker, quien tomó la cosa con mucha más tranquilidad que yo. Me escuchó hablar por larga distancia durante una hora y arremeterla contra la escuela, contra él y todos los de su género. Le dije que de nada servía que se matara trabajando para salvar al planeta (y de paso para pagar la colegiatura de la escuela de una hija a la que acabarían marcando para siempre) si no me ayudaba a que buscáramos un lugar donde estuvieras a salvo. Estuvo de acuerdo en que te cambiáramos. Por sugerencia de amigos comunes te inscribí en un CCH enfocado al humanismo y el trabajo en equipo, donde los llevaban a campamentos en que desovaban las tortugas cuyos huevos ustedes protegerían. En enero y febrero había excursiones para ver y ayudar a salvaguardar a las a ballenas en Baja California y durante el verano irían a Oaxaca a hacer trabajo voluntario con los grupos indígenas. Eso no podía ser malo, dijo Volker. O no tan malo. A su juicio, cualquier escuela sería nefasta; la educación escolarizada era siempre nefasta, incluso la de la RDA donde él había estudiado.

Primera noticia.

Como lo oyes, me contestó como si tal cosa. Y ante mi sorpresa, aclaró que me había dicho lo contrario para engatusarme, cuando nos conocimos.

—Sería para engatusar a tu hija —respondí—. Ella sigue creyendo absolutamente en todo lo que dices.

Ahora sé que indirectamente la educación comunitaria, los campos tortugueros, el trabajo social, todo ello sirvió para que conocieras a Mariana, tu mejor amiga, por quien —también de forma indirecta—, te fuiste del país. A perseguir un sueño que se parece en mucho al de Volker.

El inconsciente no sabe para quién trabaja.

Toda revuelta social comienza con una revuelta íntima, dice Julia Kristeva. Y me imagino que lo que sucede con tus compañeras es apenas el inicio de la revolución que será el resultado de lo que les ocurrió en los últimos treinta años de sus vidas. Donde quiera que vivieran: en México, Estados Unidos, Hong Kong, Ecuador, Chile, España, la India, vivieron una historia semejante por la que hoy protestan y protestaban más ruidosamente aun antes de que estallara esta pandemia. La única historia global compartida hasta antes de que el mundo fuera invadido por este virus. La violencia contra ustedes sigue ahí, incluso en algunos casos se ha recrudecido con el encierro. Muchas mujeres viven con su torturador. Ahora recluidas. Encerradas, mientras pueden, detrás de una puerta o bien ocultas tras una actitud de esclava solícita que teme cualquier movimiento en falso a fin de no enardecer a su victimario quien está a la espera de cualquier pretexto para arremeter a golpes contra ellas.

Entiendo que te hayas sumado a esa causa.

Porque tienes razón: es también *tu* causa, aunque sólo lo hayas vivido indirectamente.

¿Que no fue tan indirecto? ¿Hay algo que no sepa, entonces?

Yo creí que una de las cosas más terribles que te habían ocurrido antes de irte había sido lo de Mariana.

Y he estado dándole vueltas todos estos años y las imágenes se han presentado de forma más nítida durante estos días, en realidad ya meses, muchos meses en los que hemos estado en contacto a través de las conferencias en Zoom, en FaceTime, por correo electrónico, haciendo este largo recuento que de otro modo no habríamos podido hacer o no habría podido hacer yo, muy cercanas una a la otra aunque siempre a través de una pantalla.

No, no voy a empezar a quejarme de eso.

Qué ironía. Para mí la necesidad de tener una PC surgió cuando nos fuimos a vivir a California. En tu *annus horribilis*, cuando te arranqué de tu entorno conocido. Fue el año en que yo también tuve que aprender a comunicarme en otro lenguaje. Era un requisito de las universidades de Estados Unidos; pasar del trabajo escrito en máquina a los programas en computadora. Y fue al poco tiempo, antes de haber regresado de EU, cuando despegó la famosa revolución digital con Tim Berners-Lee y la World Wide Web. Todo entonces era hablar del internet y el hipertexto. Todo era buscar en los servidores, al principio rudimentarios pero pronto un instrumento de extraordinarios alcances. Un invento capaz de hacer conexiones que no logra la mente de ningún humano por sí solo. La red. Los metadatos. Los protocolos y dominios.

El lenguaje cambió. Ya no se hablaba de hojear sino de navegar. De multipantallas. De enlaces y referencias. El HTML, el HTTP. El sistema de localización de objetos URL. Los límites de mi lenguaje son los límites de mi mundo, dijo Wittgenstein, y de pronto esos límites se rompieron. El mundo creció de manera exponencial y estuvo al alcance de nuestra mano, como esas esferas de cristal donde hay un universo en miniatura que se agita y sobre el que cae nieve. Algunos veían ese mundo fascinados. Yo no. Me rehusaba a salir del universo conocido de libros, sentía que el mundo recién descubierto amenazaría a aquel otro con desaparecer. Todo el tiempo libre leyendo y tomando notas a mano y sólo entrando a ese cubículo donde estaban las computadoras a fin de escribir los trabajos finales en el menor tiempo posible. Exacto: igual que hacía con los gimnasios. Desde que entraba ya estaba deseando salir. Y míranos ahora: acortando las distancias (es un decir), viviéndonos en el día a día (es otro decir, tu día es el día siguiente al mío, por la diferencia de horarios), estando en compañía cercanísima (otro decir más) una de la otra. Pegada a la computadora y al móvil, escribiéndote y esperando tu respuesta.

No, de veras que no me estoy quejando, por supuesto que lo aplaudo.

Por supuesto que le pondría un altar a Berners-Lee y a los caudillos de la revolución digital. Sin ellos, mi vida no tendría sentido. Es la única forma de estar contigo. De estar juntas.

Y sí, ya sé lo que diría Volker, tienes razón. Pero no es sólo que él estuviera en contra de todo este vértigo y a favor de las especies naturales (concuerdo en que hoy sería muy difícil reconocer qué es lo natural), sino que siempre fue especialista en predecir la catástrofe. Y en cambio de otras cosas ni se daba cuenta. De todo lo que tuviera que ver con nuestra relación. O de tu relación con los hombres.

Mira: no lo culpo. Sus intereses no estaban en las relaciones de pareja tuyas o de tus amigas. O era una forma de ser discreto, no lo sé. Ahí es donde el factor cultural es determinante. No era falta de amor o de cercanía. Es que para él a lo mejor era cruzar la línea de la prudencia hacerles a ti y a Mariana ese tipo de preguntas. Eso lo habría hecho un papá mexicano. Como qué. Preguntarles cómo les iba a ti y a Mariana con los novios.

Fatal.

Lo resumes en una palabra y me da risa. Pero no pensabas eso entonces. ¿O sí? Las dos eran guapas, guapísimas. De cortarse las venas. Y novieras a morir. Yo creo que entonces pensabas cada que iniciaba una relación que les iba de maravilla y cada que acababa que les iba fatal, ¿no? Pienso que sus desgracias amorosas no tenían que ver con las traiciones imperdonables que veían en sus galanes, sino precisamente en que fueran tantos, por eso tenían todo el tiempo el corazón roto.

Bueno, está bien, no me meto en ese terreno.

Tienes razón: yo qué sé.

Yo sólo sé lo que me has dicho y sé también que la libertad sexual con la que crecieron Mariana y tú fue casi absoluta. Ustedes se inventaban las nomenclaturas según el grado de involucramiento con el galán: es mi *free*, es amigovio, es mi amante.

No, amante nunca dijeron. Es cierto que es una palabra de otra generación.

Pareja. Mi pareja.

Cuando terminaste la universidad ya prácticamente no hablaban de eso. Iban a los antros de noche, incluso muchas veces con Estela, pero de día Mariana y tú hablaban de otra cosa. Hablaban de lo que leían, mucha teoría feminista. Mariana comenzó una relación con Rodrigo y en su casa estaban fascinados, con todo y que venía de una carrera bien distinta. Tenía negocios que no entendíamos. Negocios dot com. No entendíamos (o no entendía yo) qué compraba o qué vendía. No entendía por qué se disparaban hacia arriba y luego desaparecían. Pero parecía irle bien, dentro de todo. Yo estaba tan inmersa en mi trabajo, escribiendo y mandando notas, metida en mis clases o yendo a redacciones que al verlas para comer si Mariana venía a la casa o al verte en las noches en que no salías si tú y yo merendábamos juntas, destinaba la conversación a cosas más generales. Me encantaba discutir de lo que leías. De acuerdo con Hélène Cixous, de acuerdo con Martha Nussbaum, con Angela Davis. Sí, de acuerdo con que todo empezaba con Simone de Beauvoir, y tan injustamente que le había ido al lado de Sartre, la estrella. Yo llegué a oír a un amigo decir en plan de chiste, hablando de Sartre de quien era conocido su estrabismo, que con un ojo escribía lo suyo y con el otro lo de Simone.

No, no lo discutí, me daba flojera. No lo discutía porque me cansé de discutir. Tienes razón en que el feminismo es algo para reducir, señalar, repensar.

No transigir. Tienes toda la razón del mundo. Pero nosotras decidimos usar otras estrategias. Porque entonces discutir era inútil. ¿Qué estrategias? Pues mira, entre otras, darles la razón. Hacerlos sentirse poderosos. Por eso los hombres de mi generación no nos sentían como una amenaza.

Es cierto.

Sí nos sentían.

Por eso se recrudeció el odio de género. Por ocupar los lugares que antes eran sólo de su dominio. Y cuando los ocupamos tuvimos que sortear sus embates y soportar que nos dijeran cómo hacer mejor lo que hacíamos.

Mansplaining.

Qué buen concepto. Todo el tiempo nos están señalando qué hacer y cómo, en nuestros propios terrenos. Miles de formas de desacreditarnos de manera condescendiente.

Por eso no me afectó el acuerdo al que llegué con Volker. Cada uno tenemos nuestro límite. Algo perdí con sus constantes ausencias, tienes razón, pero no le di el derecho a desestimar mis decisiones ni a dirigir mi vida. Yo tampoco dirijo la suya. Así estamos bien, ése fue mi punto de equilibrio posible.

¿Qué dices?

Oye, ¡cómo no íbamos a percibir las desigualdades tan claramente como ustedes! Claro que nos dábamos cuenta de todas las diferencias. Claro que llegar a algún sitio nos costó lo nuestro, mira, la mía fue la primera generación de mujeres que ocupó ciertos puestos profesionales sin necesidad de casarse con un rico, un famoso o un hombre con poder o con apellido, ni siquiera en el ámbito de la cultura, y eso habla de un trabajo muy duro, externo e interno. Y de estrategia. No, no minimices. Yo estoy de acuerdo contigo en la nueva forma de denunciar los abusos, por extrema que parezca, y si hubiera nacido en tu tiempo habría hecho lo que tú y tus amigas. Pero no reconocer el trabajo anterior de nosotras o pensar que eso era transigir es no reparar en el detalle. Es pensar que cada una al nacer descubrimos el agua tibia. Los éxitos del feminismo se deben a un trabajo de muchas generaciones. Y sí, ya sé que por tu convicción de no transigir hiciste lo que hiciste. Te admiro por ello y te respeto. Pero el costo es no vivir cerca de ti. Y eso duele.

Por eso aprovecho la pausa en esta reclusión obligada de ambas (¡por primera vez en años tenemos tiempo!) para conversar contigo largo y tendido. Para hacer esta suerte de ajuste de cuentas. Es lo que rescataré y con lo que me quedaré de esta pandemia. Si sobrevivo (sí, ya sé que no debo ponerme en ese plan, conste que no suelo recurrir a chantajes, pero concederás que si algo vuelve dramático este momento es que mucha gente *en verdad* se está enfermando y muriendo) tanto como si no, para mí, haber conseguido esta comunión contigo es ya suficiente. Mucho más de lo que habría imaginado.

Me pregunto qué tanto influyó lo que ocurrió con tus amigas para decidir tu partida.

Un día quién sabe cómo, después de lo que me contaste de Estela, me comunicaste que Mariana se casaba. Y lo hacía con el que llevaba ya tres años. De padres españoles, igual que ella. Es una tontería que todavía pese eso en los orgullos familiares, ¿no? Pero pesa. Se valora como un tesoro compartido, la cultura de la que ambos vienen. Igual que si de una misma familia se tratara. Como si en este tiempo eso supusiera alguna garantía.

Fuiste a la boda, en Morelos. Yo me hospedé en un hotelito, cerca. Nadaría un poco en la alberca por la tarde, después me pondría a escribir y a leer hasta que llegaras. Quedamos que estarías de regreso hacia las dos o tres de la madrugada. Pero no llegaste. Después de una hora alucinante en que estuve buscándote a través del teléfono celular entró por fin una llamada tuya. Me dijiste gritando que habías tratado de llegar con tu novio pero que unos hombres encapuchados les habían cerrado el paso. Que les apuntaron con unas Ak-47 y al ver que giraban en redondo subieron a la Chevrolet Cheyenne blindada en la que venían, se emparejaron con ustedes y les apuntaron mientras tú te sumías en el asiento. Mientras les apuntaban, el de la ventanilla les gritaba que se detuvieran hijosdela-chingada o los mataban allí mismito. Mateo (entonces tu pareja) aceleró hasta que el olor a llanta quemada aun con los vidrios arriba fue insoportable y los siguie-ron por la carretera de regreso a la Ciudad de México durante un tramo en que tú tuviste la certeza de que ése sería tu fin. Que ya no habría manera de soñar con una historia distinta. Que (qué raro pensar esto) la ha-bías pasado bien en la fiesta, que si tú ya no lo harías era bueno que Mariana se hubiera casado porque se valía tener ese anhelo, que literalmente Mateo había quemado las llantas del coche y que seguramente sus perseguidores habían desacelerado porque ahora Ma-teo ya no tenía que mirar de lado sino que no paraba de ver por el retrovisor. Le gritaste qué pasa. Y él, his-térico también, te gritó no sé, no entiendo nada, allá atrás se pararon y ya no nos siguen. Y entonces te en-derezaste en el asiento y confirmaste que sí, que sus perseguidores por lo visto habían cambiado de idea y que a ustedes los habían perdido. Se hicieron mil con-jeturas, hablando todavía con un tono de voz alterado, con la voz desgarrada por los recientes gritos. No, no era eso. Seguramente se dieron cuenta de que no tenían nada que sacarles a ustedes, aunque siempre estaba la opción del secuestro. En este país acababan secuestrando a quien fuera y obligándolo a vender sus pertenencias y a conseguir prestado dinero de donde no había y a endeudarse y a joderse la vida. Seguramente los habían confundido. Seguramente iban por otros jóvenes que podían responder más o menos a las señas, todos los jóvenes de la clase media de un mundo globalizado pueden responder a las mismas señas, y a la mitad del camino les avisaron que eran otros jóvenes por los que debían ir y no ustedes. Llegaron a la casa de los papás de Mateo con las piernas como hilos y un peso en la espalda como si hubieran cargado un piano cada uno, hablando a trompicones y de modo confuso explicando lo que les había ocurrido. La mamá de Mateo les dio un brandy para el susto aunque fueran las cinco de la madrugada. Les tomó cerca de una hora reponerse. Entonces me hablaste. Que estaban bien, sanos y salvos en casa de los papás de Mateo. Y que no me preocupara, no había problema.

Pero cómo no iba a haber problema. Una semana antes habían matado al hijo de un amigo poeta, Javier Sicilia, exactamente en el mismo lugar. Eso bastó para sentir que la muerte no era ya algo que sólo ocurría a aquellos a quienes nos referimos con la tercera persona del plural. O que *ellos,* esa lejana entidad con que aludimos a los demás, había encarnado en *nosotros.* Por primera vez, el país de las miles de fosas, cadáveres y desaparecidos empezaba a ser realmente el nuestro.

No hay razón para dudar de las causas de tu partida: es cierto que se podría trazar una curva que va del descubrimiento de la muerte, a los seis años, al descubrimiento de tu (de nuestra, porque mi vida habría acabado con la tuya) posible muerte o desaparición, aquel día. Pero yo quiero suponer que el hecho de que hubieras atestiguado lo que le ocurrió a Mariana confirmó la seguridad de que debías irte cuanto antes, de que en este país ya no podías vivir. No digo que hubieras dudado. Tras dos atentados, ambos sin que estuvieras involucrada con ningún grupo de riesgo, ni de denuncia, ni delictivo, y sin ser hija de un político de cualquier partido, de un funcionario o funcionaria pública de los que reciben una amenaza por la noche y a la mañana siguiente mueren acribillados al salir de su domicilio antes de meter la reversa en sus camionetas, ellos y sus choferes y los transeúntes que pasen sin tener que ver, tu decisión ya estaba tomada. Te ibas. Lo planteaste como una oportunidad. Querías trabajar en una ONG donde realmente se pudiera aportar algo y no se robaran los fondos ni acabaran en manos de una burocracia inútil; buscar la experiencia de vivir en otro país, irte, pues, irte a donde fuera que realmente sirviera lo que pudieras construir. Irse a algún lugar en que uno se pudiera sentir bien con el país de llegada, aunque no fuera el país de uno. No había prisa, dijiste, como por restarle importancia. Había que empezar a buscar, eso sí. Preparar citas, sacar pasaporte, averiguar qué países pedían visa a los mexicanos que cada vez eran más. Los mexicanos eran ya personas non gratas en muchas partes del mundo. Pero la aparente calma se volvió tensión y de pronto lo que era un proyecto se volvió un apremio. Hoy pienso que en algo influyó lo que le sucedió a Mariana para que aceleraras los trámites, los múltiples envíos de solicitudes a diestra y siniestra. Y para que te dedicaras con tal obsesión a lo que te dedicas. Como si tuvieras que pagar alguna deuda.

Aquel día en que te llamó Mariana ¿qué serían? ¿Las seis, las siete de la mañana? No lo sé con exactitud porque cuando tú llegaste a mi cuarto con el pelo húmedo a avisarme que ibas a casa de tu amiga para algo urgente yo estaba medio dormida. ¿Qué pasa?, te pregunté, alarmada. No sé. No entiendo bien pero ahora no puedo explicarte, me dijiste. Tomaste las llaves del coche y te fuiste haciendo sonar las zapatillas con ese sonido tan familiar al bajar la escalera corriendo con prisa.

No le di importancia, la verdad. Pasé la mañana preparando una conferencia que daría tres días después en una universidad de California, sintiendo como siempre que faltaría lo más importante de decir, lo culturalmente intraducible sin frivolizar, ni hundirse en la teorización —el problema principal de la academia— y transmitir la emoción, y conseguir que alguien se dejara tocar y pensara que era importante entender al país dependiente y complejo que tenían debajo, en el mapa, o sea el nuestro; ese que amábamos aquellos que habíamos nacido y vivido aquí; el que seguíamos amando quién sabe por qué. Sobre todo eso.

De modo que no pensé más en ti ni en Mariana. No me extrañó tampoco que llamaras para decirme que no vendrías a comer a la casa. Ni siquiera que dijeras que te quedarías ese fin de semana a dormir con tu amiga y que no estaba su esposo. Aproveché el tiempo para limpiar un poco, leer echada todo el tiempo que quise y terminar la ponencia.

Volviste hasta el domingo por la tarde, sin ganas de conversar, dijiste que venías muy cansada y te metiste a tu cuarto a ver televisión. O a adormecerte con el ruido de ésta. Al día siguiente, te fuiste a trabajar.

Tampoco le di importancia, y hoy no sé por qué.

O más bien sí sé. Porque existía el antecedente de esas temporadas en que uno no quiere saber de nada ni está de humor para hacer conversación jugando a que el mundo no es lo que es, a lo *Little Women*, de Louisa May Alcott porque el estrés de una situación laboral junto al menor imprevisto familiar o social vuelve imposible la convivencia cotidiana (el vértigo de la prisa, el tránsito, la solución de esos pequeños problemas de trabajo que son el trabajo verdadero) a diferencia de lo que pasaba en el siglo XIX —y lo que pasa ahora en la pandemia, donde todo se detuvo—, o porque era un engaño extraordinario de mi parte, en que no éramos capaces de darnos cuenta de que esos momentos de mutismo, esos párrafos sueltos, esas anormalidades eran importantes, eran el momento histórico. ¿Por qué? Porque los normalizábamos, cuando lo único normal era que estábamos viviendo una época donde lo verdaderamente importante y significativo era absorbido por el mundo de la prisa, de la rentabilidad y la competencia, que eran fagocíticos.

Lo que ocurrió con Mariana me lo contaste después. Cuando menos, dos días después de que regresé de dar la conferencia aquella. Entonces sí me sorprendió. Me impresionó muchísimo la historia y más me impresionó que la mantuvieras en secreto por tantos días. Pero eso también lo normalizaste, o trataste de hacerlo. ¿Cómo vivir en el punto álgido siempre, cómo vivir con esa sensación de que todo será excesivo hasta después de que se acabe? Algo ocurrió para que en ese instante no pensaras que todo iba a ser como era por mucho tiempo. Para que, como en una obra de teatro, despertaras después de oír el gong. Me dijiste del horror que experimentaste al ver a Mariana. Golpeada y con moretones en la cara, con el rostro hinchado, dijiste, parecía otra persona. Cuando pudiste reaccionar, corriste a abrazarla, la estuviste meciendo, largo, largo, y consolando, le ofreciste llevarla al hospital, a un médico. Ella se negó. Su madre no debía saber nada, te dijo. ¿Entendías? Eso era lo importante. Que nadie supiera nada, ni yo. También por eso te habías mantenido muda conmigo. Por eso y porque en realidad no sabías qué hacer. Estabas en shock. Pero no podías guardarle el secreto. Ya no. Habías decidido que hacerlo era poner la amistad por encima de la ética y aunque te preguntaste mucho si la amistad debía estar sobre la ética, si no era eso precisamente lo que distinguía la amistad, y decidiste que sí, resolviste que no. Y te sentías una traidora, porque era obvio que la amistad es amor recíproco y respeto y apertura y confianza incondicionada, en su versión platónica, cuando menos, por no hablar de algo casi trascendente en su versión romántica, que es la de la amiga íntima en el caso de las mujeres, y porque estabas actuando como la más elemental de las traidoras poniendo la virtud o supuesta virtud disfrazada de distancia reflexiva por encima de tu amiga Mariana que en ese momento, aun sin quererlo tú, estaba dejando de ser tu amiga íntima por tu culpa.

Así que ya qué. Por eso me lo estabas diciendo.

El día de su llamada llegaste a su casa cerca de las siete de la mañana. Rodrigo, su esposo de menos de dos meses se había ido de viaje según te dijo Sole, la incondicional y santa mujer que había cuidado de Mariana desde chiquita y que aceptó seguirla a su nueva casa cuando te abrió la puerta. Apenas entraste, te advirtió: Marianita está muy mal. ¿Por qué? ¿Qué tiene? preguntaste alarmada. Imaginaste alguna enfermedad. Algo que la tendría inmovilizada y con un dolor muy fuerte, tanto como para pedirte que fueras en seguida. Algo que le impedía hablar bien, como si se le hubiera medio paralizado un lado de la boca. Ay, señora, ya usted la verá, te dijo Sole, a punto de llorar. Ahí empezaste a preocuparte.

Subiste corriendo la escalera de caracol pese a que te daban pavor sus tramos volados de madera porque a través de ellos se veía el piso gris y porque el barandal de vidrio tampoco ofrecía ser algo más que un elemento decorativo, pero esta vez no era cosa de detenerse a pensar en eso. Era momento de gritar y gritaste: ¡Mariana!, mientras subías corriendo, ¡Mariana!, y una voz apagada desde su cuarto volvió a hacer que el estómago se te encogiera. Al entrar no podías creer lo que veías. Mariana tenía la cara de un boxeador tras la pelea.

¿Qué te pasó?, seguiste preguntando, como si no fuera obvio, ¿quién te hizo esto?, con la esperanza de que te dijera que había sido un asalto, que habían entrado a robar la casa, y tú misma te sorprendiste pensando, como pensamos todas en casos como ése, que eso podía ser un consuelo. Un asaltante llega una vez y se va. Cuando tu golpeador vive contigo no hay forma de poner fin a la escena del asalto. A lo que hemos llegado, te dije mientras me contabas este horror y dándome la razón continuaste: Pero ¿cómo?, dijiste que le habías preguntado ¿Rodrigo? como si hubiera podido haber otro esposo, un impostor que golpea porque tiene las mismas razones de un asaltante y se va. Pero ¿por qué? ¿Por qué te pegó, Mariana? Y te aterraste de preguntar lo que estabas preguntando. Como si pudiera haber un por qué. Una razón que justificara los golpes. De Rodrigo o de quien fuera. Ella había comenzado a llorar con desconsuelo, sin poder hablar, negando con la cabeza. Es que ¿cómo puede ser?, insististe, ya no supiste si para suavizar lo que habías dicho o porque creyeras que habría una causa, aunque imperdonable, excepcional. Si se conocían tan bien, aunque esto no lo dijiste y sólo repetiste: cómo puede ser. Y cómo, si la felicidad es un atributo de los momentos únicos y los que ella vivía con Rodrigo eran o habían sido eso: momentos singulares, uno por uno. Momentos probados, además. Había andado con Rodrigo por años, tres años. Cierto que tras las reuniones con amigos él terminaba discutiendo siempre. Ahí dejaban de ser felices un poco. Pero nada más. Rodrigo no era el único que abandonaba la fiesta estando bebido ni el único que se empeñaba en conducir así. Tampoco era el único hombre que hacía un infierno en el camino de regreso, haciéndola culpable de quién sabe qué. Furioso, levantando la voz con cualquier pretexto. Enredando el argumento a fin de que siempre pareciera que ella lo despreciaba. Que dudaba de él. De su valor. De su hombría. Que se sentía superior, y se lo había hecho sentir desde el día uno en que se conocieron. Mariana jurando que no, rogando que le dijera en qué se basaba para decir lo que decía, repitiendo frase por frase un argumento que de cualquier modo él no era capaz de entender, menos de aceptar, porque el alcohol tiene sus propias reglas de gramática y de lógica, ya ni digamos de pronunciación. Pero aun así, ella se empeñaba en convencerlo en las ocasiones en que eso llegó a ocurrir, te dijo. Sólo que entre más respondía ella a sus ataques más se ensañaba él. Pero si guardaba silencio era mucho peor porque entonces él se encendía. Se ponía como loco. La acusaba de no tener ningún respeto, ningún interés. Una cosa era que no lo entendiera y otra que no lo quisiera entender. Y ella respiraba hondo y se ponía a rememorar. De veras. Pensaba en qué podía haber hecho mal. Comprendía que a lo mejor una poquita de culpa sí tenía. Que a lo mejor era una agresión no darle importancia a aquello de lo que él la acusaba, aunque a ella no le pareciera así. A lo mejor había hecho algo mal, sin darse cuenta. Había subido un poco la voz. O se había mostrado displicente. O le había dicho algo de sus papás, podía ser. Pero, ¿sabes?, te dijo tumbada en la cama que se manchaba por las lágrimas y la sangre de una herida que se había vuelto a abrir, no había modo de tener la razón, hiciera lo que hiciera. Sólo que no se había dado cuenta de cuán grave es eso de no tener la razón nunca. De que no te la concedan. De acabar aceptando cuanta responsabilidad te achaquen con tal de que un pleito no vaya a más. Que de cualquier modo había ido. Había subido de nivel cuando ella, después de negar categóricamente que no, no tenía en qué basarse al decirle que se sentía superior, decidió aceptar lo que él dijera. Se fue encendiendo solito, dijo Mariana, aquel día, hacía dos días, mientras terminaba de vestirse para irse a trabajar a la empresa de su padre que ahora usaba como oficina provisional porque su último negocio dot com se había declarado en quiebra. Porque su negocio en la administración de publicidad digital también se había ido a la ruina. Porque su app para proporcionar servicios de todo tipo en el ámbito doméstico (desde un plomero hasta un chofer; desde un avalúo hasta una receta de cocina) estaba en bancarrota. Ella no entendía por qué, no entendió nunca. Y se lo dijo. Y él volvió a lo de que una cosa era no entender y otra no querer entender. Ella se había fastidiado. Está bien, dijo por fin, vencida. No quiero entender. No me interesa. No te entiendo y no te entiende nadie. Tu vida es un ideal que persigues y persigues y que nunca llega, porque no eres capaz de ver lo que tienes y porque sigues soñando que esos negocios raros de las empresas virtuales son el futuro millonario que sólo los tontos no pueden ver; que esos negocios pronto harán de ti lo que están haciendo de los ricos riquísimos de Silicon Valley y que entonces comprenderé y te reconoceré. Pues no. No lo comprendo.

Porque no tienes tiempo de compartir ni de disfrutar ni de ver lo que te rodea, ni de vivir. ¿Y sabes por qué? Porque tu vida es un absurdo.

Lo había conocido y aceptado como era. Llevando su empresa para todos lados, en la laptop, como extensión de su cuerpo. Hasta cuando iban de vacaciones a la playa. Y ahí estaba ella, al lado de un hombre que se hallaba recostado junto a su mujer en el camastro, con la computadora, sin hacerle el menor caso. Ni cómo comunicarse con él. Le hablaba y él seguía tecleando. Diciéndole que necesitaba cerrar un negocio, terminar una operación, ver con su *community manager* el estado de sus redes… lo que fuera. Alguna vez, estando en un restaurante, ella logró decirle que había leído un artículo muy interesante que quería compartirle. Que Steve Jobs, el gran gurú de la tecnología, no permitía a sus hijos usar iPads y limitaba su acceso a la tecnología. Que Evan Williams, el fundador de Blogger y Twitter dijo que en vez de tabletas él les daba a sus hijos toda clase de libros. ¿Ah sí?, había contestado él, sin dejar de teclear ni ver cómo ella se ponía más bloqueador en las bonitas piernas. ¿Y cuándo te lo dijeron? Ella se limitó a negar con la cabeza y suspirar. Lo leí. Son mitos urbanos, Marianita, le dijo él, no los creas. Un monstruo de la era digital lo es más si se inventa su propio mito. Si arropa su existencia con un hábito de misterio y humanismo. Como un monje budista. *"Steve Jobs was a low-tech parent"*, citó. Eso es de todos conocido. Pero eso no es verdad, vida mía. Le dijo que ella no sabía nada del mundo digital en el que él no había nacido pero en el que se había vuelto un tigre. Sabía más que cualquier millennial de la segunda generación educado en Tokio con el gadget al lado, desde bebé. Le dijo también que sonaba tan ingenua como aquellas mujeres de la generación de su abuela que habían satanizado la televisión. La habían llamado la Caja Idiota. Hablaban de enajenación y alienación. Sostenían que el espectador era un ser pasivo, sin ninguna capacidad de respuesta. ¿Y sabía ella cuántos millones de espectadores habían abierto sus ojos al mundo por primera vez gracias a la televisión y antes a la radio? ¿Sabía cuántos lo estaban haciendo ahora y de qué manera gracias a las tecnologías digitales el conocimiento de TODOS los seres humanos se había expandido?

Para qué discutir, pensó ella. Había creído que era cosa de darle la razón. Después de todo, él trabajaba a través de pantallas. Vivía en las pantallas. Los dispositivos y los sitios y las aplicaciones eran sus íntimos amigos. Era como insultar a sus amigos.

Entonces comprendió que debía darle la razón. Le dijo que visto así, sí. Que ella no había pensado todo eso.

Pero antier, cuando él se preparaba para ir a la oficina de su papá no funcionó la táctica aplicada tantas veces, dijo, hipeando, Mariana. Porque él se había ido encendiendo. Estaba tan dolido por sus empresas fallidas que era como si al darle la razón ella le dijera: pues si sabes tanto cómo es que han quebrado todos tus negocios. Cómo es que eres un fracaso. Y como no halló la salida y como él estaba duro y dale con que ella se sentía superior con su ínfimo trabajo en el grupo de *coaching* para pequeñas empresarias al que pertenecía, ella le había dicho por fin, vencida, harta y fastidiada que sí, que era exactamente así y que ya la tenía hasta la coronilla con sus quejas y su mediocridad y él respondió con una bofetada que la tiró en la cama. La primera bofetada. Sorprendida y a la vez dolida, ella se había levantado y le había dado una patada en los testículos. Él reaccionó propinándole una serie de golpes con el puño cerrado primero en el cuerpo y después en la cara, como si se tratara de un bulto, como si fuera el saco de entrenar boxeo del gimnasio al que iba y despertando de pronto, dándose cuenta, sin entender él mismo hasta dónde había llegado y por qué, y aprovechando que había dejado a su mujer fuera de combate se asomó tras la puerta para cerciorarse de que nadie los había escuchado, bajó la maleta del clóset y guardó unas cuantas cosas y se fue de la casa silencioso, como un ratero.

Después de que Mariana te contó esa historia entre crisis de llantos e hipeos la volviste a abrazar. Le dijiste que la ayudarías en lo que pudieras, que la acompañarías a levantar la denuncia, insististe, en que apenas se recuperara un poco debía hacerlo. Cuando quisiste poner una fecha ella te contestó con rabia y con algo que interpretaste como una forma agresiva más que defensiva que eso era asunto suyo. Luego te dijo que no, no lo haría. No iba a levantar una denuncia contra Rodrigo. Y entonces aclaró algo que era previsible. La respuesta típica que dice todo y nada. Te dijo: mira, esto es mucho más complejo de lo que crees. Te sonó a lo que siempre nos suena esa frase. A una justificación para que nuestras acciones vayan en un sentido opuesto al de nuestras ideas. Al comodín que sirve para contradecirlas. Te decepcionaste. Pero sobre todo, te entristeciste.

Luego de haber estado con Mariana toda la tarde y haberla escuchado y haberle recordado lo que juntas pensaban de la violencia le dijiste aquí estoy, de todos modos, para lo que quieras, cuando quieras. Regresaste a la casa. Te metiste a tu cuarto, estuviste distante, me contaste esta historia después y entonces te enfureciste conmigo. Hoy pienso que lo hiciste quizá porque no podías enfurecerte con ella. Cuando te dije que eso era muy grave me dijiste que no opinara, que te arrepentías de haberme dicho algo que era tuyo y de ella, y que yo no estaba preparada para entender. Me dejaste de hablar como hacías cuando estabas muy enojada por algo; me quitaste el habla porque no podías decirle a ella cuánta rabia te daba que no reaccionara, cuánto te enojaba su impotencia. Lo más sorprendente, quizá, fue lo que pasó después. En los días posteriores, Mariana actuó como si nada hubiera ocurrido. Te llamó, conversaron de esto y de aquello, habló de su desinflamación y del cambio de color de los moretones como si hubiera sufrido un accidente cualquiera, una caída. Hizo planes para que se vieran con las amigas y te propuso ir a una charla sobre feminismo, y según pude deducir días más tarde en que me contaste la impresión de las dos su discurso y su conducta eran las mismas conductas combativas de antes del incidente. Y lo siguieron siendo, tiempo después. Aun ahora en que Mariana participa de las charlas y acciones del #MeToo, escribe tuits sobre las pesos pesados del feminismo, termina las palabras con "e" para usar un lenguaje incluyente que no deje a ninguna mujer ni a nadie del movimiento LGBTIQ fuera de la gramática heteropatriarcal a la que estamos condenadas la mayoría, me sigo preguntando cómo hizo para superar lo que vivió y cómo hace para superar lo que seguramente sigue sobreviviendo; tal vez dividida en dos, siendo de un lado la que vive o sobrevive y del otro la que se rebela y teoriza. Y sí, no puedo dejar de ver que ayuda a otras mujeres. Que ha participado y participa en grupos a favor de las mujeres indígenas, de las mujeres migrantes, de las mujeres abusadas y golpeadas. Es absolutamente empática. Es activa. Es eficaz. ¿Qué podrías reprocharle si su vida es una vida útil para otros y quizá desde su punto de vista para ella misma?

A tu amiga Mariana le funciona lo que nos funciona a todos para resistir. Vivir dentro de una historia. Una narrativa. La de la lucha de las mujeres contra la opresión.

¿Te parece que estoy diciendo una estupidez? ¿Qué dices? ¿Que todo lo teorizo?

Lo segundo puede ser, pero lo primero, no. No lo acepto. Es como si descalificaras mi argumento. Pero, mira, todos vivimos en un relato. Envueltos en una narrativa. ¿No me quieres creer? Date cuenta: tú y yo estamos cayendo en la dinámica de Rodrigo y Mariana. Yo siento que tú me descalificas, por lo tanto, que desapruebas mi vida; tú me das la razón para no discutir, pero en el fondo piensas que todo eso a lo que me dedico (el lenguaje) es una pérdida de tiempo, que la vida está en otra parte. No, por supuesto que yo no caeré en la agresión, ni siquiera me sentiré agredida. Por supuesto que entre nosotras no hay esa violencia ni la puede haber porque a) yo no soy un macho, b) tú no eres un macho, c) estoy convencida de que no tenemos más remedio que consumir y apropiarnos de historias con las que nos identificamos. No hay de otra. No hay otro modo de vivir. Estoy convencida de que cuando somos lo bastante afortunados para vivir dentro de una historia, las penas de este mundo desaparecen. Y sentimos que nadie, pero nadie, tiene derecho de sacarnos de esa historia; que ella es nuestra razón de ser.

O sea: cómo le vas a quitar eso a Mariana.

Así su relato sea el que quiere vivir y no el que vive. Así se dé cuenta ella misma de su contradicción.

Uf. Ya sé. Me vas a cortar de esta conversación por elemento incómodo. Por elemento protagónico. Porque esta conversación se trataba de ti, no de mí.

Ya sé.

Sólo quería decir que creo que lo que le ocurrió a Mariana contribuyó a que aceleraras tu partida. Porque supiste que tú podrías caer en eso, fácilmente. Porque en este país es inevitable. ¿Cuántas mujeres golpeadas habrá? ¿Habrá alguna a la que no haya golpeado su pareja? ¿Cuántas mujeres golpeadas al día habrá en la pandemia? Hasta antes de que iniciara el confinamiento, en marzo, en México había diez asesinadas por día.

Y no, no soy simplista.

Ya sé que Rodrigo no golpeaba a Mariana sólo porque ella no validara su relato.

Pero también.

Y no. Nada más lejano a mi conciencia el pensar que tu amiga fue responsable de que la golpeara su marido, cómo se te ocurre. Pues sí, la violencia también es un relato, lo creas o no. No todos los países quieren vivir dentro de esa historia.

Y sí. Puedo imaginar lo que fue para ti descubrir que Mateo dormía con una pistola en el colchón desde el día aquel en que los persiguieron. Y que te dijera que era para vivir protegidos, como si fuera lo más natural del mundo. Que hoy lo hacía todo el mundo en México. Entre otras cosas, eso te hizo pensar que debías irte ya. Fue en ese momento cuando decidiste poner fecha a tu partida.

De distintos modos, la violencia nos empezó a ocupar demasiado tiempo. Pensábamos en ella sin querer, sin proponérnoslo. Aparecía en cualquier conversación, en cualquier hilo de pensamiento. Cuándo surgió la muerte por todos lados. Cuándo empezó a poblar los noticieros, los canales de televisión, las primeras planas de los periódicos. Cuándo se apoderó de las comidas familiares como lo hacen los huracanes, los tsunamis, los incendios, sin el menor aviso, con la arrogancia de quien no necesita pasaporte ni permiso. Lo que te quiero preguntar es algo muy concreto: cuándo crees tú que el relato de nuestras vidas se volvió un thriller o una novela gore en la que nos vimos inmersos quisiéramos o no. Cuándo sentiste que si te quedabas en este país no tendrías escapatoria.

Porque la escena con Mateo me la puedo imaginar perfectamente. Ya tenían pensado vivir juntos; incluso empezaron a comprar objetos para el departamento que él rentaba y que tú sentías que sin la contribución de lo nuevo sería sólo un espacio de él, aunque tú te mudaras. Un edredón blanco, un juego de manteles individuales, una batería de cocina. El sello femenino según tu imaginación, aunque Mateo cocinara también y pusiera la mesa y durmiera bajo ese edredón. Ya te quedabas a dormir algunas noches en su casa. Después de la persecución de los encapuchados, empezaste a quedarte más. Te sentías más protegida —absurdamente, me dices ahora—, con esa lógica extraña que hace que hallemos cierta seguridad estando al lado de aquellos con quienes fuimos víctimas de algún acto violento. Mantenías una esperanza: que todo sería distinto cuando vivieras a su lado. Incluido el país. Habías encontrado la promesa de un futuro venturoso y sobre todo, vivible. Era un mecanismo probado. Así hice yo al irnos a Estados Unidos, y así hiciste tú al regresar a México, aunque la historia diera un vuelco de 180 grados en cada una. La realización de una esperanza que no tiene que ser inmediata porque está puesta en un futuro que está allá, que todavía no llega.

Las relaciones de pareja son un sistema de deudas: inversiones hechas a mediano y largo plazo que exigen ser pagadas en algún momento. Tú eras cariñosa con Mateo, lo colmabas de arrumacos y de detalles insólitos. Platillos ensayados previamente y presentados en una cena con velas y el cedé de Amy Winehouse que acababas de conseguir en Mixup a la salida de tu trabajo. La carne para un asado al horno comprada específicamente en una carnicería de la calle Mazatlán, en la colonia Condesa, famosa por sus cortes que sólo podían ser comprados mediante cita. Y verduras cortadas con preciosismo y confeccionadas a la par que el postre, un volcán de chocolate que al partirse hacía que escurriera su relleno líquido como si el volcán hubiera hecho erupción. Él sonrió y se dijo emocionado, pero no tanto como lo imaginaste. Más bien estaba nervioso. Siempre lo estaba. A partir de la persecución de aquel día en la carretera su inquietud habitual se había vuelto ansiedad casi patológica. Le daba por mover de lugar las cosas como si les buscara el orden preciso. Entre charla y arreglos, de pronto, te removía el pelo o te tocaba la rodilla y tú debías pretender que el fondo de esos movimientos se llamaba cariño. Pero no estabas segura. No lo estabas porque compartir un espacio y algo que llamamos una relación no implica compartir una forma amorosa. Cada familia tiene la suya. Y la pertenencia a un código genético es también la posesión de una disposición amorosa, una manera de dar amor y recibirlo. Una clave de acceso. Y renunciar a esa forma es como renunciar a tu familia. No son usos amorosos lo que se deja. Son maneras de sobrevivir afectivamente aprendidas en un clan. Siempre sentiste que en todos los rubros de la relación te entendías perfectamente con Mateo salvo en ése. En la forma de tocar. De "entregarse" decían en las novelas del siglo XIX que yo amaba y a ti te parecían de verdades dudosas. Tieso. Sentías que Mateo estaba siempre rígido. Como un soldado a punto de acometer al enemigo. Siendo el enemigo tú.

—Mateo, necesitamos hablar.

—Ay, no. No vayas a empezar, por favor.

Empezar ¿a qué? ¿A contarse algo personal, a compartir situaciones de vida? ¿A hablar de emociones? ¿O sea, que entre menos se hable de emociones éstas se sienten menos, era ésa su teoría? Pero entonces para qué tener un vínculo emocional con alguien. Por qué no vivir cumpliendo con los afanes prácticos, económicos y legales para lo que no se necesita una pareja. Para qué compartir con Mateo la vida, tu vida.

Bueno, no había que llegar hasta allá.

Calma.

Era increíble el modo en que te encendías cuando Mateo reaccionaba poniendo una distancia a cualquier emoción. Lo interpretabas como falta de compromiso. Pero si hablaban de cosas menudas, banales, podían sentirse compenetrados y hasta reírse, ser pareja. A veces, hablaban de los demás. Ambos eran buenos haciendo diagnósticos ajenos, imitando a otros, tenían sentido del humor.

—Está bien, no era algo importante.

Se sentaron a la mesa a compartir la cena. Brindaron. Mateo te dijo que estabas guapa, muy guapa. Que estabas espléndida. Tú le dijiste a él también que era guapísimo y además esos días se veía muy bien y él respondió algo que te paró en seco. Te dijo que no. Que no estaba bien. Estaba más o menos, porque desde el día de la persecución no podía dormir, estaba insomne. ¿Insomne? Sí, respondió, pensando todo el tiempo que alguien venía persiguiéndolo por atrás en el coche, que le darían un golpe al salir de los tribunales, que le daría un cáncer que a lo mejor ya tenía, que tal vez se estaba muriendo. ¿Muriendo? Bueno, yo tampoco la estoy pasando nada bien, respondiste, si a eso te refieres, por eso quería hablar, porque sé que es difícil olvidar lo que ocurrió o al menos poner otros recuerdos, otras ideas, que atenúen el de aquella vez que siempre parece quedar por encima, una forma de olvidar es poner nuevos recuerdos encima de los viejos y eso es lo que no estamos logrando. Porque ¿qué puede ser tan fuerte como para borrar la imagen de cinco encapuchados persiguiéndote de noche en una camioneta por la carretera? ¿Quién te garantiza que no vengan por ti, que no estén a la espera de una oportunidad para amagarte, torturarte y matarte aunque no sepas por qué? Pero tú insististe: con todo y que era muy difícil quitarse de encima la impresión de aquella experiencia debían intentarlo. Ajá. Intentarlo cómo. Bueno, tú, por ejemplo, tratabas de no pensar en eso cada día; te convencías de que había sido un error, los habían confundido con otra pareja y ya. Porque no se podía vivir así, no queriendo hablar de la relación de ambos y en cambio pensando en lo otro sin hablar de nada que realmente los tocara, cada día. Ahí estaba esa cena, ese vino exquisito, se tenían uno al otro, se tenían.

No sé si lo convenciste, sólo puedo colegir que algo arreglaron pues me dijiste que la cena te había salido mejor de lo que supusiste y que Mateo decía mmm, qué rico, con cada bocado de la carne y del postre.

Se fueron a dormir. Para tu sorpresa, él no se sentía de humor para algo más aunque todo hubiera estado planeado para ese algo más, bostezaba y no obstante te repetía que te adoraba pero no sabía por qué esos días llegaba a la noche agotado, quizá era la tensión de vivir en tensión lo que estaba mermando su energía.

Dices que se durmió enseguida. Y dices que ahí empezó tu Waterloo. Tú no tenías aún sueño, así que un rato te quedaste boca arriba pensando en qué había pasado, si debías frustrarte y hacer que ardiera Troya al día siguiente, o si en cambio debías comprenderlo como cualquiera haría; si era una situación lógica y momentánea, que seguramente lo era, si pasaría pronto, que seguramente pasaría, si a lo mejor no era mala idea ir a terapia juntos. O cada uno por su lado. Tú ya estabas yendo, sólo faltaba convencer a ese hombre tan reacio a hablar de sus emociones al que no obstante amabas y entonces te dieron unas ganas súbitas de abrazarlo, te diste vuelta y lo cubriste con un brazo y lo miraste arrobada, y al moverse él descubriste algo que estaba sacando del colchón.

Una pistola.

¿Cómo podía Mateo dormir con una pistola metida en el colchón?

Uf, no. Así no se podía vivir.

Eso no era normal.

Le reclamaste: qué hace esa pistola ahí sobre la que estamos durmiendo, casi no entendió lo que le preguntabas, le volviste a preguntar, dijiste que eso no era normal, que en ninguna cabeza podría nunca ser normal dormir con una pistola metida en el colchón, añadiste que no sabías qué te daba más miedo si eso o que ocurriera lo que él temía, que todos en este país estábamos mal, que la violencia nos había enfermado y nos hacía normalizar cosas que no son normales, y él te miró en silencio y luego te dijo con los ojos fríos que si tenía que usar la pistola la usaría.

Y aunque tú pensabas que Mateo era incapaz de hacer lo que estaba diciendo que haría, o que más bien, refraseaste, antes había sido incapaz de hacer lo que decía que haría pero ahora no estabas segura de que no lo hiciera, no estabas segura que incluso no acabaras haciéndolo tú, que no lo hiciéramos todos, los norteamericanos conseguían armas por la vía legal y nosotros las estábamos consiguiendo por la vía ilegal a montones, eso te aseguró que la decisión de irte era la correcta, todavía más, volviste a refrasear, la única posible. ¿Vivir armada? Vivir junto a alguien que era capaz de matar aun en defensa propia como muchos pensaban que lo harían no podía ser, eso era haber caído en la locura, en el país de la locura y la violencia, en su exaltación y su memoria, desde los sacrificios aztecas hasta los siglos posteriores de inquisiciones y esclavitud y la fiesta de las balas y los cristeros matando al grito de ¡Viva Cristo rey!, y el Estado contra los estudiantes y los desaparecidos y los levantados y todo lo demás. No, dijiste. Este país ya se había ido a la mierda y los que vivíamos aquí no nos queríamos dar cuenta.

Te ibas y te fuiste.

¿Cómo te iba a detener?

Yo era la generación que había sobrevivido al temblor del 85 y el sida y el error de diciembre y los desmantelamientos continuos de las instituciones y los robos de cuello blanco de los políticos y el desempleo y las crisis económicas ya insalvables desde el 94 y la gripe H1N1 y los asaltos y secuestros y las violaciones de mujeres y diez muertas diarias en el país y los golpes emocionales incluidos los domésticos.

Los desaparecidos y los migrantes de un lado, y de otro, los que no nos fuimos.

Por supuesto que no.

Nunca hubiera podido decirles a tu abuela y a ti que no se fueran. Nunca cruzó por mi mente esa idea. Cómo que por qué. La única razón que hubiera tenido era una razón egoísta. Hubiera querido que se quedaran aquí para mí. Para vivir a su lado. Porque se me hacía insoportable la idea de no tenerlas cerca, observándolas actuar, viéndolas mover las manos cuando argumentaban acaloradamente, oyéndolas reírse con el sentido del humor que sólo ustedes tienen y que alegra mis días, acercándome para poder abrazarlas un segundo y sentir que nos teníamos.

Ya sé.

Ya sé que nos tenemos, aunque sea de esta forma atípica. Los últimos días no he dejado de pensar qué significa tenernos así.

Anoche me puse a escribirte con una desesperación de insomne que apenas empieza su jornada. Serían para ti las dos de la tarde, para mí era la una de la mañana de una noche que pintaba para ser larguísima.

Como pensé que estarías ocupada a esa hora, te escribí unas líneas para que las leyeras más tarde, cuando acá fuera la mañana. Creí haber descubierto qué significa tenernos así, tan lejos en distancia geográfica pero más cerca que nunca. Los últimos días me he puesto a pensar que siendo algo inédito para todos, esta situación es más familiar para mí que para los demás porque fue a la distancia como aprendí a amar y valorar a mi madre, tu abuela. Me doy cuenta de cómo es esto difícil de entender para otros, a veces incomprensible. Cómo es inimaginable incluso que tenga esta relación contigo. Cambian la conversación cuando hablo de ti, cuando traigo a cuento alguna novedad sobre tu trabajo en una charla casual, cuando platico del coro que formaron con tanto cuidado y tanto amor en la fundación donde haces trabajo voluntario para niños migrantes, además de tu trabajo de oficina con el que te mantienes. Te tomó horas enteras por las tardes y parte de las noches elegir junto con otros maestros las distintas voces de chicos de varias generaciones para formar ese coro magistral. El trabajo no era encontrar las mejores voces sino renunciar a ellas:

los filipinos cantan maravillosamente, me dijiste, y lo comprobé, atónita: es como si en otra generación hubieran sido cenzontles. Ya sé, vas a decir que no salga con mis cursilerías y esoterismos. Pero esa grabación que me mandaste con los primeros ensayos hizo que se me erizara la piel. Qué belleza. Volví a escucharla y se me salieron las lágrimas al recordar que me dijiste que bastaba con decirle a alguien que es magnífico en lo que hace para lo que sea. ¿Podría aplicar esa frase para calificar lo que nos ocurre a ti y a mí?, me pregunté. ¿Será que esta distancia con una cercanía y disposición tan grandes, con la necesidad apremiante de vernos y contárnoslo todo que no existía cuando vivías acá, de este lado del globo, tal vez porque no había un impedimento para vernos, nos hacía posponer la oportunidad de encontrarnos a veces con tantos días de por medio que la urgencia terminaba y podíamos dejarlo para otra ocasión? ¿Será que la distancia acrecienta el amor, la dolorosa falta del otro, y por tanto la cercanía? Eres extraordinaria en lo que haces, en lo que has hecho para irte y buscar una vida propia por tu cuenta y sin pedir ayuda. ¿Y sabes qué? En cierta forma eso que has hecho es exactamente lo que hizo tu abuela.

Tener una vida propia, hacer una vida propia es todo lo que soñaron las mujeres que nos antecedieron y es mucho más de lo que puede soñar mucha gente. Elegir tu vida, aunque a veces las circunstancias externas te obliguen a llevar a cabo o a relegar tareas que nunca te imaginaste que harías o que dejarías de hacer. Como en esta pandemia. Que paradójicamente nos ha puesto al mundo entero a sostener una conversación simultánea, a ponernos de acuerdo al menos en un punto: para sobrevivir nos necesitamos unos a otros. No hay forma de obviar esta ecuación. Para que sobreviva uno tenemos que ser dos. Y hay más: pase lo que pase cuando esta tormenta quede atrás y sea sólo el recuerdo de lo más significativo que nos ocurrió a la humanidad en los últimos 100 años, sólo espero (y lo espero de veras) que este lazo que nos unió siga siendo tenso e irrompible; que la fuerza que tuvimos para narrar nuestra historia consiga permanecer y pueda yo estar atenta a lo que tienes que decir sobre la forma en que entiendes tu vida o la forma en que la has entendido hasta el día de hoy porque ya los momentos futuros nos dirán cómo la entendemos y qué significa mañana.

Después de esta larga conversación de pandemia —después de este alto total que nos permitió la vida— me asombro de pensar que pudo no haberse dado esta oportunidad, que pudimos no habernos dicho todo esto, que en la mayoría de las vidas la gente no tiene la oportunidad de decirse lo que piensa y siente y me pregunto: sin una reflexión sobre lo vivido, ¿qué sentido tiene la vida?

Que me hayas oído hablarte de quién soy, de quiénes fuimos y que hayamos hablado de quiénes somos hoy me dio la oportunidad de entender que no volverás y por qué no lo harás. Me dio la oportunidad de saber que está bien, que incluso yo no lo desearía. De acuerdo: el país del que te hablé era otro; el de ahora se fue a la mierda ya. Pero aun sabiéndolo, me da tranquilidad que sepas por qué no me iría de aquí. Con la violencia y el despojo se llevaron todo, de acuerdo, nos quitaron la seguridad, la paz, la esperanza en que había un futuro y que se podía aspirar a él. Pero ¿sabes qué? Hay algo que no se llevarán mientras algunos nos quedemos a dar cuenta de lo que fuimos y de esto en que nos estamos convirtiendo. No se llevarán nuestra memoria.

Cuando hablamos no te conté lo que realmente hice en el día. No me decidí a contarlo porque pensé que te haría entrar en un estado anímico que desviaría aquel en que nos encontrábamos, y la conversación en ese momento, me dijiste, tenía que ser breve: tenías algo urgente que hacer. No te lo dije tampoco porque no sé si entenderías lo que voy a decirte. Que tiene que ver con esa conclusión a la que llegué como a una iluminación. Lo primero: que tiene sus ventajas vivir en un país que se ha ido a la mierda. Porque las pequeñas cosas que quedan se aprecian como lo que son: verdaderos tesoros. Porque ver y hablar con la gente que quieres en estos días, tras eternos meses de encierro que apuntan a ser más, es el máximo regalo que puedes tener, y es suficiente. Porque vuelves a apreciar el valor de estar vivo, y sano, y con comida en el refrigerador y una historia que compartir mientras llega el día en que podamos salir a abrazar a los que ahora sólo están en dos dimensiones: esos seres que se han vuelto imprescindibles y a los que ahora reconocemos como parte inseparable de nosotros mismos.

Lo segundo: que nos vimos las cinco primas en Zoom por la tarde y nos pusimos al día. Con la pandemia sucede que se remueve el pasado y empiezas a hablar de lo que ocurrió hace mucho como si hubiera sido ayer o como si todavía estuviera sucediendo. El tiempo se ha vuelto elástico y cuando te acuerdas estás haciendo el recorrido completo de tu existencia, así como hemos hecho tú y yo a lo largo de estos meses, sólo que en el caso de ellas se dio sin planearlo en una sola sesión.

Cómo nos hemos reído.

No sé cuántas veces entramos a la sesión de Zoom y nos hubieran faltado más horas, yéndonos a un pasado que ahora resulta remotísimo, hablando cada una de sí misma como si fuera su propia tatarabuela, recordando cada quien por turnos qué fue de aquel gran amor del pasado con el que creímos cada una que se escribiría nuestro punto final. Empezó Maripaz a quien le recordamos el amor a su esposo que se potenció por compartir con él la película *Jesucristo superestrella* e irse a Princeton a estudiar un doctorado para el que casi ninguna mujer ganaba una beca en esos tiempos, como te he dicho. Ahora bien, ¿por qué lo dejó? ¿Por qué dejó a Jonás? Misterio. ¿Por qué dejó el instituto de investigación lingüística donde trabajó tanto tiempo? Misterio también. Un día, tras muchos años de ejercicio profesional en que al encontrarla en la calle o en casa de mi tía nos preguntaba cosas como: "¿tú dirías voy a comprar chayotes al mercado?" Sí. Y "¿al mercado voy a comprar chayotes?" Sí. Y "¿chayotes voy al mercado a comprar?" Sí. Y "¿mercado voy al chayotes comprar?" No, y ver cómo apuntaba minuciosamente el registro del habla oral en su libretita, decidió tirar los bártulos, como se dice, y empezó a comprar primero un terreno, luego una construcción, luego mesabancos, luego cajas de gises, compases, transportadores y demás enseres y puso por fin una escuela primaria que fue todo un éxito bajo su conducción. Hoy al hablarle de ese pasado le parecía tan remoto y Jonás tan falsamente altivo, tan ignorante, tan bluf que daba gracias de haber terminado con esa relación y haber hecho inmersión profunda en su vida profesional. No podía imaginar el infierno que sería vivir las veinticuatro horas del día con él hoy, dijo. Dio un trago a su caballito de tequila y con su risa de Alka-Seltzer heredada de mi tío Paco, concluyó: ¡Y en pandemia!

Con Popi sucedió lo mismo pero de modo más expedito: a la de ya. Su confianza ciega en el reciente esposo la hizo no estar detrás de él, espiándolo, vigilándolo, pues sabía que respetar la vida del otro es principio fundamental de cualquier relación, cuantimás en la relación de dos que van a vivir en pareja. Y fue por esa gran libertad que tampoco se dio cuenta de por qué o cómo enfrentaba el trabajo y la diversión con esa energía inédita y soportaba cuatro días al hilo trabajando casi sin dormir hasta una tarde en que entró sin saber que él estaba en el baño. Lo descubrió cortando la línea de aquel polvo blanco con una navaja de rasurar. Ni siquiera tuvo que exclamar nada o entrar en el eterno juego de las recriminaciones. Lo miró de tal manera con sus ojos verdes de gata que él supo que no le quedaba un minuto más de vida vivible en esa casa. En cuanto a mi hermana, sin querer escuchó por la otra bocina del teléfono fijo que Armando decía: éste no es buen lugar para una diosa. Al principio se le heló la sangre pues creyó que su esposo hablaba con otra mujer, y cuando confirmó que en efecto hablaba con otra mujer que además era su madre, la madre de él, o sea su suegra, no sólo se le heló la sangre

367

sino el aliento. Armando tenía una relación que a Freud le hubiera dado trabajo llamar edípica nada más; el esposo de mi hermana llevaba en la cartera la fotografía de joven de su progenitora, no dejaba de hablar de sus virtudes y cuando mi hermana le pidió explicaciones sobre la conversación él decidió de pronto que lo necesitaban sus papás. Cada vez que algo se les descomponía en su casa él acudía sin chistar. Les decía papi y mami. Me habló papi para que le arregle a mami la llave de paso del calentador. Eso debió ser una señal muy clara pero no lo fue. Tras las relaciones de mi hermana con hombres tan desapegados a su familia y tan de gran mundo vino a caer con el que prometía, según sus malos cálculos, un gran apego familiar. Y resultó que sí, sí lo tenía, pero con la familia nuclear. Y ahí se gestó el desastre, al manifestar su hartazgo ella y al ambos decidir meterse a hablar mal de las familias respectivas del otro, tíos y primos y abuelos incluidos a los que ni siquiera habían conocido. La competencia por ver cuál era peor resultó descarnada. A mi hermana no le dolió tanto el ataque a nuestros padres como la defensa que hacía Armando de su propia progenie, pues con ello acabó con la conmoción del amor y pasó sin transición ni paradas al abismo del desencanto. ¿Cómo era posible que no pudiera cortarse el cordón umbilical un hombre de veintiocho años? ¿Quién podía pensar que era sostenible una relación así? ¿Habría aguantado alguna de nosotras tanta debilidad de carácter y tanta sevicia? Cada vez que mi hermana hacía estas preguntas del otro lado del Zoom contestábamos que no, claro que no, y apoyábamos su decisión de haber terminado esa relación con vítores a ella y pulgares hacia abajo a él, como quien reacciona a la arenga de un emperador condenando al gladiador a medio Coliseo. Así fuimos recorriendo aquel pasado remoto con el príncipe azul de una en una. Salimos y volvimos a entrar al Zoom. Yo hablé de las ventajas de haber establecido distancia social con Volker desde el principio —Volker, que ahora estaba varado, a medio océano, en un barco ballenero, yendo y viniendo de un puerto a otro donde sólo los dejaban cargar víveres pero no desembarcar hasta el fin de la pandemia—, y Mosco habló de su viudez prematura en la que había descubierto el verdadero significado de ser "viuda alegre". Dejamos lo más trágico, es decir, lo mejor, para el final, y esto ocurrió cuando le tocó el turno a Mau quien fue la que más tiempo duró viviendo en pareja en unión libre —estado civil que hasta el día de hoy defendía contra nuestros argumentos, entre risas y humo de su eterno cigarro—, pero que había acabado igual que se acaban las relaciones conyugales mediadas por un papel. Había pasado la vida escuchando al hombre con el que no se casó proclamar el orgullo de su origen, los méritos históricos de su estirpe, el precio de su pasado, el heroísmo de sus ancestros masculinos y la nobleza de las mujeres de su árbol genealógico que sin embargo no aguantaron la carcoma de la realidad. Vivió con un hombre que le alargó la promesa de una supuesta herencia y la dejó con una vida sin nada, impartiendo clases a niños de primaria desde las 7 am hasta las tres de la tarde, todos los días, hasta que el tiempo y la arbitrariedad de quien no sabe que se puede ser joven hasta el último suspiro la obligaron a jubilarse y poner su propio negocio de cultivo de cannabis con fines medicinales. Ahora era una mujer en desunión libre y con próspero negocio.

—Más próspero se volverá cuando la humanidad entienda que la ciencia está por encima de los prejuicios —dijo.

Recibió salva de aplausos y uno que otro chiflido combativo pues gracias a su tesón y buena mano con las plantas había logrado salvar a varios niños con cáncer. No sé cuántas veces entramos a una nueva sesión de Zoom; sólo te puedo decir que cuando pasamos al tema de nuestros trabajos actuales y las estrategias que estábamos inventando para sobrevivir económicamente esta pandemia parecía que hubiéramos vivido allí toda la vida.

En realidad, para ninguna era fácil el futuro que nos esperaba. Quién más quién menos temía por el riesgo de perder su empleo, sus ahorros o de que la venta de sus productos o sus servicios resultara tan baja que tuviera que cerrar.

Pero ninguna se amilanó.

Tras una sesión que fue más allá de lo terapéutico llegamos a una conclusión: por nada del mundo cambiaríamos el destino que elegimos. Todas trabajábamos. A todas nos apasionaba lo que hacíamos. Y esto, que se oye tan simple, significaba mucho más de lo que hubiéramos planeado en aquellos años en que nuestra preocupación era pensar cómo lograríamos complacer al novio de la adolescencia haciendo que nuestros besos supieran a paleta helada de limón.

Después de que cada una contara sus glorias y sus desgracias y subsecuentes planes para remediarlas, Maripaz dijo:

—Primas: dense cuenta. Hemos cumplido cabalmente nuestro destino de feministas.

Soltamos una carcajada.

—No, primas, lo digo en serio —dijo.

Y, puestas a observar, nos dimos cuenta de que tenía razón. Ninguna dependía de un hombre, ninguna estaba a la espera de que un príncipe cumpliera sus deseos, ninguna vivía esperando que fueran verdad los cuentos de hadas. Simplemente, no existía el "se casaron y fueron muy felices".

Habíamos aprendido a ser felices de otra forma.

El comentario de la prima, intrascendente en otra circunstancia, me hizo pensar en ti y en mí y darme cuenta de que la felicidad depende de cómo nos situemos respecto de ella. Antes de colgar, ayer, me hiciste una pregunta: ¿hasta cuándo vamos a estar así, escribiéndonos eternos mensajes, hablándonos por FaceTime, quejándonos del trabajo hecho a través de pantallas y mostrándonos los rincones de nuestras casas, las novedades tan simples como haber cambiado los muebles de lugar o cocinado un plato distinto o nada más haber seguido vivas y sanas?

Lección número siete de Sherlock Holmes: donde hay imaginación no hay terror.

La memoria del corazón elimina los malos recuerdos y magnifica los buenos y por eso, mientras nos comuniquemos tendremos todo el maravilloso pasado que hemos compartido y al narrar el presente éste será ya pretérito.

Si pudiera pedir un deseo ahora sería que nunca perdamos esto que hemos ganado. Que nos sigamos contando, que no dejemos de hacer del presente un tesoro al narrarlo. Que siempre sepamos que al hacerse pasado lo que parecía más pequeño o más indigente se vuelve magnífico y digno de recobrarse. Memoria única. Y que una vida es eso: la capacidad de no sucumbir al hechizo de lo trillado.

Agradecimientos

Este libro es una novela, es decir, una obra de ficción. Quienes la habitan están hechos a partir de fragmentos de gente conocida que para vivir aquí se ha ceñido a la imaginación. Algunos personajes toman los nombres reales de quienes me permitieron usarlos con fines literarios para situar la historia en un entorno social y una época: México, de los años setenta del siglo XX al presente. Agradezco el préstamo y la lectura a María Eugenia Hinojosa y a María Todd, mis primeras lectoras, quienes defendieron a capa y espada la posibilidad de que el tiempo histórico que se narra pudo haber sido el que vivimos. Agradezco a mis primas Maripaz, Mónica, Marisa y Carmen haberme enseñado qué es la sororidad. Agradezco la generosa lectura de mis queridas amigas y admiradas escritoras, Verónica Murguía, Adriana Diaz Enciso y Ana García Bergua quienes compartieron conmigo la escritura y la pandemia, y los comentarios de quienes leyeron o escucharon distintas versiones y mostraron su entusiasmo por esta historia: Guadalupe Nettel, Socorro Venegas, Julián Herbert, Jorge Volpi. Agradezco la sorprendente lectura y las observaciones de mis editores Pilar Reyes, Andrés Ramírez, Mayra González quienes me hicieron sentir que de distintos modos se identificaban con diversos pasajes de un tiempo histórico en el que hemos coincidido, lo mismo que los impecables comentarios al calce y al margen de Fernanda Álvarez. A mi padre, por estar. Al gran José Fors por cederme su obra para la portada. Pero, sobre todo, agradezco la lectura de Ernesto Alcocer, quien con cada libro refrenda que la única forma posible de amar es sostener con el otro una conversación de cuerpo entero.

Radicales libres de Rosa Beltrán
se terminó de imprimir en octubre de 2021
en los talleres de Corporativo Prográfico, S.A de C.V.,
Calle Dos Núm. 257, Bodega 4, Col. Granjas San Antonio,
C.P. 09070, Alcaldía Iztapalapa, Ciudad de México, México.